U0132786

魅丽文化
荣誉出品

花火
花火工作室

魅丽出品　必属精品

艳杀天下

上

西西东东 著

中南出版传媒集团·湖南人民出版社

图书在版编目（CIP）数据

艳杀天下.上 / 西西东东著. – 长沙：湖南人民出版社，
2011.5

ISBN 978-7-5438-7492-3

Ⅰ.①艳… Ⅱ.①西… Ⅲ.①长篇小说 – 中国 – 当代
Ⅳ.①I247.5

中国版本图书馆CIP数据核字(2011)第085997号

出　　版：中南出版传媒集团·湖南人民出版社
　　　　　（地址：长沙市营盘东路3号 410005 ）
经 销 者：全国新华书店
印 刷 者：湖南凌华印务有限责任公司
开　　本：16
字　　数：330000
印　　张：16.5
出版时间：2011年5月
印　　次：2011年5月第1次印刷
出 版 人：谢清风
责任编辑：胡如虹
出版统筹：李晶晶
特约编辑：刘砾遥
封面设计：刘 艳
ISBN 978-7-5438-7492-3
定　　价：19.80元

发　　行：中南出版传媒集团·北京涌思图书有限责任公司
　　　　　（地址：北京市朝阳区安定路39号长新大厦1001室 100029 ）
联系电话：010-64426679
邮购热线：010-64424575
传　　真：010-64427328
公司网址：www.yongsibook.net
投稿邮箱：tougao_qc@yongsibook.net

目录
Contents

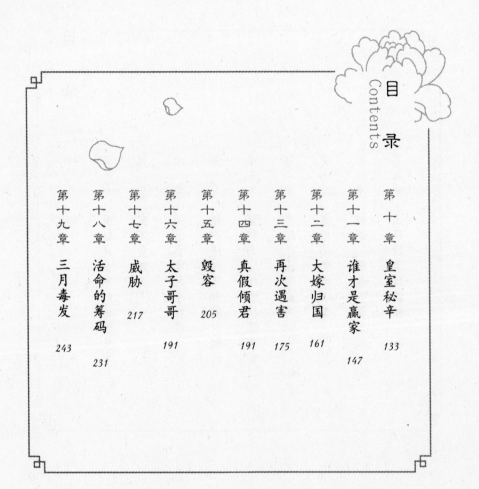

目 录
Contents

楔

子

银白色的闪电劈裂夜空，轰然一声惊雷之后，淅沥的细雨骤然变作倾盆大雨，浇打在白淑殿前冒雨盛开的蔷薇花上，落了一地残红。

　　"阿倾……阿倾你还记得我都与你说过些什吗？"床榻上，女子呼吸微弱，声音沙哑，原本秀丽的脸上病态尽显，只有左眼角的一颗泪痣红得耀眼，像是要倾尽全力释放它毕生的风华。她一手拉住榻边孩子的手，眼皮无力地抬起，却是竭力凝视着那孩子，似要将她看入眼里刻入心底。

　　十一岁的晏倾君身姿娇小，面色苍白眼神茫然，此时连连点头，随即眼泪滚珠般爬了满脸："娘，我记得，都记得！"

　　"不……"女子深叹了口气，失望道："你现在就没记住……"

　　"娘，是阿倾不对！娘说过，这世上没有人值得我哭。我不哭，不哭！"晏倾君迅速用袖子擦去眼泪，睁大双眼不让眼泪继续流下来，哽声道："娘，您看阿倾没哭了，您别生气，您别丢下阿倾一个人！"

　　女子缓缓合目，微微叹息道："阿倾，你看娘病了，病得无可救药……"

　　"娘，娘……阿倾求求您，别丢下我一个……"晏倾君的眼泪还是无法抑制地流下来，无助地拉着女子的手臂恳求道。

　　女子微笑着，抬起不停颤抖的手，一点点靠近晏倾君的小脸。晏倾君见她吃力，忙把身子倾了倾，抬手想要握住她的手。

　　啪——女子手上猛地用力，一个耳光甩在晏倾君脸上。

　　"我与你说过什吗？"那一巴掌几乎用尽女子全身的力气，她整个人跌在榻上，大口喘着气，这一句诘问带着几许凄厉。

晏倾君本欲扶住女子的手忽然僵住，原本蓄在眼里的泪水也在瞬间收敛，红着侧脸，呆愣在原地，嘴角缓缓绽出一抹苍凉的笑意。

今天，三月初三，她十一岁的生辰。

眼前这女子，是她的母亲，自她出生便伴在她身边十一年。

十一年来，她是万千宠爱在一身的"倾君公主"，她是东昭王御笔亲封"一笑倾君"的倾君公主，她更是这宫里人人讨好巴结深畏于心的倾君公主，无人敢欺也无人能欺。

因为她有这样一个好母亲，教她如何察言观色，如何审时度势，如何取舍得当。从小到大，母亲教她的东西数之不尽，她反反复复对她说的话，却永远只有那么几句。

她说，阿倾，这宫里，宫墙再深，深不过人心，永远不要轻信他人，娘也不例外。

她说，阿倾，富贵荣华人人趋之若鹜，大权在握让人不惜代价不择手段，你要敌过众人，必须比他们更加心狠手辣！

她说，阿倾，所谓情爱痴缠天长地久白头偕老，不过是富贵在左、大权在右时填补空虚的奢侈品罢了，眸中含情的男子最不可信。

她还说，阿倾，你唯有靠着自己攀上权势顶峰才能翻手云覆手雨使人生置人死，才能安享富贵幸福恣意地活着！

她不遗余力地教她如何在皇宫里更好地生存，甚至到了如今，她那一个耳光，也是因为她方才"求"她了，她从来都教她，求人不如求己。

晏倾君看着奄奄一息也不忘"教"她的娘，嘴角的笑容越发肆意，刚刚才敛住的眼泪却泛滥地流下来。她倏然站起身，猛地扯去床榻上的帷幔，推倒榻边的花瓶、白淑殿内的桌椅茶具……

"你骗我！骗了我十一年！"晏倾君清亮的声音哭嚷着，身形移动，疯了般砸掉殿内所有能砸的东西："说什么只有手握大权才能翻手云覆手雨使人生置人死，说什么只有在权势顶峰才能安享富贵幸福恣意地活着！如今谁都不敢动你，你呢？不是一样会死？你算人心算权谋有本事你算天意！有本事你别死！"

女子无力地躺在榻上，大口喘着气，双唇抖动，却未吐出一句话来，只是一瞬不瞬地凝视着晏倾君，眸子里波涛汹涌，泪水滑落浸入枕巾。

"你不是我娘！"晏倾君的双手不知何时染了血，伸手擦去眼泪时踏在脸上，踏过眼角那与女子眼角一无二致的泪痣，刺眼的猩红。她站在床榻不远处，转过身，不再看女子一眼，冷声道："我娘不会如此狼狈如此无用！我娘不会轻易放弃轻易言死！你若就此死了，就再也不是我晏倾

君的母亲!"

语罢,她固执地睁大双眼,不让眼泪再次流下来,固执地仰首,倨傲地向殿门外走去。

雷鸣电闪,雨势渐大,在殿内都能听得清清楚楚。晏倾君正要打开殿门,雨声中突然传来一声尖细的传唤:"皇上驾到!"

银白色的闪电乍然将白淑殿照得雪亮,一片死寂后,只有匆忙仓促的脚步声越来越近。

第一章
背叛是皇家的传世良方

在我人生最美丽的华年，我始终不明白，为何他们要依着母亲所预料的步调分毫不差地走过我的生命。五彩琉璃光彩渐失，眼角的泪痣艳甚血滴，我的父皇，我的兄长，我的意中人，选择了同样一种方式离我远去——背叛。

——晏倾君

昭明十八年，春。

细雨连绵，淅淅沥沥地下了接近半个月。夜浓，白淑殿前的大簇蔷薇花仍旧如火云般绽放，细雨繁花中，伫立着白衣衫的女子。

晏倾君手里端着一只透白的玉瓷酒壶，双手微动，凛冽的醇香随着倒在花间的甘酿充溢在空气中。

雨夜里东昭国的皇宫，本该是静谧安然，此刻却突然响起了轰雷。

雨势渐大，酒香不散。

晏倾君嘴角浮起一抹淡笑，又是三月初三，又是雷鸣电闪大雨倾盆。每年的三月初三，她都会在母亲最爱的蔷薇花丛里洒上一壶她同样最爱的蔷薇酿，今年，看来又要被雨水冲走了呢。

四年前母亲丢了性命，也丢下她独自一个人在这宫里。

"阿倾……"

晏倾君拿着酒壶，正要转身入殿，雨夜里突然传来一声轻唤。她眨了眨眼，看清雨幕里的来人，悠然一笑："子轩，居然这个时候入宫？"

站在她身前的男子白色的长袍上绣了精致的兰花，因雨水浸染而湿透，黑发贴在素白的脸上，更显得面部棱角分明。

"知道你逢春雷便睡不好觉，刚好从白子洲回来，便过来看看你。"奕子轩声音有些沙哑，注视着晏倾君，墨黑的瞳仁眼波流转，尽管面色憔悴，却掩不住再见到她的喜色。

晏倾君低首浅笑，拉住他的手臂，快步走到屋檐下，睨他一眼，佯作责怪道："明日一早随太子哥哥入宫不也一样吗？如此趁夜偷偷入宫，若是被人发现，可是连累了我的名节……"

　　说着，她伸手推殿门，却是被奕子轩阻住。双手被他握在掌心，春夜里阴寒的雨水好似带了温度。

　　"怎吗？"晏倾君略略扬眉。

　　笑意在奕子轩脸上一闪而过。他放开一只手，从衣襟间抽出一条帕子，细细地为晏倾君擦去面上的雨水，柔声道："随我出去走走。"

　　声音虽是轻柔，语气却是不容置疑的，拉着晏倾君便往外走。

　　"在下雨呢……"晏倾君小声道。

　　"一会儿便停了。"

　　晏倾君笑了笑，服顺地跟在后面，尽量放轻了脚步。东昭皇宫，夜闯入内私会公主，还不怕被人撞见地带她去殿外，也只有他奕家大公子有这个胆子有这个能耐了。

　　大雨也真如奕子轩所说，下了少顷便停得干干净净，突来的雨使得宫内的侍卫退守暗处，此刻还没来得及归守原位。

　　宫内禁卫军的分布和当值安排本来就是奕家管理，晏倾君不担心他们会被发现，即便是发现了，有点心思的人见到奕子轩也知道什么该说什么不该说。

　　只是，奕子轩一路无语，面上倦色难掩，她从中看到隐隐的冷然，心中有了猜测，开口问道："你这么早就回了，是不是白子洲一行，发生了什么事？"

　　白子洲是东昭国东南面的一处海岛，已经荒废二十余年，大约半个月前，太子晏珣与她说父皇下令，由奕家主持，重建白子洲。一来开采白子洲上的稀有资源，二来那海岛重修之后，还能容数千人居住。她本来以为奕子轩一去，肯定要耗费数月时间，没料到才半个月就回了。

　　"白子洲的事我交给奕承了。"奕子轩沉声回答。

　　奕承是奕子轩的弟弟。晏倾君本想多问问白子洲的事，奕子轩却回头，突然道："子时早过，现在是三月初三了。"

　　晏倾君一怔，三月初三，是母亲的忌日，也是她的生辰……

　　"阿倾，你十五岁了。"奕子轩拉着晏倾君的手紧了紧，将她的五指握在掌心，说话间，尾音带着微不可闻的叹息。

　　十五岁，母亲过世四年。晏倾君微笑，所有人都以为这四年来她的改变是因为所受的打击太大。奕子轩，是想劝她忘掉过往？

　　"子轩，我半个月前就和太子哥哥说好，明日他带我出宫玩一圈，当是我十五岁生辰的礼

物。现下你回来了更好，我们三个许久没在一起好好叙一叙了，他说旭湖上又开了家汝坊，那里的歌女唱歌，很好听呢。"晏倾君抬首欢笑道。

"可明日……"

"我知道，贡月国来使，太子哥哥肯定没法和我出去了，你也不得空吧？"晏倾君想了想，道："那明日晚宴后可好？你们到我白淑殿来？"

奕子轩面上的表情明显地僵了僵，没有答话，脚下的步子越来越快。

"阿倾，挽月夫人……"奕子轩迟疑地开口，声音轻细，最后几个字竟是被夜风吹得微不可闻。

晏倾君蹙眉，挽月夫人，说的是她过世的母亲。

"她……什吗？我没听清。"

"她若知晓我半夜带着你到处乱闯，定会责怪。"奕子轩回头一笑，眸子里的光似暖阳一般，他伸手蹭了蹭晏倾君有些发红的脸颊："是我疏忽了，天气阴冷，你刚刚还淋了雨，我送你回去。"

晏倾君微笑颔首，不由得想到母亲曾经教过的话，那些权争，那些势斗，那些"生存法则"。那些，四年前开始她便不想再信了，如今她不争不抢，同样活得恣意，同样觉得幸福，为何要去费尽心机地斗？

恰好二人到了门口，奕子轩从腰间取下一串璀璨的琉璃珠，递到晏倾君眼前，笑得温煦。

晏倾君怔了怔，看清那串琉璃珠后，诧异道："你……"

"阿倾，生辰快乐。"奕子轩的声音温柔得像是要溢出水来，将琉璃珠又递近了几分。

五彩琉璃珠，五颗琉璃晶莹剔透，色彩各异，无日无月却散发着幽幽荧光，墨黑的绳结尾端各挂了一颗，颗颗依偎串串相连，外表看就不凡，所代表的意义同样不凡——这是奕家祖传之物，除却嫡长子，便只有当家主母方可佩戴。

"阿倾，你十五岁了。"——奕子轩的一声叹息，仿佛又响在耳边。

十五岁，是及笄之年，婚嫁之岁。这次她才真正明白那话中的意思。

"公主，这额间的……要洗去吗？"茹鸳看了一眼又怔在铜镜前微笑的晏倾君，掩嘴轻笑着问道。

晏倾君回过神来，看入镜中，伸手触了触额间浑圆的朱砂，还有些酸痛。几天前她与太子哥哥打闹，不小心伤了额头，昨夜奕子轩送她回来，刚刚点灯就被他瞧见了，笑着替她点了颗朱砂，说是遮丑。

"奴婢看是不用了吧？昨日的青紫被遮得干干净净呢，若是洗去了，待会倾云公主定会特意取笑一番，而且啊，这可是那个谁谁谁……亲自点上去的！"茹鸯一眼瞧出晏倾君今日心情大好，又见四下无外人，一时忍不住逗趣了一番。

晏倾君斜睨她一眼，道："就你嘴贫，出去出去，这妆我自己来上。"

"待会晚宴上太子和奕公子都会到呢，奴婢可不敢偷懒。"茹鸯动作轻快地拿出各种脂粉，嘴角的笑意藏不住。

虽说陛下已经许久未曾留意到公主，连生辰都有意忽略，可她主仆二人仍是在这皇宫里完好地生存了下来。转眼公主及笄，她一早看到那串琉璃珠便明白，公主要嫁了，嫁的还是东昭国内声名最为显赫的奕家公子！

"公主，依奴婢看，今夜的晚宴之后，倾云公主嫁出去了，接着肯定就是您了！"茹鸯一边替晏倾君绾发，一边笑嘻嘻道。

晏倾君瞥了一眼桌上的琉璃珠，笑道："今日的晚宴，贡月国的来使替国主选后，你怎么知道一定是倾云？"

"太子殿下说的啊！上次太子殿下不是和您说皇上与贡月国主，定下的皇后人选是倾云公主吗？奴婢全听见了。"茹鸯在晏倾君发间插了一支簪子，面上神采飞扬。

晏倾君低笑，不语。

"反正倾昕公主已经许给余家长子，倾云公主和亲，最多半月便嫁了，接下来就该公主您了！您看，这五彩琉璃珠奕公子都给公主了，事情还能有变数不成？"茹鸯娇俏地挑眼，扫了一眼即便是在屋内仍旧熠熠生辉的五彩琉璃珠。

"世事无常。"晏倾君笑着拍了拍茹鸯的脑袋。

茹鸯躲了过去，打开手边的脂粉盒，嬉笑道："什么世事，到了奕公子那里，都是小事一桩了！奕公子一向待公主好，您看，这脂粉都是他去白子洲前特地送来的呢。"

茹鸯说着，打开盒盖，笑着替晏倾君扑了薄薄一层粉："即便是有什么无常啊，奕公子也定然会悉数解决掉的。"

茹鸯笑得眯了眼，细细看着晏倾君。其实，公主即便是不妆点打扮也是漂亮的，尽管这些年她的锐气折损许多，不再锋芒毕露，却多了一种内敛的美。

十年，她看着公主一点一滴地变化，长大，及笄，以后也会看着她嫁人，看着她出皇宫。

"啊，奴婢差点忘了！"茹鸳放下手里的粉盒，转身从梳妆盒内拿出一张纸笺，递给晏倾君："今日公主歇息的时候，奴婢在窗台边捡到的，应该……是奕公子掉下的吧？"

纸笺是合上的，还带着淡淡的兰花香，晏倾君扬了扬眉头，翻开来，隽秀而大气有力的几个字映入眼帘。

"倾八千城池，携万里云锦，独愿与君好。"

茹鸳一眼瞅见，捂着嘴偷笑。与"君"好，说的不正是她家公主吗？这奕公子，果真内敛，表白的方式都与众不同……

她正要多打趣几句，蓦地瞥见铜镜中晏倾君刚刚还红润的脸，苍白如纸。

宫灯通明，灿若星辰。

三月初三，贡月国来使求婚，意在为贡月国国主求得贤后。贡月与东昭之间虽说有祁国与商洛两国相隔，却是数代交好，纷争甚少，和亲之后，两国必定更加亲厚。

如今东昭国国主晏玺膝下有七子五女，比起其他四国，可说是枝繁叶茂。五位公主中晏倾君排行第三，刚到及笄之年，上头有倾昕、倾云两位公主，皆是二八年华。

茹鸳低眉敛目，合礼地替晏倾君倒上一杯酒水，放下酒壶，静然跪坐在一边。跪坐回原位时她稍稍抬眼，看了看晏倾君右侧的倾昕、倾云两位公主，一位身穿素白绣银丝曳地长裙，一位着明紫绣暗花束腰纱裙，头上金步摇，腰挂和田玉，只一眼便贵气非凡。再看自家公主，再简单不过的淡黄色裙衫，连簪子都是银质的，最出挑的不过隐起的水袖。

茹鸳暗暗地叹口气。

倾君倾君，能得"倾君"二字，岂会是普通公主？当年挽月夫人圣宠正浓，倾君公主何尝不是名扬天下？宫中谁人敢欺？可如今："一笑倾君"的倾君公主，仿佛明珠蒙尘，收敛了所有光芒。

当然，现在的公主，才更像普通人，她更加喜欢。

"茹鸳，我去与太子哥哥说几句话，你看好带来的东西。"晏倾君突然回头，微微笑道。

茹鸳忙颔首应允，顺势扶晏倾君起身。

宫灯摇曳，百官齐至，矮长的雕花木桌左右相对，只留出中间一条丝毯铺出的大道和正前方的一块空地。晏珣身着月白色长衫，丰神俊朗，举着酒杯笑意连连地与身旁几人说着什么，一见晏倾君缓步过去，对着她眨眨眼，举杯对着旁人道："晏珣先行离开一会，各位继续继续。"

说着喝下酒，出了人群迎着晏倾君而去。

温文有礼，从不自持身份而过分倨傲，言谈之间却自然流露出王者之气，让人不敢轻视；处事有分有寸，圆滑老到，比起其他几位皇子，甚得民心。在旁人看来，太子晏珣，几乎毫无缺点。

晏倾君垂下眼帘，不再多想。晏珣刚好到她身前，笑道："倾君找我，何事？"

晏倾君见他笑得欢愉，也笑道："太子哥哥，不知子轩可有时间对你说起，今日晚宴后，去我白淑殿一聚？"

晏珣显然是未曾听奕子轩提起过，怔了怔便笑答道："好。"

"嗯。"晏倾君点头，沉默片刻，见晏珣并未多话，笑道："那我先回去，记得宴后白淑殿见。"

"倾君……"晏珣唤住她，一眼扫过她腰间的琉璃珠，嘴角浮起揶揄的笑意："倾君就快嫁人了。"

晏倾君回头笑了笑，宫灯下面色桃红，看在晏珣眼里像是女子含羞。

这头茹鸯本是安分地等着晏倾君回来，哪知被晏倾云唤过去替她斟酒。茹鸯面带微笑，顺从地给她倒酒，剥坚果，心中却是暗骂。

这倾云公主，貌美如花，毒如蛇蝎，性子极为要强，凡事都想争个第一，偏偏每次都被她家公主压得连翻身的想法都不敢有，最近几年才算是扬眉吐气了，每每见到公主便想方设法地冷嘲热讽，还好她马上便要嫁出宫去。

"茹鸯啊，我刚刚瞧见，倾君皇妹今日是点了朱砂？"晏倾云的模样本就妖媚，今夜又特地打扮过一番，笑起来更是媚气十足。

茹鸯却没有抬眼看她，恭顺地低眉道："前日公主意外伤了额头，因此点了朱砂遮丑，说免得让使臣看了笑话。"

"哦……"晏倾云拉长了尾音，听来心情特别好，又道："待会你与倾君皇妹说说，就说姐姐……怕是看不到她出嫁了，唉……"

那一声叹息，似幽怨似惋惜，夹杂着掩饰得极为拙劣的得意。她这是炫耀自己就要嫁作皇后？

茹鸯心中一阵厌恶，却是不露情绪地应声："奴婢知道了。"

随着东昭国主晏玺带着数名妃嫔入席，晚宴在一片"万岁"声中开始。

觥筹交错，君臣同乐。

宴近尾声，茹鸳轻声在晏倾君耳边问道："公主，怎么那使臣也没见有什么动静？这皇后还选不选了？"

"当然选，你且看着。"晏倾君从宴席开始便一直垂首不语，此时听到茹鸳的问话才淡淡地答了一句。

茹鸳虽然心有疑虑，却不再多问。

说是"选"后，到底怎么个"选"法？

当最后一支舞随着乐音消散而落幕，舞姬退去，贡月使臣终于有了动静。他捋着雪白雪白的长须，对着主座的晏玺跪拜之后，朗声道："陛下的几位公主皆是天人之姿，端庄贤惠，老臣眼拙，实在不敢妄论高低。"

"哈哈，倾昕朕早已经许了人家，只剩下两个丫头适选而已，贡王爷看准哪个，说一声便是。"晏玺年近五十，声音洪亮，精神矍铄。

一声"贡王爷"，让一直垂首敛目的晏倾君稍稍抬眼。这次的使臣，居然是贡月国年近六旬的老王爷……

贡元再次行礼，称领命，随后捋着胡须笑吟吟地向着倾云、倾君的方向走过去，双脚稳稳停在两张矮桌前。

倾云、倾君连忙起身，对方是贡月国的王爷，更是长辈，坐着显然不合礼数。

贡元看了一眼倾云，又瞥了一眼倾君，弯身作揖道："贡元有幸，代我贡月国迎娶新后——倾……"

轰——

天空骤然一声巨响，七色的夜花绽放，将皇宫照得如白昼一般。宴席上的众人被焰火吸引了所有注意力，纷纷仰首观望。

宫灯不知何时熄灭，姹紫嫣红的各色光芒随着烟花的绽放在众人脸上映现，直至最后一朵艳红色的礼花渐渐陨落，皇宫被暗黑笼罩。

众人刚刚看过焰火的眼，再看向宫灯未点的宴席，更显得夜色如墨。

浓黑的夜里，稍稍一点光亮就尤为抢眼。正好有那么点微光，红、黄、紫、橙、绿，极为微弱的五种颜色，吸引了众人的视线。才下过暴雨的天，乌云还未散尽，应该是无星无月才对，可除却那五种光芒，同时亮起的月牙形的淡淡荧光，几乎让人以为自己花了眼……

待到双眼适应了黑暗，宫灯也渐渐点起，众人才发现，刚刚那微光竟是来自倾君公主。几百人的目光同时聚集在晏倾君身上。

"公主……"茹鸳抓住晏倾君的手，压低了声音道："公主，您额头的朱砂……为何会发出新月状的光亮？"

晏倾君的手心早就沁满了冷汗，并未答话，不知从何时开始，一直凝视着左前方的奕子轩。奕子轩却是垂着眼，好像并未察觉到她的目光，给自己倒了一杯酒，喝下，再倒一杯，再喝下。

"父皇，今日是君儿的生辰，贡王爷又不远千里来我东昭国，儿臣也想给众人一个惊喜，因此事先未向父皇禀报，请父皇责罚！"晏珣突然起身，跪地请罪。

主座的晏玺显然怔了怔，将目光从晏倾君身上收回，随即笑道："是朕的疏忽，珣儿有心了，只是打断了贡王爷，还不快快赔礼！"

"殿下莫要多礼！"贡元见晏珣要对自己行礼，连忙大跨了几步，扶住他道："如此绚丽的烟花，要多谢太子殿下一番苦心才是！"

"倾君亦要多谢太子哥哥的生辰礼物。"晏倾君的声音突然插进来，清灵如泉水。她稍稍移动步子，离了原座，向着晏玺跪地道："父皇，倾君四年未过生辰，今日收到大礼，着实高兴。受人之礼，理该相还，更何况今日贡王爷在此，倾君愿献舞一曲，以偿众乐，还请父皇恩准！"

晏玺眉头皱了起来，沉吟半晌道："准！"

晏倾君避过茹鸳，对着身边的宫女低声说了几句。茹鸳犹自不解，只看到晏倾君面带微笑、施施然走到宴席中，晚宴前隐起的水袖如刚刚在夜空绽放的烟花似的散开来。直到耳边响起熟悉的古月曲时，她惊得后退了两步，面色煞白。

古月曲，顾名思义，是上古时期流传下来的一支舞曲，曲为赞月。

初时曲音轻盈，如绵延细雨浸润人心，随后雨声渐大，仿佛狂风大作大雨倾盆，万物枯败，残虐令人心悸，极烈之后风平浪静，云散月出，乐声似纱，如云之彼端，海之彼岸，徜徉自若，换得新生。

而与古月曲相对的，是一支挽月舞。

于细雨绵延时唤月而醒，于狂风大作时呼月而出，于风平浪静时挽月而留。

晏倾君淡黄色的水袖长裙在空中描绘各种姿态，身姿随曲而动，长发随身而溢，时而如春雨滋润万物，时而如夏风清爽拂面，时而如秋叶萧索飘零，时而如冬雪潇洒肆意，身形鬼魅般幻化，灵动如月中仙子。

昭明三年，便是凭着一支挽月舞，宫女白梦烟惊为天人，一举得到晏玺宠幸，随后以东昭国

从未有过的晋升速度步步晋升，被封作"挽月夫人"，享尽独宠近十年。

又是一支挽月舞，奉"月"为神的贡月国以铸铁之术为交换，先后遣来上百名舞女向挽月夫人习舞，却始终无人能及夫人神韵，舞未学到却送出铸铁秘术。

然而，无论是挽月夫人还是这支名震五国的挽月舞，早在四年前的那个雨夜……随风而逝。

一曲作罢，晏倾君飞扬的舞姿戛然而止。她合目，面色静如止水，跪拜谢恩。

宴席上一片静谧，不，应该说是死寂，毫无生气的死寂！刚刚激昂磅礴的舞乐似乎根本从未响起，曼妙的舞姿也从未存在。晏珣睁大眼不可思议地盯着地上的女子，奕子轩紧抿双唇，面色微白。晏玺则倏然站起身，一手捧掉手中的酒盏，落地生花。

茹鸳使劲眨了眨眼，确定不是自己眼花，再用力掐了掐胳膊，确定自己不是在梦里。可是，不过一瞬间，事情怎么会变成这样？

公主额头的朱砂为何会发光，还会变作新月状？要知道，奉"月"为神的贡月国，对"月"几乎是迷信，虽说一枚新月便可能让那王爷改"选"公主为后，凭公主的才智应该能找到借口推托才是……可她跳上一支挽月舞，不是摆明了让贡月使者选她？公主不是要嫁给奕公子吗？

奕公子的五彩琉璃珠，公主额头的朱砂，落在窗边的纸笺，铜镜中公主蓦然变白的脸色……所有的线头在茹鸳脑中滚成一团，混乱不堪，最后只剩下两个字。

完了！

第二章
定不负君

　　父皇，今后儿臣无法常侍左右，父皇一定要
保重身体。您一定要好好活着！活着看我回来！
我——会回来的！

——晏倾君

　　昭明十四年，享尽荣宠十数年的挽月夫人因病过世，随之，从小被捧在掌心、宠上云端的倾君公主一夜之间跌落泥中，再无人问津。

　　常人所理解的"爱屋及乌"，挽月夫人在世时被晏玺演绎得淋漓尽致。可四年前的一场大雨，将所有的缠绵缱绻洗刷得干干净净。无论是香消玉殒的挽月夫人，还是与夫人有着相似容颜的倾君公主，突然成为那位传闻中"专情"的国主的禁忌，连二人的名讳都无人敢再轻易提及。

　　曾经骄傲如孔雀的倾君公主渐渐地淡出宫人的视线，直到今夜，突如其来的一支挽月舞，让人恍惚以为时光倒流回十五年前，又看到当年盛世荣光下一舞倾君的挽月夫人。

　　晏玺的禁忌，宫人当然知晓。

　　可作为贡月国使臣的贡元是不知道的。在黑暗中乍然见到晏倾君额头突然亮起的"新月"，他心中的皇后人选就已经有了动摇，再看这一支挽月舞，此刻晏倾君在他眼中简直就如月神化身一般，他惊喜得连晏玺的动作都未注意到。

　　"陛下，老臣欲代我贡月国国主求得倾君公主为后，不知陛下可愿割爱？"贡元突然转身，向着晏玺跪下，咬重了"倾君"二字。

　　宴席上这才恢复了些许生气，隐隐起了议论声。

　　一直跪在地上的晏倾君稍稍抬了头，落入晏玺眼里。

　　晏玺重新举起一只酒杯，在手中摩挲转动。他细细看着晏倾君的脸，眼前渐渐勾勒出十五年前在自己眼前言笑晏晏的女子，同样的年轻，相似的美貌，连眼角那颗殷红的泪痣都如出一辙。

"依朕看……"晏玺拉长了尾音，顿住，见到晏倾君的眼中泛起一片涟漪。他轻咳了一声，眸中竟有了快意的笑，缓缓道："贡王爷请起，君儿能得贡王爷慧眼赏识，是她的福分！"

晏倾君的身子不受控制地颤了颤，只这一句话，她便知道了结果。她侧首看向晏珣，见他正好长吁一口气，再看奕子轩，他如初来时一般，拿着酒壶仍在喝酒，脸上却没有任何表情。

半月来第一个雨停的夜晚，潮湿，清凉。

晏倾君最后看了一眼不远处仿佛高入云端的宫墙，缓缓闭上眼。四年来的第一战，她输了，输得还真干净！

她不想相信自己的判断。尽管为了以防万一而穿上了舞裙，她见到晏珣时还是特地隐起了水袖，不想让他看到自己的怀疑。

和晏珣十几年的兄妹，四年来他无处不在的照拂，她不想怀疑；和奕子轩四年的朝夕相处，递过琉璃珠时他眼中的情意，她也不想怀疑；她亲眼所见父皇待母亲百般好千般爱，抱她在怀里说她是他最最疼惜的倾君公主，她更不想怀疑。

直到现下尘埃落定，她不得不承认，不得不面对。他们一个有意伤她额头，一个亲手画上朱砂，赠她脂粉赠她琉璃珠，只为诱她入局！

她一支挽月舞，想要挽回父皇对母亲的哪怕半点情念，望他念在昔日对自己手下留情，可终究，曾经的情比金坚，如今仿佛石沉大海，消失得连半点涟漪都无。

晏玺又高举着酒杯在说些什么，晏倾君垂眼冷笑，只觉得耳边尽是微风拂过的声音，竟是半点都听不进去，只是最后一句，她听得清清楚楚。

"看来三月初三，真是大好的日子啊，哈哈……朕便趁着这大好的日子，再撮合一件喜事。子轩，你看朕的云儿，可配得上你？"

"倾云公主德才兼备，子轩心仪已久。"奕子轩垂着眼，不假思索地脱口而出。

晏倾君尽力止住双眼的酸涩，僵直着脊背不让自己抬头，不让他人看到自己脸上的表情。今夜是倒春寒吗，否则，怎么突然就冷了起来？

她记得昨夜子轩拉着她的手在宫中漫步时，尽管大雨初停，风声瑟瑟，可丝毫未觉得有寒意……

是啊，三月初三，真是大好的日子！

是她的生辰，是母亲的忌日，是她被许为一国之后、奕子轩抱得美人归的日子！

晏倾君垂首间瞥见自己的手，紧紧地握住了鹅黄色的水袖，微微颤抖着。她想放手，刚刚松

开五指却又马上抓住。她笑了笑，不是放不开，不敢放而已，她怕一旦放手，自己会忍不住不顾及此时的处境，立刻扇自己两个耳光！

她居然容忍自己到了这般窘迫的境地！

早就料到了不是吗？

"倾八千城池，携万里云锦，独愿与君好。"

那"君"字不是指她晏倾君，而一"倾"字，一"云"字，却是指的倾云公主。纸笺不是奕子轩给她的，而是晏倾云在与奕子轩谈条件。

茹鸳则整个人呆若木鸡，眼看着晏倾云与奕子轩跪地领旨谢恩，看着百官齐声恭贺，看着晏倾君僵直着背脊站在贡元身边。

她突然想起许多年前的晏倾君，十岁的晏倾君。高扬着的眉头，闪着精光的双眼，桀骜逼人的笑容，明明比她还小了一岁，那浑然天成的气度，却是皇宫里最耀眼的存在。

她还想起四年前的三月初三，磅礴的大雨中僵直的背脊与今日何其相似。那时她的公主呆立在雨中，分不清脸上是雨水还是泪水，死死抓住她的手臂，问她："你说，争来又有何用？到头来不过一抔黄土……权势再大，能大得过天吗？"

那时的晏倾君十一岁，她十二岁，却听不懂公主所讲的话。只觉得倾君公主的锋芒一夜收敛，仿佛夜空里的星斗，陨落得毫无痕迹。直到今夜……

茹鸳看着她，宫灯下身影模糊，低垂着头看不清脸上的表情，明明近在咫尺，却让她有了疏离感……她突然有些怕了，五年前的倾君公主，好像又回来了……

晚宴散去，皇宫再次恢复平静。茹鸳跟着晏倾君回白淑殿，一路无言。今夜发生这么多变故，她不明所以，却不敢多问。

白淑殿门口站了一个人，月白色的袍子，腰间的玉佩清光流转。

"太子哥哥居然还记得到白淑殿来，倾君真是受宠若惊。"晏倾君语调微扬，笑着缓缓开口。

茹鸳忙上前开殿门，掌灯。

晏珣随着晏倾君入殿，扫了一眼她的淡黄色水袖长裙，微微笑道："穿着水袖裙，倾君，你早便决意在今晚献舞一曲？你我真是不谋而合。"

"是啊，早知如此，你也不用煞费苦心，在我额头弄什么'新月'，又是焰火，又是五彩琉璃珠，就为了让贡元注意到我了。"

若非琉璃珠背后所代表的意义让她一时恍惚，怎会察觉不到奕子轩给她点上的朱砂有问题？若非宫灯全灭，暗处才会发光的琉璃珠和额头上的朱砂，怎会引起贡元的注意？

晏倾君微笑着坐在贵妃榻上，笑得一如往日的温柔，不露破绽。

晏珣随便找了个坐椅坐下，同样笑道："倾君，我设计你是我不对，可是，既然你也有意嫁到贡月，就不会怪哥哥了吧？"

晏珣的眸子黑不见底，酝酿的笑意吞噬了瞳仁里原有的光亮，看向晏倾君，却似隔了一层迷雾，再不见往日的清涤流光。

晏倾君敛目，眉目间尽是笑意，扬声道："当然，太子哥哥真是倾君最'好'的哥哥。连嫁到贡月为身份尊贵的皇后太子哥哥都替倾君考虑到了，我又怎么会怪你？"

晏珣居然因着晏倾君这句话怔住，却也只是一瞬，便接着笑道："那就好。你早点休息，我明日一早再来看你。"

语毕，他转身欲要离开。

"太子哥哥，"晏倾君突然出声叫住他，低笑道："你可记得，三年前的三月初三，你在这白淑殿前说过什吗？"

三年前的晏倾君十二岁，挽月夫人过世一年。她备好了蔷薇酿，再准备了几盘糕点，人刚刚出了白淑殿，便被倾昕、倾云和几位小皇子围住。

各种讽刺挖苦，嘲笑谩骂顷刻而至，他们甚至要命人毁了蔷薇花丛。晏倾云更是指责她在皇宫内私设祭台，要押她去讯仁府。

是晏珣来了，是他把她护在身后，是他不惜与众人撕破脸，在白淑殿前怒吼："都给本太子滚开！谁敢动倾君一根头发，就是跟我晏珣作对！"

此刻晏倾君略有疑惑地看着晏珣滞住的背影，恍然觉得那些过往只是她闲暇时的一场梦。

晏珣的身形顿了许久，最终轻笑道："三年前？时间太久，不记得了。"

语罢，抬脚跨出白淑殿，身影迅速融在夜色中。

晏倾君扶着木椅坐下，垂首。

一直惊在一边的茹鸳双眼通红，快步到她身边，哽咽问道："公主，今日……这……这到底是怎么回事？"

晏倾君慢慢抬起头来，面上略有倦意，嗤笑道："茹鸳，你还没看明白吗？"

"直到公主跳挽月舞，奴婢才想到，那纸笺上的字迹……是倾云公主的……"当时她太过高兴，想当然地觉得纸笺出自奕子轩之手，看到晏倾君变得苍白的脸还问了一句，晏倾君笑着打趣她说是粉涂得太厚，她就没放在心上……

"可是……公主额头的新月又是怎么回事？"茹鸳还是不解。

"朱砂是奕子轩点上的，你用的脂粉是奕子轩送来的，单用是无妨……可两者合用，呵呵……"晏倾君拨开遮在额前的散发，自嘲道："茹鸳，半月前他就在算计了。"

"就是说……"茹鸳顿了顿，理清思路，缓缓道："半月前他们就想让公主嫁去贡月，所以太子殿下有意伤到公主的额头，奕公子点朱砂，也算好我们出席晚宴会用上脂粉。再在晚宴现场放焰火，熄宫灯，让贡王爷注意到公主……"

"嗯。"晏倾君颔首。

"公主既然早有察觉，为何……"

"为何不使计应对？我也是在看到纸笺后才发现端倪。"那时茹鸳已经替她打过粉，况且，那时她还想看看，究竟是自己多疑还是——果然，这皇宫，当真无人可信！

晏倾君接着道："此事最终的决断权在父皇手里，他要送我走，我逃过今晚又能如何？"

"所以公主才跳挽月舞……"

茹鸳的声音越来越小，太子殿下今日的这一场安排，皇上不可能全不知情。挽月舞，若能勾起皇上对挽月夫人的念想，说不定会改变主意。但若他仍旧要公主出嫁，公主也能凭这一支舞在前去贡月前赢得声望……

晏倾君转身笑看着她，无谓道："既然他们都想我嫁，我嫁便是。只是，父皇一道圣旨就可以解决的事情，让我这么被算计一轮，心里想着不怎么舒坦罢了。"

"是啊，陛下既然想让公主嫁，一道圣旨便是……"茹鸳说到这里，两眼一亮，忙道："公主，您不觉得蹊跷吗？何必兜这么大的圈子让公主出嫁？陛下和贡月国国主最初定下的人选必定是倾云公主！公主，或许……或许还有转圜的余地……"

茹鸳话一出口就有些后悔，圣旨已下，不管背后有什么隐情，哪能还有变故……

"公主，其实能做贡月国的皇后，也挺好啊！晚宴前奴婢还跟您分析过呢，做了皇后，就无人敢欺了！那些忘恩负义的人，不要也罢！"茹鸳话锋一转，故作轻松地安慰晏倾君。

晏倾君冷笑，不置可否，起身道："明日再说罢。"

芳草萋萋三月天，和风暖阳，柳絮飘飞，似雪一般。突然，花儿散了，绿叶凋零，柳絮当真化作飞雪铺了整个天地。

映天的素白，狂风大作，雪如云锦般沉沉压下来，几乎淹没雪地里最后一抹生气。

突兀的血红在雪地里拉出斜长的痕迹，不稍片刻又被大雪掩盖。寒风阵阵，冷入骨髓，女子只一身单薄的白色亵衣，沾了血，染了泪。她原本藕色的棉袄裹在地上奄奄一息的男子身上，染了片片殷红，如冬日盛开的梅花一般。

"阿晏，阿晏我们回家……"女子勉强站在雪地里，两手扣住男子的双手，几乎用尽了力气拖着他前行。

男子眉间结起了絮白的冰凌，脸上是黑色的泥红色的血，双唇没有丁点颜色，只有微微颤抖的长睫昭示着所剩不多的几许生气。

女子双手冻得通红，两颊挂满泪，一个趔趄倒在地上，整张脸上只有左眼角的泪痣红得沁眼。她无措地爬起来，跪坐在男子身边，两手抱起他的脑袋窝在胸口。

风不止，雪不停，雪地好似无边无际，只有这样的两个人依偎着。女子眼里的泪早已停下，她掬起一把雪，待那雪融化，擦在男子脸上洗去他面上的脏污，循环往复。男子面上的脏污终于洗净，女子微微笑着，在他身边躺下，挪了挪身子窝在他怀里，喃喃道："阿晏，我们，一起死……"

晏玺蓦地从梦中惊醒，睁眼见到微暗的灯烛，窗外刚好飘过几瓣凋谢的梅花花瓣。

"来人！"晏玺花白的眉头紧紧拢起，低唤了一声，马上有宫女在榻前跪下。他看都未看一眼，下了榻，自行穿了件外衣，沉声道："传倾君公主！"

晏倾君跪在冰冷的大理石地面上，双腿有些酸涩，御书房内的灯烛闪闪烁烁。她低着头，正好看到红烛清晰的倒影，清晰到一滴滴似泪般滑落的蜡水都能数出颗数来。

晏玺侧身站在窗口处，蹙着眉头，花白的胡须未让他显老，反倒多出一种帝王专有的威严。窗外夜风瑟瑟，花叶簌簌，更衬得御书房内寂静无声。他突然转过身，凝视着晏倾君，眼睛里映出的忽明忽暗的烛光使得他看上去更加不可捉摸。

晏倾君垂着眼，素白的脸上未施粉黛，额上的朱砂未褪，与她左眼旁殷红的泪痣两相呼应。晏玺突然咳嗽着笑了一声，道："君儿，你长得……越来越像梦烟了。"

晏倾君沉吟半晌，答道："儿臣是母亲的女儿，自然与她长得像。"

"性子却与她不像。"晏玺撇开眼，背着手转身走到书桌边坐下，又咳嗽了几声，才微微笑

道："你没有什么想问朕的吗？"

晏倾君注视着地上晏玺的影子，高直的王冠被烛光拉长，原本瘦削的身形甚至显得有些佝偻。

"父皇，您是否给太子哥哥与晏钰哥哥设了一场比试？"晏倾君始终未抬眼，声音平静。

晏珣虽说是太子，却是七位皇子中最小的，晏钰身为长子，平日最爱与他一争高低。

"何以见得？"晏玺眼神一亮，极有兴致地问道。

"父皇若想让儿臣去贡月国，直接下令便是，拐了那么多个弯，是因为您放手不管。初时与贡月国国主定下的皇后人选是倾云皇姐，因为某个原因，您临时给了他们这场比试，晏钰哥哥选倾云，太子哥哥选的却是我。"晏倾君微微一笑："倾云皇姐容貌出众，民间声望不差，背后又有耿家的势力支持，她嫁去贡月，贡月国国主自是满意。因此晏钰选倾云，可太子哥哥却选的我。可惜儿臣并非贡月国国主意属之人，因此太子哥哥便施计在我身上弄些与'月神'有关的东西……因为贡月国迷信月神。最后，太子哥哥赢了。"

"你说这是比试，那战利品是什吗？"晏玺兴致更浓，缓声问道。

晏倾君低笑："白子洲。二十多年前白子洲独立为国，物资富饶，被我东昭纳入囊中后空废了这么些年，如今重修，说粗俗了，就是一块肥肉。父皇起初让奕家来负责，可奕家毕竟是外姓，父皇不放心，因此想要转手给晏钰哥哥。既然是肥肉，太子哥哥怎会让晏钰哥哥轻易吃了去？于是与晏钰哥哥有了这场比试，要证明他比晏钰哥哥更有能耐来管制白子洲！"

晏玺笑着颔首，算是默认晏倾君的说法，随即又道："那你再说说，珣儿凭什么认为你比倾云更适合去贡月国？又凭什么说服朕让你——一个失宠多年的公主去贡月国？"

晏倾君的长睫抖了抖，所谓的"和亲"，表面看是增进两国关系，另一方面也是互相牵制。嫁过去的公主，对贡月来说是"人质"，对东昭来说，既然选择一个真正的公主，便有可能是"细作"，有任务在身。可她一个没有母系家族为牵绊、失宠多年而未必感恩于晏玺的公主，他怎么会放心让她去完成任务？

"不知道。"晏倾君如实回答，她手中的信息有限，着实想不到自己嫁去贡月的理由。

"哈哈……"晏玺突然扶着雕花木桌大笑起来，夹杂着几声咳嗽，转首，注视着晏倾君的眸子蒙了雾气般："君儿，几年未与你说说话，果然是长大了，这心思，比起梦烟，有过之而无不及啊……"

晏倾君平视着地上晏玺的影子，不多语。晏玺站起身，踱着步子缓缓到了她身边，布满皱纹的手抚上晏倾君左眼角的泪痣，幽幽道："若是幼时就有如此心思，有些事情，是不是会看得更清楚点？"

晏倾君心中"咯噔"一下，她稳了稳呼吸，问道："不知父皇何意？"

"四年前，梦烟不足三十岁，君儿……"晏玺的声音带着古怪的笑意，渗着几许寒冷："你真的相信，她会那么容易病死？"

晏倾君觉得头皮一麻，一口气突然堵在胸口。她咬住下唇，抬眼盯着晏玺，目光灼灼，低声道："还请父皇多加指点！"

晏玺刚好背着光，面上的一片阴影显得脸色尤为阴沉，可偏偏他笑着，便衬得那笑容很是诡异，但他也只是笑着，不再多说。

晏倾君蓦地从地上站起来，大步向外走。门被打开时，一阵冷风扑入，吹起她的长发和衣袂。她在门口处停住脚步，突然一声冷笑："父皇，今后儿臣无法常侍左右，父皇一定要保重身体。"

晏玺看向她纤细单薄的背影，略有疑惑地皱起眉头。

晏倾君接着道："您一定要好好活着！活着看我回来！我——会回来的！"

七日后，绣着"昭"字的明黄色旌旗迎风飘扬，猎猎作响。晏倾君凤冠霞帔，妆容华重，拜过皇家祠堂后跪在昭阳殿，与晏玺及皇后辞别。

东昭国的婚俗，有"哭嫁"一说，可晏倾君从头到尾面带微笑，连眼都未眨一下。直到踏着红毯，一步步走到朝阳门时，笑容才僵了僵，随后却越发灿烂，因为那里站了一个人。

奕子轩素白的袍子上绣着兰花暗纹，温煦的三月阳光下仿佛散着吐蕊时的芬芳。东直门的空地，往日有公主出嫁，都是外戚送嫁所待的地方。今日，那里其实站着许多人，年老的，年幼的，笑容满满目光殷切地看着她，有些甚至还拿帕子抹着眼泪。

晏倾君笑看着，真好看，这副假惺惺的模样真好看。

那些人，除了奕子轩，她一个都不认识。挽月夫人本就是孤女，哪里来的这些亲戚？不过是为了好看，充充场面罢了。

"公主……"察觉到晏倾君想要转方向，一直在身后的茹鸳连忙偷偷拉住了她的长袖，压低声音唤了一句。

晏倾君仿佛并未听到，仪态端庄地、一步步向前走，直到奕子轩身前。

两人之间的距离不到三尺，却是海角天涯。

奕子轩眼睛微微眯起，看向晏倾君，却不像在看她，而是看着往事浮光掠影般在眼前划过。

那女子娇俏欺人，那女子巧笑嫣然，那女子梨花带雨，那女子面含桃红……如今，那女子笑容肆意，眸光冰冷，站在离他三尺远的地方，一段不远，也不近的距离。

三月的阳光本是柔和的，可阴雨连绵的天气持续了大半个月，今日突破云层洒在暗红色宫墙上便让人觉得猛烈，再衬上晏倾君火红的嫁衣，竟越发刺眼了。

晏倾君定定地注视着奕子轩，阳光的折射下，凤冠上的珠帘发出七彩的光，掩住了眸子里的神色。她的双手抬起，正打算说话，奕子轩旁边却突然钻出一个人，对她笑得娇媚："差点耽搁时辰了，我来给妹妹送行。妹妹此番远嫁贡月国，尊为皇后，好好保重！"

晏倾君一眼扫过晏倾云紧紧扣住奕子轩的手，轻笑道："姐姐来得正好，有件东西，妹妹应该还给姐姐才是。"

奕子轩面色微变，晏倾云双眼一亮，五彩琉璃珠？那本来就该是她的！当然得还给她！

晏倾君一手伸进长袖中，摸索了许久，才在晏倾云热切的目光中取出一物。

晏倾云面上的期盼转眼变成失望，甚至还溢出几抹阴冷。因为晏倾君拿出来的，不是五彩琉璃珠，而是一张纸笺。她一眼便认出那纸笺，是自己暗中传给奕子轩的，现在，居然在晏倾君手里！

"呐，姐姐的字，越发好看了呢。"晏倾君笑着将纸笺递给晏倾云，漫不经心道："上次子轩到我这里，落下这个，姐姐的东西，应该物归原主才是。"

晏倾云闻言，气得面色发白，瞪着晏倾君，伸手打算接过纸笺。

"啊，不对……"晏倾君像突然想起什么，巧妙地一个转手，缩回就快到晏倾云手里的纸笺："既然是姐姐给子轩的，应该还给子轩才是！"

说话间，拿着纸笺的手又递到了奕子轩眼前。

纤细的手指上，大红的蔻丹在阳光下熠熠生辉，素白的纸笺在微风下轻轻颤动，时间好像在这一刻静止，往情却在指尖缓缓流逝。

那一年，是谁一身白衣徐徐，在镜湖边柳树下，对她盈盈浅笑；那一月，是谁日夜相守不离左右送汤喂药，笨拙地唱着曲调怪异的歌曲哄她入睡；那一日，是谁手指西方，对她柔声蜜语："阿倾，你看云之彼端，你为落日我为彩霞。子轩定不负卿。"

奕子轩轻笑着，接过纸笺，指腹滑过冰凉的蔻丹。

"对了，倾君在此恭祝姐姐与奕公子百年好合！姐姐，倾君相信，奕公子——"晏倾君笑起来，与晏倾云说着话，眼神却是落在奕子轩身上："定不负卿！"

　　四字音落，晏倾君反手转身，艳红的喜服在空中划出优美的弧度。她微微仰首，目不斜视，大步走出宫门，走出过往，走向另一个，完全出乎她预料的世界。

第三章

倾君公主死于和亲

　　阿倾，生在皇家，身在宫中，人便再无‘情’
字可言。阿倾，想要活下去，你能信的，你能依靠
的，唯有自己。

——挽月夫人

红妆蔓延数十里，一派华丽繁荣。

东昭国送嫁队伍有近五百人，贡月国迎亲队伍近五百人，合计上千人，浩浩荡荡地一路向西。

东昭与贡月东西相望，中间隔了祁国与商洛国，从东昭去贡月，穿越两国交界处的一条祁洛山脉便是。

天山鸟飞绝，万径人踪灭。

此时的晏倾君站在华丽的金色马车前端，接受五百名东昭军最后的朝拜。过了这雨山坊，前面就是祁洛山脉，也就意味着出了东昭国国界。送嫁队伍到此为止，拜过倾君公主后举旗回朝。

夕阳下，明黄色的"昭"字大旗蜿蜒着越走越远，似乎在昭示着晏倾君与东昭国的距离。

"公主这边请。"一边的贡元弯身引路，晏倾君还未正式与贡月国国主成礼，唤声"公主"比较合礼数。

"谢王爷。"晏倾君收回目光，微微屈膝还之以礼。

贡元满意地打量着晏倾君，笑得眉毛弯起的弧度都加深许多。这女子，且不说额头的新月，单单会一支挽月舞就能笼络不少人心。幼时又声名远播，如今这模样长得也比倾云公主耐瞧，他那皇帝侄儿定会爱不释手！

晏倾君察觉到他的眼神在自己额头扫过，微微别过脸。那朱砂刚点上去时，是无论如何都抹不掉的，三日之后可自动脱落，也是无论如何都留不住的。

"公主可要饮些水酒？"

他们在雨山坊稍作歇息，夜里还是要赶路的。祁国和商洛两国正在交战，趁着双方休战过了祁洛山才好。

"用些茶水便好。"晏倾君微笑着回答。

贡元给下人使了个眼色，便有人恭敬地拿了茶水过来，茹鸳忙接过来给两人倒好。

茶香扑鼻，茶水甘苦，带着清新的回甜。贡元喝了一口，瞥了一眼刚刚升起的弯月道："二十八……咦，倾云公主，应该是今日出嫁吧？"

晏倾君眼神闪了闪，笑应道："是啊，姐姐今日出嫁，嫁给奕家长子奕子轩。"

茹鸳在她身后看不到她的表情，不安地动了动身子，悄悄瞪了一眼贡元，想要他停住话头。哪知他仍是接着道："对对对，那日可是贵国陛下亲自赐婚。倾云公主贤良淑德，品貌兼优，奕大公子也是谦谦公子一表人才，真是才子佳人天造地设的一对啊！"

贡元见晏倾君笑容愈甚，开口还想继续。茹鸳在旁边一急，忙拿着茶壶倒水道："王爷不如说说贡月国的陛下，让公主略有了解，过去之后也更好适应。"

"茹鸳！"晏倾君的声音里带了责备，这种场合，不是她的身份可以插话的。

"公主莫要责怪，这丫头说得对！"贡元见晏倾君有了怒气，开口解围。茹鸳忙赔礼，垂首往后退了几步。

贡元也未在意，笑道："陛下是怜香惜玉之人，公主这番品貌，陛下必定宠在心头啊！"

晏倾君微笑着，做出羞涩的垂首姿态。贡月国的新主，若她未记错，登基五年，今年刚满二十五。长得什么模样未曾听说，倒是对"月神"的迷信，比起他那个荒淫无度的父亲有过之而无不及。听闻有一年疫病突发，那国主不是拨款赈灾，寻医研究治疗疫病的方子，而是在月神台不吃不喝满七个日夜以求月神保佑。

所谓鬼神信仰，从来都是上位者用来统治百姓的手段，可是连帝王都被迷了心智，一味迷信，国之将亡！

思及此，晏倾君心头一跳，有什么东西在脑中一闪而过，却未能抓住……很关键的东西……

"不过陛下最近劳心于东北矿产的开采，若是一时冷落公主，公主也莫要见怪。"他那侄子的后宫……五年时间已经有了近千名佳丽，还是提前与晏倾君道个醒……

晏倾君却是只注意到他的前一句话："陛下最近劳心于东北矿产的开采"。

据她所了解，贡月为五国中最小，可是矿产丰富，且手握炼铁秘术，曾经倚仗这两个优势强极一时。

只是近两代国主迷信神力，大肆修建"月神"庙宇，甚至妄得长生。时至今日，贡月其实不如

表面那般风光，由她来猜，怕是岌岌可危吧？

祁国、商洛空有矿产，无炼铁之术，东昭用挽月舞换来炼铁之术，却苦无矿产，与贡月之间又有祁国、商洛相隔，挥鞭策马地打过去"抢"也是不可能，于是，贡月就在这样微妙的平衡中得以生存。

这平衡一旦被打破……

晏倾君心中一亮，觉得闭塞了几日的脑子突然通透起来。原来……如此吗？

贡元又说了几句无关痛痒的话，晏倾君只是客套地微笑。暮色微薄，一行人回到原地准备出发，晏倾君回到马车上便闭目沉思。

茹鸳以为自己刚刚的多嘴让晏倾君生气了，安静地候在一边也不敢打扰。

车轮滚滚，马匹嘶鸣。

晏倾君将最近发生的事前后想了一番，再把自己曾经不解的地方一一列出来。

为什么晏倾云要暗送纸笺与奕子轩谈条件？为什么晏玺选一个亲生女儿去和亲，却又选了一个没有旁骛牵绊、与他没有父女之情的女儿？为什么晏珣不计后果地与她撕破脸让经营了四年的"兄妹情"轻易毁于一计？

只要一个假设成立，这些"为什么"全部有了理由！

晏倾君突然睁眼，眼里慑人的光亮让正犹豫着如何哄好她的茹鸳心头一紧，本能的问了一句："公主……怎么了？"

"茹鸳，收拾东西！"晏倾君面色如霜，霍然站起身沉声吩咐。

茹鸳被晏倾君突如其来的变化惊住，看公主的面色知道定是有不好的事情发生，可是，收拾东西，她们要干什吗？

晏倾君自顾自地在马车里翻找起来，收拾东西，趁着还来得及，走人！

那一个可能成立的假设，是必然成立的！她的出嫁，根本不是和亲！

"公主，收拾……收拾什吗？"茹鸳不知所措地问道。

晏倾君深吸一口气，闭了闭眼，让自己冷静下来，道："茹鸳，待会马车横穿祁洛山，你称我身体不适，让他们减慢速度。"

茹鸳已是心跳如鼓，连忙点头。不管公主想到了什么，要做什么，必然是有理的。

晏倾君俯身掀开车窗，只见窗外夜色如墨，山路崎岖，月光下树杈的影子如狰狞的恶兽舞动的双臂，夜风清凉，让她又冷静了许多。

她们被抛弃了，彻底的。

以和亲为名，以她倾君公主的一生为代价，不是为了促进两国关系的发展，而是从贡月下手，有借口打破平衡的五国关系。

在微妙的平衡中生存的贡月，矿产丰富的贡月，国之将亡的贡月……

晏倾君所想的假设，便是东昭王曾经的掌上明珠在和亲途中死于非命！

祁国与商洛的交界处，贡月的迎亲队伍。地是祁国与商洛的，活着的人是贡月的，死了的人却是远去和亲的东昭公主。如此一来，三国如何脱得了干系？

和亲用晏玺的亲生女儿，中途出事不会有人怀疑是他亲自捣鬼。用晏倾云，身份显贵，背后有东昭三大家族之一的耿家，若她死，轩然大波不可能轻易平息，东昭得到的好处也就越多。

可若晏倾云中途得到消息了呢？

明知自己会死，当然不会出嫁！因此送出纸笺与奕子轩谈条件，有了奕家支持，晏玺便要放弃她，重新考虑了。

再者，耿家的势力，用得好对晏玺有利，可是一个不小心让耿家人知晓，他们必定认为晏玺轻视打压耿家，心中不平。

换作她晏倾君呢？一个没有势力的公主，死便死了，没有任何人为她追究晏玺。贡月国国主意属的人选不是她，那让来使注意到她便是！

所以晏珣在那场比试中自信满满地选了她。他与她近处多年，还有一个奕子轩帮他，要引她入局，轻而易举。

对奕家而言，奕子轩娶了倾云公主，做上驸马，与皇家联姻，与耿家联姻，朝中还有谁是他们的对手？对晏珣而言，奕家强大，代表的就是他的强大，还有谁敢觊觎他手中的太子之位？

夜风急速而阴冷，刮过晏倾君的双眼，她竟觉得有些酸涩。她不由得冷笑，这样想来，所有的事情都说得通了。

多么圆满的结果。她的父皇，她的哥哥，她的情人，一个为了国家大利，一个为了稳住地位，一个为了家族大义，牺牲她一个小女子算什么？多么冠冕堂皇的理由，只是要她一条性命而已，她为数不多的亲人爱人们就能得偿所愿。

可惜，她从来都不是懂得牺牲自己成全他人的人！

"公主，好了！"茹鸳手脚麻利地收拾好贵重物品，跟了晏倾君这么多年，她的一个眼神一句话她就能明白要干什么。公主说收拾东西，那便只能是收拾马车内值钱的东西了。不管原因如何，过程是怎样，她只要跟着公主便是。

晏倾君接过茹鸳打点好的包袱，对着她重重点头。

茹鸳微笑，转身出了马车。即便曾经亲耳听见挽月夫人教公主，皇宫内能信的人只有自己，即便公主想要相信的两个人同时背叛她，到如今，公主还是信她的！

晏倾君亦转身，准备换一身衣物。凤冠霞帔早在出了皇宫后便换下来，可今日受五百送嫁东昭军朝拜，穿得也很是华丽，不适合出逃。

祁洛山三日时间便可攀过，这三日，定会有所谓的"意外"让她"不小心"地客死他乡，她必须趁早离开才是。

晏倾君正想着，突然嗅到一股刺鼻的血腥味，随之肩头一紧，脖间冰凉，一把银亮的匕首正对喉间。

"公主？"女子的声音沙哑虚弱，响在晏倾君耳边。

晏倾君身子僵直，心中微微一惊，莫非直接派刺客杀了她？不可能！没有人看见的暗杀，怎么可能将责任推到其他三国身上？更何况这女子身上带血，听声音是受了重伤，应该是误打误撞过来的。

"换衣服！"女子见晏倾君不答，也不再追问，只看她模样气质也无须多问了，是出嫁的东昭公主无疑。

晏倾君眼角抽了抽，莫非她是被人追杀，想借着她公主的身份躲过一劫？

"姑娘的刀子可否松一些，否则我要怎么与你换衣服？"晏倾君镇静道。

女子显然滞了一滞，一面放开匕首一面冷声道："你若敢叫喊，马上没命！"

车门恰在此时被推开，晏倾君刚刚被放开的肩膀又被人扣住，能感觉到刚刚离开喉间的匕首几乎划破她的皮肉。

茹鸳一进来便见到自家公主被满身血污的女子用匕首制住，忙用双手捂住了快要破喉而出的大叫声，惊恐道："你……你想要干什吗？"

那女子眼神精明透亮，浑身是伤却不见乏力，防备地盯着茹鸳，冷声道："马车为何慢了下来？出去！让他们加速，以最快的速度驶出祁洛山！"

茹鸳见女子手中的匕首已经割伤晏倾君的喉咙，白嫩的皮肤渗出的血让她惊慌得浑身发抖，连连点头："好，我听姑娘的，姑娘你……你莫要伤了公主……"

茹鸳慌忙地出了马车，晏倾君脖间的匕首这才放下，感觉到背后冰冷的眼神，她快速地脱下外衣，取下发间的簪子——这公主，她倒也不想做。

那女子穿上晏倾君的衣物，又迫她穿上自己的，看了她的发髻一眼便自己动手绾出了一个一模一样的，再将面上血渍洗净，从容地找了块薄纱掩面。

晏倾君有一瞬间的恍惚，这女子，身形的确和自己相似，连利落的动作都与自己如出一辙。模样清秀，不是倾国倾城却也算得上小家碧玉，只是比一般女子多了冷冽的杀气。

她若一直在这里，自己如何出逃？出祁洛山之前，必定会有一场骚乱。

这想法刚刚在脑中掠过，马车突然加速狂奔起来，车外呐喊声四起，夹杂着马匹受惊的嘶鸣声。

"保护公主！保护公主！"

"不是之前发过信函，说我们是迎娶东昭公主的队伍吗？"

"大爷的，好像是祁国和商洛突然打起来了！停下停下，待他们交战之后再过去！"

"来不及了大人！人马太多不好折返，若不快速前行，会被两方大军夹在中间！"

"东昭公主在此，他们还要开战不成？停下！"

"大人！听闻有祁国刺客刺杀商洛的大将军成功，商洛军愤难平，追击刺客到此，人马太多，祁国定是以为他们趁夜偷袭！双方战势正凶，我等避无可避，赶紧离开才是！"

……

马车就在几人的大声争执中忽而快忽而慢，最后终于是停了下来。并非听从命令停下来，而是暗中飞来的箭将车夫射得滚下马车。

晏倾君静坐在马车内，沉声道："你就是那刺客？"

那女子不答，因为失血而苍白的脸上冷毅非常。她忍着伤口的剧痛到了车窗边，掀开窗帘看了看外边，那面色便愈加惨白，冰冷的眼神突然柔软，流着眼泪嘴里呢喃着"爹爹"便要出马车。

突然"嗖嗖"几声，数支长箭破门而入，女子身形一让，侥幸躲过。

晏倾君匆忙扫过马车外，竟似有人偷袭，车外的守卫也无暇顾及马车！她忙拉过那女子，怒斥道："现在外面战况混乱，你出去干什么吗？"

晏倾君显然高估了女子的力气，用力过猛，使得她枯枝般倒在地上，哭嚷道："爹爹！爹爹不可死在他的手下！他也不可死在爹爹手下，他们不可以打起来！我得出去阻止！"

爹爹？

晏倾君微微垂首，自己与这女子换衣服时，腰间的琉璃珠也换作她腰间的蓝田玉，那玉上有一个"封"字。

祁国封佐封老将军的名声，五国内，对政事稍有了解的都有耳闻。祁国的占地仅次于东昭，

与东昭,商洛,南临,贡月四国都有接壤。二十年前,祁国国力衰退,边境战事繁多,全靠这位将军二十年如一日奋战卫国,保得祁国一片安宁。

这女子身上的玉佩,身手气质,再一口一句"爹爹",应该是那封将军的女儿不错。只是不知两军交战时,她怎么会满身是伤地出现在她的马车内。

那女子毕竟习过武,摔倒不过片刻便重新站了起来,执拗地往外冲。

若她穿着倾君公主的衣服冲到双方交战的现场,这两队人马无论如何都脱不了干系,她更是无法脱身了。思及此,晏倾君眼疾手快地拽住那女子,岂料马车内突然泛起杀气,晏倾君感觉身上一阵剧痛,天旋地转间竟是与那女子一起从马车上跌落,摔在地上。

马车被两柄银晃晃的大刀劈得四分五裂,一队蒙面黑衣人出现在夜色中,与迎亲的贡月军打了起来。

战鼓声如雷鸣,前方是厮杀着的祁军与商洛军,后方是打斗着的贡月军与黑衣刺客,晏倾君与女子几乎被夹在中间进退不得。

那女子跌在地上后迅速甩脱晏倾君的手,快速奔向祁国与商洛的战场。后方的黑衣刺客中马上有人跟着那女子追了过去。

晏倾君心中一惊,那群刺客是冲着她来的!呵,是晏玺派来的?还是晏珣与奕子轩?

"公主!"眼看一名刺客追上那女子便是一刀,战场内响起突兀的女子尖叫声,晏倾君抬首只见到茹鸳挡在女子身前挨了一刀,便如秋叶凋零般无力地倒在地上。

晏倾君一声"茹鸳"差点破喉而出,却是硬生生地吞了下去!不可喊不可喊!此时喊出口,暴露的是自己的身份!天色太暗,形势紧张,茹鸳才会将那女子认作她,等一会,再等一会就好了,茹鸳一定不会死!

晏倾君安慰着自己,双眼还是忍不住酸涩。她不出声,却是不受控制地向茹鸳的方向奔过去。

母亲不止一次告诉她,奴是奴,主是主。她生就是公主,奴才生就是服侍她为她生为她死的。她从前深信不疑,对手下的奴才冷言冷语。他们对她笑是谄媚,对她面无表情是无礼,对她出言不逊者,罚,胆敢顶撞者,死!

所以昭明十四年,她失宠后,幸灾乐祸者不计其数,只有一个茹鸳,自始至终留在她身边,默默地看她哭看她笑,称她"公主"。

十年,她即便冷血,也非草木。

硝烟四起,呐喊震天,火光烧亮大片夜空。晏倾君想要尽快到茹鸳身边,前方却有马蹄声向着自己奔来。她抬眼，强迫自己集中精神分析来者身份。花白的胡须，夜色里野兽般幽亮的双眼，满满的紧张之色，是封佐。她穿着那女子的衣服，茹鸳将那女子认作她，封佐也将她认作他的女儿。

那女子与晏倾君的方向不远，在她看来，封佐也是向着她靠近的。她显然已经忘了自己正穿着晏倾君的一身衣服，一面躲闪着黑衣人的攻击，一面向封佐靠拢。

"静疏！"商洛军中突然传来一声高唤。晏倾君一眼瞥过去，是身着银白色大将军盔甲的年轻男子，商洛的大将军商阙？女子本要刺杀的对象？这样亲密的叫唤，两人倒不像敌对的。

封静疏的身形僵了僵，却并未放缓。黑衣人似是已经察觉到刺杀对象与他们所知晓的倾君公主略有不同，交换神色后放缓动作，马上又有贡月军斗上来，将他们引开。

晏倾君眼睁睁看着不停有人踩过茹鸳倒在地上的身子，脑中突地一片嗡鸣声，霎时间满脑都是茹鸳的脸。

幼时相伴，十年相依，名为主仆却情同姐妹。她再也顾不得分析局势，管他封佐、封静疏、商阙之间是什么关系，管他是有人策划此番混战还是巧合碰上，现在她只想到茹鸳身边看看，看看她的伤有多重，然后赶走那些踏过她身体的浑蛋！

四方争斗，没有人注意到焦急地想要赶到茹鸳身边却一直被绊倒的晏倾君。

还有一丈远，她就能抱着茹鸳命令她不要死。晏倾君却跌倒在地上，再也无力站起来，她看到了，看到地上的茹鸳，半个身子都被大刀砍过，看到她睁着双眼，直直地望向天空，眼角还有未滑落的泪，看到她的嘴形，是一个"公"字。

变故来得毫无预兆，却理所当然。是她不听母亲的话，是她轻易信了人，是她身居高位却妄想过普通人的生活，被人设计被人利用被人出卖，所以茹鸳死了。

"啊——"一声凄厉的尖叫从交战声中突围而出，晏倾君茫然地抬头，见到封静疏的面纱刚好被夜风刮走，不远处封佐的心口被长箭刺穿，从马上跌了下来。

封静疏尖叫之后，就那么一动不动地站在原地，瞪着远处持弓的商阙，眼里的泪混着脸上的血，滚滚而落。那表情，是愤怒，是哀怨，是爱恨纠缠？

黑衣刺客再次缠住封静疏，她反身一扑，整个身子倾向剑端。

晏倾君只觉得自己浑身都是血，衣服上的血是封静疏的，手上的血是茹鸳的，脸上的血是身边兵将的。死人，这么多的死人，全部在她身边……

十五年来，她第一次大脑一片空白，第一次感觉到自己无能为力，第一次知道什么是绝望。

　　"阿倾，生在皇家，身在宫中，人便再无'情'字可言。阿倾，想要活下去，你能信的，你能依靠的，唯有自己。"

　　挽月夫人的话突然响在晏倾君耳边，沙哑，带着点冰冷的声音。

　　想要活下去，能依靠的，只有自己！

　　晏倾君不再看向茹鸳所在的方向，而是趁着旁人未注意到，看准一个缺口便匍匐在地。

　　身边不时有人受伤，倒在她附近，死在她眼前。附近的火焰如同狰狞的大笑欲将这世界吞噬，耳边是呐喊是哭叫，眼前是血是尸体，鼻尖是腥臭是焚香。

　　而她趴在地上，趴在地狱的入口处爬过鲜血攀过断臂，竭尽全力地想要逃离！

　　三月的夜晚，冷风如刀。

　　原来——这就是战争。

　　你没站在最高处俯瞰生死，就匍匐在最低处承受灾难。

　　晏倾君笑了起来，笑容苍白而虚无，火光下竟有几分隐隐的狰狞。

　　今日她匍匐在最低处，终有一日，她会站在最高处！

　　她要走出这修罗场，她不会死的！

　　可是疼痛袭来，晏倾君被迫翻了个身，只见银晃晃的大刀砍向自己，接着，身子要被撕裂一般，疼痛到欲哭无泪，疼痛到无法呼吸，疼痛到无力思考。

　　原来这就是疼，这就是痛。她要记住，记住今日这支离破碎血肉横飞的画面，记住茹鸳瞪大的双眼落下的血泪，记住今日这无声呐喊无力哭泣的绝望，记住自己是怎样一步一步沦落至此的！她，不会死，不能死！这一切的一切，她都要记住！然后，再也不犯这些愚蠢的错误！

第四章

借尸还魂不如将计就计

鲜血，疼痛，挣扎，反抗，自愈，坚强，强大。我以为，这是成长的必经之路。

——晏倾君

晏倾君觉得眼皮很重,脑袋很沉,身子像是落在了世界的最底层,压抑得喘不过气来,眼前暗沉无光,耳边却是有声音的,来自许多年前的声音,穿插错乱地响起来。

"公主,奴婢茹鸳,愿终生侍奉公主左右。"

"阿倾,你看云之彼端,你为落日我为彩霞。奕子轩定不负卿。"

"都给本太子滚开!谁敢动倾君一根头发,就是跟我晏 作对!"

"阿倾,你看娘病了,病得无可救药……"

"四年前,梦烟不足三十岁,君儿……你真的相信,她会那么容易病死?"

"父皇,您一定要好好活着!活着看我回来!我——会回来的!"

……

她,会回去的!

晏倾君心中剧痛,压抑许久的各种情绪在梦中轰然爆发,像是要将她撕得四分五裂方肯罢休！她猛地睁开眼，纷乱的声音终于退去，随之，意识逐渐清醒过来，身子上的疼痛也清晰可察。

还能感觉到疼痛……

活着，她居然还活着！

"小姐醒了！"思甜一见昏睡了好几日的女子睁了眼，喜上心头。

晏倾君眼前像是蒙了一层水雾，模糊不清，凝思聚拢飘散的意识，用力眨了眨眼，才看清眼前明黄色的帷幔和雕刻着飞凤的红木床架。

她又眨了眨眼，有点不敢相信眼前所见，明黄色，飞凤……她居然，还在皇宫里？

"忆苦，你快去禀告太后，说封小姐醒了！"思甜忙转身对杵在榻边一脸冰冷的年轻女子说着，自己快步到了桌边拿起药碗，庆幸着那药刚刚凉下来。

晏倾君刚刚还混沌的脑袋瞬时清明。那甜腻的声音给了她两个讯息：第一，她的确是在皇宫，却不是在东昭皇宫，她可不记得自己有个皇奶奶；第二，那声音唤她"封小姐"，莫不是把她认作了封静疏？

晏倾君的手游移到腰间，空空如也。

"小姐可是在找这个？"思甜一手拿着药碗，另一手拿起晏倾君枕边的一块碧玉，递到她眼前。

果然是那块"封"字玉佩……

"小姐放心，这是封家祖传之物，奴婢们自然会为小姐护好。物什固然重要，却是比不得小姐的身体，奴婢先喂您喝点药，稍后太后会过来一探。"

听那甜腻声音的语速轻快，吐字如珠，晏倾君微微抬眼，便见着一位十三四岁的女子，一身清绿色的宫女装，左右两边的发髻上系着绿色的丝锦，平添了几分少女的天真气息。

思甜见晏倾君双眼清亮，面色红润，暗暗吐出一口气，轻声道："奴婢思甜，奉命照顾小姐。小姐在战中重伤，皇上为了保住小姐性命，特地下旨准小姐进宫方便御医治疗。现下小姐是在贤暇殿，距小姐在战场中昏迷已经快六个日夜了，本以为救不回来……"

思甜哽咽住，抹了抹眼泪，继续道："幸亏太后体恤，赏了宫中的无价之药，小姐也总算是醒了……"

晏倾君一字不落地听着，暗道这宫女倒是心思玲珑，知晓自己刚刚醒来对着陌生的环境陌生的人心中会有疑虑，便一点点地解释给她听。

想到这里，她突然想到茹鸳，心中一沉，便闭上了眼。

"小姐可是哪里不适？稍后便会有御医过来，小姐快快先把这药喝下。"思甜见她面色突变，暗自责怪自己多话，舀了一勺汤药递到晏倾君嘴边。

晏倾君从前最讨厌的便是喝这又苦又浓的汤药，每次都是茹鸳在她身边又哄又劝的才勉强喝下一碗……她再次用力闭了闭眼，重新睁开时，眼底恢复平静，服顺地咽下药。

听这思甜所言，她是被当做封静疏没错了。可是，即便她与封静疏的身形如何相似，这张脸……怎么可能认错？

晏倾君忙摸了摸脸，除了左眼角处微微刺疼，其他地方仍是滑嫩完好。

容貌未毁。

那是怎么回事？祁国赫赫有名的封大将军之女，怎会无人识得？

"小姐放心，御医说过，定会竭尽所能还小姐的花容月貌。眼角的伤必然会除得干干净净。"思甜软声安慰，见一碗药已经见底，拿帕子擦了擦晏倾君的嘴角，起身将药碗放回原位。

晏倾君趁势将这宫殿打量了一番。殿外春光明媚，殿内窗明几净。虽说比不上她曾经的白淑殿大气华丽，却也简单舒适，别有一番端庄素雅。

"扶汝太后驾到！"

宫人尖细的声音让晏倾君将眼神收了起来。祁国国主幼年登基，由璋华、扶汝两位太后辅政。眼下过来的扶汝太后，传闻脾性温润，贤惠大方，是那年幼皇帝的生母。晏倾君不知封家与扶汝太后有什么渊源："封静疏"一醒来她便赶了过来……

思甜和殿中其他宫人已经跪下行礼，晏倾君睁着眼躺在榻上不动。

"唉，可怜了好生生的丫头，怎么……"扶汝太后生得一对柳眉，唇薄脸尖，妆容精致，体态纤细，一脸心疼地快步入殿，未有停顿地向着晏倾君所在的床榻走去。

"啊！"

眼看扶汝到了榻边，一面说着，欲要握起晏倾君的手，晏倾君突然坐起身，抓起身后的枕头就朝她扔了过去。

满殿的宫人，见到晏倾君的动作皆是面色大变，刚刚才起身，立马齐齐跪下。榻上的晏倾君胸口的衣襟被血渍浸染，显然是伤口绷裂，她死死咬着唇，两眼通红，不停地流下眼泪来。

"太后息怒！封姑娘怕是刚刚醒来，神智还未完全恢复才会冲撞了太后！"思甜面色惨白地跪在地上，往前挪了几步，磕头打破一室的静谧。

扶汝回神，深吸一口气，理了理衣服，笑道："御医呢？"

"微臣在！"地上穿了藏蓝色官袍的老者挪着膝盖出列。

扶汝退在一边的木椅上坐下，眉头微蹙，担忧道："快来看看这丫头，哀家看着还真是有些神志不清，不是说只是皮肉伤吗？"

"微臣遵旨！"老御医起身，躬着身子靠近晏倾君。

晏倾君仍是流着眼泪，不停摇头，身子往后退，无措地看了看四周，抓起被子往他身上砸，又抓起榻上的玉佩，手伸到一半，没有扔出去。

"思甜。"

扶汝给了思甜一个眼神，思甜会意，站起身到榻边柔声道："小姐莫要怕，这是连御医，来给小姐医病。小姐的身子不疼吗？您给御医看看，就不疼了。"

晏倾君的脸许是因着疼痛而苍白到没了颜色，下唇被她咬出血来。她疑惑地瞥了一眼思甜，将手里的玉佩捂在胸口嘤嘤地哭，盯着扶汝低声呢喃道："血……血……"

老御医见状，恍然转身道："禀太后，微臣看封小姐的神色，怕是在战场受了刺激……太后今日又穿了红衣，她才会反应激烈。"

扶汝微微颔首，柔声道："那哀家不近她身就是。"说罢，竟也不恼怒，自行退了几步，在圆桌边坐下。

扶汝一走远，晏倾君果然安定许多，御医把了脉，皱着白眉，小心问道："小姐，除了受伤的地方，可还有哪里不舒服？"

晏倾君茫然地摇头。

老御医略有疑惑，又问了一句："小姐……可还记得自己的名讳？"

晏倾君茫然地摇头。

一边的扶汝将榻上晏倾君的表情尽收眼底，露出几分怜悯，暗道这丫头莫不是被吓傻了？祁洛山一战，她终究是个女子，亲临战场还重伤而归，若非援军及时赶到，十条性命都不够她丢的。

"那小姐可知道您现下身处何方？"老御医有了与扶汝太后同样的想法，试探地问道。

晏倾君的眼泪已经在脸上风干，眼里起了一丝波澜，轻声启齿，疑惑道："皇……皇宫，太后……太后？"

下一刻，晏倾君像是突然清醒过来，跪在榻上对扶汝太后磕头，惊恐道："参……参见太后，我……小女……民女……"

扶汝见她反应过来，怔了怔，又见她吐词不清，怕是心神还未稳下，忙微笑道："罢了，快快

平身躺下，莫要让伤口裂得更厉害了。"

晏倾君感激地谢过之后，老实地躺在榻上，连御医问一句她便答一句。末了，连御医对着扶汝躬身道："回禀太后，依微臣所见，封姑娘是刺激过度，损了记忆，以前的事情恐怕都不记得了，好在神智并未受损，或许待她修养些时日，便都记起来了。"

扶汝了然地点头，怜惜道："唉，忘了也好，忘了也好。"

晏倾君微微合目，暗暗吐出一口气。那日在战场上，她亲眼见到封佐被一箭射下马，恐怕性命难保，封静疏更是自己撞向刀口，十之八九命丧当场。她昏迷半月，也不知其中发生了什么变故，让这祁国的人将她误认作封静疏，更不知东昭那边在这半月内可有动作，在弄清事态之前，佯装失忆是最好的法子，即便日后她的身份遭到质疑，她也从未亲口承认自己就是"封静疏"，这帽子是他们给自己扣上的。

"璋华太后驾到！皇上驾到！"

晏倾君刚刚松口气，以为度过一劫，尖细的传唤声又将她的心提到了嗓子眼。

璋华太后，祁国先帝的正宫皇后，出身名门，稳坐后位二十余年。外传两位太后相处和谐，共同辅佐幼主。至于祁国的皇帝，除了名讳，她只知道"幼年登基"这四个字。看来封佐在祁国的地位果然不同凡响，女儿重伤可以住在皇宫让御医亲治，刚刚醒来两名太后连着皇上都赶过来看了。

晏倾君合算一番，咬紧了牙关忍痛下榻，随着众人行礼。扶汝过来时她为了装作反应不及，未下榻行礼，此刻却是装不得了。

"这就是封家那野丫头？"璋华太后的语气并不是讽刺，而是威严。一句"野丫头"让贤暇殿瞬时静了几分。

晏倾君心中亦是一顿，扶汝称她为"丫头"，璋华在前头加了个"野"字，果然，两人之间是不和的。而且，这一个"野"字，让她大概猜到了为何自己会被认作封静疏。

"抬起头来给哀家看看。"

与扶汝的温软不同，璋华的话，只要开口便带着股皇家特有的傲气。这种气势，晏倾君太熟悉——从小优越的生存环境、高人一等的身份地位必有的气势，譬如十一岁之前的她。

晏倾君顺从地抬头，平视着不对上她的眼，却也没有有意避开，眼角的余光便轻易地瞟到她的模样。

高眉大眼，妆色雍容，却遮不住眼角岁月的痕迹。相较之下，扶汝的年轻貌美，与她生生隔了一辈人似的。

"这模样，真真娇俏动人，哀家看了都打心底里喜欢，怪不得扶汝这么心切地赶过来看一眼。"璋华缓缓笑着，眼角的细纹越发醒目："皇上，你说呢？"

晏倾君一早便瞧见璋华身后的那抹明黄，明明应该是皇宫里最为耀眼的存在，到了他身上，好似隐匿了万丈华光，且隐得干净彻底，不留痕迹。

"朕来瞧瞧。"少年皇帝的声音轻快悦耳，声刚落下，人已经到了晏倾君眼前。

十四五岁的模样，眉眼微弯，唇红齿白，带着股青嫩的稚气，弯着身子看入晏倾君的双眼。

晏倾君见他对着自己微笑，笑得和善温柔，真如孩子一般，没有半点帝王之气，只是那双眼里，黑色的瞳仁沉得密不透光，像是要将人的灵魂都吸进那一汪死水般的深潭。她没有躲闪，一躲一闪甚至半躲半闪她就输了！她坦然地、略带迷惘地与他对视，直至看到他眼角微不易见的弧度。

"果然比这宫里的美人都要美。"祁天佑连连颔首，不吝赞美，转首间脸上浮起带着孩子气的天真笑容："可是与母后一比，云泥之别。"

女子重貌，被人称"美"，还是在迟暮之年，与一个年纪轻轻充满活力的女子对比，即便是知晓他人有意讨好，那讨好吃起来也是甜的。璋华没有例外地露出舒心的笑，刚刚的盛气凌人淡去许多。

"皇上又贫嘴了。"璋华笑得慈祥，一面坐下，一面拉着祁天佑的手轻拍道："皇上啊，哀家知道你天性善良，又心怀天下，对臣子更是护忠心切。当初这封家小姐重伤回都城，皇上情急之下才下了圣旨恩准她入宫。可现下，哀家看她的伤已经好了大半，皇上想想她的出身……哎，皇上还是尽早送她出宫的好。"

扶汝见祁天佑入殿便未看自己一眼，面上已经露出不悦，再一听璋华的暗示，面色白了白。

她扫了一眼仍旧跪在地上的"封静疏"，笑着站起身，扶起晏倾君道："丫头有伤在身，还是先起来。"说着拉晏倾君在榻边坐下，转首对璋华笑道："姐姐是忘了她为封将军之女，还身受重伤吧？连御医刚刚诊脉，这丫头在战场上受的刺激太大，连自个儿是谁都忘得干净，如今封家只剩她一人，若是送出宫……姐姐让她孤身一人要往何处去才好？"

"封将军之女……"璋华敛眉沉吟半晌，才幽幽道："举国皆知，封将军苦战沙场二十多年，未曾娶妻，他有个女儿，哀家未听说过。倒是听说他倾心于哪家一个庶出的小姐，为了她才终身不娶。"

扶汝闻言，倏地站起身，面上的笑容再挂不住，冷眼睨着璋华。

晏倾君垂首，这一席话，让她对自己刚刚的猜测更加确定了几分。璋华太后说自己是"野"丫头，鼎鼎大名的封将军之女会被人认错，只因为封静疏是名不正言不顺的私生女……或许瞒了十几年，从未有人见过，是以，这些人才会只凭一个玉佩便定了她的身份。至于那"庶出的小姐"，扶汝反应这么大，与她有何关系不成？

"你……"扶汝咬牙，说不出话来。

璋华继续道："这样一个出身不明身份卑微的私生女，如何留在宫中？"

"数百名将士作证，封将军的确独女封静疏养在边疆，姐姐如何能说她是出身不明？"扶汝冷眼盯着璋华，字字铿锵："封将军二十年如一日恪守边疆，功绩赫赫，战死沙场为国捐躯，哀家怜其孤女无所依靠，收为义女！如此，可够身份留在宫内？"

扶汝这一招显然在璋华意料之外，却也不见她有太大反应，只见她缓慢地拿起茶盏，喝了一口，才悠悠道："皇上啊，哀家前日看了本德顺从民间搜集来的册子，写的都是十几年来在民间最受追捧的故事。其中一则，哀家怎么看怎么眼熟，说是一个普通的下人，恋上了家里的小姐，奈何小姐家世显赫，入宫做了娘娘。那下人有出息得很，为了能再见小姐，参了军，最后还做上了将军，苦守边疆数十年，每年只有受召进宫才悄悄见那小姐一眼。最后为了小姐终身不娶，战死沙场。哎……皇上，你说如果给这故事写个续，将军死后突然出来个私生女，那小姐迫不及待就认了私生女做义女，你说说看，那看书人会怎么臆测呢？"

扶汝早已气得双眼通红，浑身颤抖："你……你这是……"

"哀家这是怎吗？"璋华仍是微笑道："莫非妹妹知晓这故事中的人是谁？"

扶汝撇过脑袋，只对着皇帝怒道："皇上！封静疏必须留在宫里！"

"皇上，宫里连一个普通宫女都是经过层层选拔，这么个野丫头要留下来，皇上还是好好斟酌。"璋华气定神闲。

烫手的山芋丢给了祁天佑，一个要她走一个要她留。少年皇帝为难地皱起了眉头。

晏倾君垂首，有些不耐。时隔多年，她再次见到宫里的明争暗斗，这戏码她一眼便看穿，不怎么精彩，所以她想躺下休息。她留在宫里，或者说今后富庶的生活是必然的，根本无须担心。

封佐领兵这么多年，名扬五国，必然在军中威信极高。封静疏的存在，是安抚并拉拢封佐手下亲信的最好棋子，这些人怎么可能轻易放过？

璋华不过是借她刺激刺激扶汝罢了，顺带断了"封静疏"交给扶汝的可能性，再者，还能试探试探这少年皇帝。她不会让扶汝收她为义女，平白把"封静疏"背后封家亲信的势力给了扶汝；

也不会做出恶母夺权的模样，强要"封静疏"。把最终的决策权推给祁天佑，自己免了一身臊，还能试试他是否真如表现出来的这般"单纯"吧？

思及此，晏倾君发现，这场戏还是有看头。有着那样一双眸子的祁天佑，她不认为会是简单的人。若他想将戏演足了，就得顺着璋华的意思将"封静疏"交给她，可那样便是直接给璋华添了一股势力。若他当真不简单，想要自己掌权，当然是将"封静疏"纳为己用最好，可这样一来，会让璋华发现他的意图……

晏倾君想瞧瞧，这位少年皇帝能不能使出什么绝妙的法子化解眼前这场僵局。

祁天佑仍旧紧锁着眉头，为难地看了看扶汝，又看了看璋华，在殿内来回踱步。最终他一手拍额，喜道："朕知道了！"

"皇上想明白了？"

"如何？"

璋华与扶汝同时发问。祁天佑好像对自己想到的法子极为满意，愉悦得两眼发光，笑道："德路，快快去把晏哥哥请过来！他一定能想到让两位母后都满意的法子！"

闻言，璋华与扶汝皆是沉默。

一侧的晏倾君却是大惊。这一句话，生生将她从看戏人，拉到了演戏人的位置！她不动声色地往榻上闪了闪，将脑袋埋得更沉。

晏哥哥，莫非是他？

她在祁国唯一的亲人，也是她扮作封静疏的最大破绽，祁国内的东昭质子——五皇子晏卿。

晏倾君对晏卿的记忆，模糊到可以忽略其存在。他比她长了三岁，被送出东昭时他才十岁。如今想来，只依稀记得她这位哥哥是极不得宠的，时常被人欺负，脑袋里唯一与他有关的画面是他离开那年，海棠花正好盛开，他却在树下哭得鼻涕邋遢，被其他几名年幼的皇子围着笑话"宽额大鼻，是东昭有史以来最最难看的皇子"。

那时她刚好路过，抱着幸灾乐祸的心态瞥了他一眼，想着"的确够难看"便走了。

未想到时隔八年，竟还有机会再见。

只是今非昔比，晏卿在祁国的待遇显然比普通质子好得多，甚至比他在东昭过的日子更好，看这两位太后和皇帝的态度便可窥见一二。

思绪飞转间，晏卿已经到了殿内行过礼，两名太后剑拔弩张的态势略有削弱。晏倾君听到

祁天佑愉悦的声音问道："晏哥哥快帮朕出出主意，封静疏该如何处置才好？"

晏倾君始终垂首，只瞥到晏卿暗墨青色的衣摆。

"皇上，封老将军驰骋沙场十数年，建功无数，如今为国捐躯，只留下独女，自当好好安置。"

晏倾君心头微微一触，这声音清润如风，似染了清晨竹林里的露气，润人心肺，不急不缓地响在殿内，听起来尤为舒心。记忆里的晏卿是沉默的，总是垂首站在不起眼的地方，畏畏缩缩，如今只听这一句话，便知晓他变化不小。晏倾君有些心痒，想要抬首看看她这位多年不见的哥哥。

"可是……"祁天佑无奈又为难的声音："两位太后……母后，您让晏哥哥再说说，说出个具体的法子吧！"

最后半句话里孩子似的娇气和依赖极其自然地流露出来，晏倾君从小见到的皇帝就是晏玺那般，喜怒不形于色、深沉而难以捉摸的，是以，不管祁天佑的嗔状多么的自然而然，她总觉得背后凉飕飕的。

"皇上如此信任卿儿，卿儿你便说说你的看法。"璋华开口，带着淡淡的笑意。

晏倾君背上又是一寒，卿儿……

转念一想，深藏在记忆里的东西又浮出水面，晏卿的生母是出自祁国送去的美人……具体身份她是不记得了，只知那女子生下晏卿后便去世了。若她与璋华有什么关系，倒也不奇怪。送走一个自己并不重视的儿子、一个祁国不会妄动的"质子"，还真像晏玺的行事作风。

"晏卿以为，封小姐不仅是封将军的独女，还以身探险，深入敌营，祁洛山一战的大胜，她功不可没，可说巾帼不让须眉。如此铁血女子，忠义之后，皇上当然该公告天下，大赏以激励军心。"

之前祁天佑让晏卿说话，还对着璋华撒娇，显然晏卿是璋华的人。可他这番话说出口，没有偏帮璋华，甚至直说封静疏是封佐的独女，等于否认了璋华之前所说的"出身不明"，而璋华，沉默许久，没有反对的意思。

晏倾君终是没能忍住，假意撩发，扫了晏卿一眼。

只这一眼，她不得不感叹，民间俗语说女大十八变，莫非男子亦是如此？

眉如远山面如冠玉，眸含笑意眼含秋波，谦和温润的气质由内而外地随着墨青色的袍子流泻出来。

她一眼看过去时，他正好微微侧首，将眼神落在她身上。那目光像是沾了油水的春风，和煦，却没来由地让她觉得滑腻，更像是炎热的夏日昭阳殿外的阳光，不是火辣，而是通透，通透得仿佛要穿过她的身子。

晏倾君对他那副表皮的好感瞬间消失得无影无踪。宫中人大抵都是如此，华丽的外皮下裹着深比宫墙的心。一如奕子轩，同样的谦谦公子温润如玉，同样的举止有礼言谈有度，也同样，不可相信。

晏卿突然弯了弯唇角，看着晏倾君笑起来。这笑容，在其他女子眼里怕是魅惑至极颠倒众生，看在晏倾君眼里，却是让她心中戚戚。他那一笑虽是好看，却探不出眼底的情绪来，八年前他离开东昭时，她七岁，今日一见，他可会认出自己？

晏倾君露出怯弱的样子，双眼含羞地瞥开，随后也礼貌地笑了笑。

"晏哥哥如此说，那朕封她个郡主如何？"

那两人一眉来一眼去，不过一个瞬间而已。祁天佑疑惑地问向晏卿。

一边的璋华显然对这个结果不太满意，正要插话，晏卿已经答道："皇上英明！"

"那就封为'绍风郡主'，两位母后可还满意？"祁天佑面上的表情看来，显然是对自己出的这个主意非常满意。

扶汝见"封静疏"不用出宫，颔首同意。璋华见晏卿不反对，也缄默不语，算是默认。

晏倾君抿唇轻笑。这皇帝还真是找到了一个好法子。封她为郡主，不是任何一个太后收作义女，她承的是皇恩，不是哪个太后的眷怜。扶汝只想保她在宫内，对这结果不会反对，而璋华，应该是因为晏卿才没有反对。

晏卿一个东昭国的质子，在两宫太后辅政、皇帝傀儡、外戚当权的祁国，能有一席之地，还真是……不简单啊。

祁国和安六年，祁洛山一役，大将军封佐战亡，独女封静疏舍命立功。帝念封佐一生戎马，立功无数，其女忠义，不让须眉，特封绍风郡主，赐居宜沣殿。

宜沣殿毗邻皇宫内唯一的沣水湖而建，殿后一座数十丈高的小山包，绿树茵茵，可说是依山傍水，风景独好。

经过一个月的调理，晏倾君身上的伤已然大好，只是从胸口到腰间留了一条巨型蜈蚣似的大疤，好在衣物可以遮去。

这日她正对镜描眉，不由得再次触上左眼角。站在一边的思甜忙道："郡主，您瞧，这伤果然好了，一点印子都没留呢。"

晏倾君微微闪了神，那不长不短的伤口，正好把她眼角处的泪痣剥落得干干净净。如今一点疤都没留固然是好事，可每次看到光溜溜的一片，总觉得少了些什么。

"郡主，还是奴婢来吧。"思甜弯腰，笑着接过晏倾君手里的眉石："您的右手还未痊愈呢，今日连御医过来再换一次药，三日后应该就可以拆纱布了。"

晏倾君服顺地坐在铜镜前，对着思甜微微一笑。半月前，她刚刚可以下榻，便"不小心"打碎了瓷碗伤了手腕，御医诊断，伤到手筋，好在抢治及时，只是不能再动武而已。

"郡主，今日阳光大好，奴婢扶您出去晒晒太阳吧。"思甜顺手将晏倾君的发髻又理了理，想着这位郡主文慧大方，娴静淑雅，可"静"得过了些，时常能整日不说话。她料想着是没了记忆的原因，便借着闲暇的时候在她耳边说些她所了解的祁国，还有封老将军生平的一些事。

而绍风郡主显然也是爱听的，譬如此刻，她面露笑意，就着她的搀扶出了门。

晏倾君在殿前凉亭里的竹椅上躺下，微风拂面，她微微眯了眼。一个月以来，她竭力扮演着失忆的"封静疏"的角色，再借着"失忆"的缘由了解祁国，了解自己目前的处境。

一个半月前的"祁洛山"一役，开始于贡月老王爷去东昭之前，结束于老王爷带着她回贡月的途中。对"封静疏"而言，过程大概是她深入敌营，先刺杀商洛的大将军商阙，若是成功则皆大欢喜，若失败，则引出商洛部分精锐……其中曲折原委，恐怕只有"封静疏"一人得知，具体的作战策略宫中的宫女也不可能知道。总之，结果就是祁国虽然损失一员大将，却大创商洛，连取五座城池，最后商洛不得不求和，将两国共有的祁洛山商道割给祁国，祁洛山也改名祁安山。

而对"晏倾君"而言，和亲途中遭遇突发战事，又被不明人等刺杀，命陨当场。东昭国国主大怒，声讨三国，商洛赔上黄金万万两，祁国允诺祁洛商道无条件对东昭开方，而贡月，则送上一座矿山。

思甜曾在她耳边惋惜，说那位曾经名扬五国的倾君公主死得面目全非，东昭国国主见过后失声痛哭，尸身搁置了七个日夜方才厚葬。

彼时她听着"自己"的葬礼如何轰动，举国上下如何哀恸，笑得心都疼了。此时她看着湖面波光徐徐，居然有一丝庆幸："晏倾君"不死，何来今日的"封静疏"？

"郡主，扶汝太后来了。"
思甜在晏倾君耳边低声提醒，她忙起身，行礼。

扶汝太后的性子，在宫中是出了名的温婉，不端架子不仗权势，到了她面前更是一副慈母模样，平日过来，连传到都免了。

只是今早还向她请过安，这会儿又过来，还真让她有些受宠若惊……

"明日是你父亲的七七之日……"扶汝拉住晏倾君的手，缓缓道。

祁天佑今年不过十五，她也就三十出头的模样，又保养得极好，模样很是年轻，笑起来像清秀的夏荷展尽了颜色。可此时她看向湖面，竟笑得有些沧桑，接着道："明日皇上会准你出宫祭父，静疏……你帮我送点东西到他坟前可好？"

晏倾君心中一动，不露声色地柔声道："太后有事尽管吩咐便是，静疏自然是乐意为太后尽力。"

扶汝闻言，欣慰地笑了："东西我明日托人交给你，你替我烧给他便是。"

扶汝说着，竟微微红了眼圈。晏倾君握了握她的手，颔首。

是夜，凉风习习。

晏倾君侧卧而眠，又听到隐隐约约的古琴声，似淙淙流水滑过耳边般，每个音符的相撞都让人心头微微一颤。她并不精通音律，却也听得明其中的哀思愁绪。

这琴音，从她入住宜沣殿便听见了，旁敲侧击地问思甜，思甜却说什么都没听见，可她眼底闪过的浑浊还是被她捕捉到。眼失清澈，便是有所隐瞒。

挽月夫人对幼时的晏倾君说过，每个人心里都有着不能说出口的秘密，那秘密会随着人掩埋在黄土深处；而每座皇宫都有着不可窥探的秘密，那秘密会在某个角落溃烂消弭，遗失在历史长河中。

她不止一次地夜半起身，想要窥探那琴音的来源，可宜沣殿背后是山，侧面是湖，另一面便直通皇帝的后宫。她尝试着往前走，琴音越来越弱，自不可能是后宫传出，而后山山头荒芜，不可能住人……

寻思几日无果，晏倾君决定忽略那"秘密"，直至今夜，琴声里夹杂了缥缈的笛音。

外间的忆苦、思甜已经熟睡，晏倾君披上披风，轻手轻脚地出了门。

四月杏花开，殿外开满了杏花，一枝两枝探到院子里，平添春意。晏倾君发觉那笛音显然比琴音清晰，不止是乐音清晰，连声源都清晰许多。她凭着感觉寻笛音而去，竟是一步步走到了殿后的小山前头。

夜色深沉，山间雾气氤氲，黑蒙蒙的一片。晏倾君止住步子，略作沉吟，抬脚向前。既然出来了，她不想空手而归。然而，还没走出几步远，那笛音戛然而止，晏倾君的步子也随之止住。

稀疏的树林里头，不远处那人的身影在月光下清晰可见，墨青色的衣袂勾勒出他修长的背

影，仿佛于天地间茕茕孑立，冉冉孤竹生。

他突然回过头来，不着痕迹地收起手里的玉笛，轻笑着一步步向晏倾君靠近。

笑似春风拂面，雨打清荷。

晏倾君再次伸手拢了拢披风，上前几步道："原来是晏公子夜来雅兴，在此处吹笛。正好我无心睡眠，便出来寻寻美妙笛音的主人。"

晏卿对晏倾君的出现并未流露出意外之色，笑着迈步，离她愈近。

他身上是带了一股墨香的，不浓不淡的一股水墨香，只在一段极近的距离才会嗅到。这次晏倾君没有移开双眼，而是凝神定睛，借着月色将眼前的男子看得一清二楚。

温润的眼，俊挺的鼻，削薄的唇，唇角勾起一抹笑容。那神色，不再是初见时的温煦，而是不加伪装的深邃和——危险。

人愈近，晏卿黑色瞳仁里沁出的一丝丝光亮便越发清晰，似三月吐绿的芳草，丝丝绕绕像要缚住人的灵魂。

他含笑，半倾下身子，林间月下两人被抽长的影子重叠交错在一起。晏倾君皱起眉头，欲往后退两步拉开距离，他却突然支起了身子，手上拿了一片杏花花瓣。

"杏花谢了啊……"晏卿低声一笑，带出说不尽的风华："落在郡主肩头了。"

晏倾君报之以一笑，笑得灿烂："多谢晏公子。"

晏卿的手指稍稍松开，杏花花瓣随风而去。他侧过身子，眯眼看着弯月，缓缓笑道："月如钩，好似钩出点秘密让我发现了。"

晏倾君也随着他的目光看过去，随着他的语气缓缓笑道："是啊，这宫里的秘密……何其多。刚好，也让我发现了一个。"

晏卿挑了挑眉头，转眼正视晏倾君，笑问："你是谁？"

晏倾君扬了扬眉，对上晏卿的眼，笑问："你又是谁？"

第五章
冒牌与冒牌的情深意重

　　人与人之间，没有什么纽带比互相利用的关系
更加牢靠。

　　　　　　　　　　　　　　　　——挽月夫人

林子里的风不大不小，刚好吹得树叶窸窣作响。天空不时有夜鹰飞过，嘶鸣着拍打翅膀。月光下的两个人距离很近，是情人间暧昧的距离，四目相对时，却不是情人间爱恋的眼神。

　　"姑娘是不是该先回答我的问题？"晏卿笑容愈甚。

　　晏倾君毫不示弱，笑容似要生出朵花来，柔声道："晏公子，莫不是这夜色太暗迷了双眼？我是封静疏啊。"

　　晏卿的身子又近了些。晏倾君觉得一股无形的压力随着他的靠近沉下来，她却不能躲。他定定地看着她，不说话，她便觉得时间顿时放缓了脚步，随着他的眼神贴着她的面颊一点点爬过。

　　她直视他的眼，面上笑容不变，心底却是讶异，讶异他眼中的神色。犀利的审视巧妙地融在墨黑的瞳仁里，一眼便把她看透一般，偏偏那眼里还能带出闲适的淡笑。即便是在父皇晏玺那里，她也未曾见过这种眼神，而晏卿，只有十八岁而已。

　　不对："晏卿"十八岁，不代表眼前这个人十八岁。

　　若说在贤暇殿的初次见面，那个念头只是在脑中悄然划过，那么，这个月夜的相逢，她几乎可以确定，这个人，不是晏卿！

　　母亲说过，看人，只需看眼。记住一个人，是记住他的眼神。这样，不管何时何地，你永远不会弄错敌人与朋友。

　　看这人的眼神，八年前的晏卿，双眼迷蒙，黯淡无神，身为皇子却不及平民，而这个人，从容优雅，气定神闲，与八年前天壤之别。再说长相，若说眼神可能在岁月的洗涤中完全变样，一个人的模样，不可能在八年间变得面目全非。今夜她瞧得仔仔细细，可没看出半点"宽额大鼻"

的影子。

所以他问她一句"你是谁"，她丝毫没怀疑是他看出她倾君公主的身份，因为这个人，恐怕根本不曾见过她。

晏卿那一眼，不过片刻工夫便移开，他退了几步，垂首理着锦袍袖口，低笑道："不错，今夜月光太暗，也让郡主花了眼，连晏卿都没认出来。"

晏倾君暗暗松了口气，她不是封静疏，他亦不是晏卿。她放手，他亦放过。两人只当今夜什么事都未发生，当然是再好不过。

"是啊，晏公子莫要见怪才是。夜深了，静疏还是先行回去，公子若有雅兴，继续。"晏倾君温顺一笑，转身便走。早知道今夜出来会碰到他，还会被撞破身份，打死她都不出宜沣殿。

"不过……"晏卿突然开口，拉长了尾音，随即不紧不慢地戏谑道："封静疏从小在商洛长大，你想扮作她，是不是该再下点工夫？"

晏倾君停住脚步，心中微怒。这人，出尔反尔，变脸比翻书还快。她心下一横，干脆转首轻笑："多谢指点，要不，你再多说点？"

今晚是哪里露了破绽，她大概猜得到。既然他不肯放过，她也不扭捏。封静疏的过往，那几名宫女不知道，她无法套话。扶汝每次都说"忘了更好"，不肯与她多说，那她直接问这个"晏卿"就是。

"好处？"晏卿反问得理所当然。

晏倾君笑问："你不想知道我如何看破你的身份的？"

"不怕我杀人灭口？"

"朋友……怎么会杀朋友呢？"晏倾君挑眉，眸光流转，回答得理所当然。

晏卿笑得连眼角都弯了起来，显然对晏倾君的回答很是满意。他扬眉扫了一眼晏倾君横在胸口仍旧紧紧拉住披风的手，悠然道："封静疏为边境处的一名风尘女子所生，十几年来封佐根本不知道有这么个女儿，待到知道了，却一直逃避不肯见她。直至祁洛山一战，封佐允诺封静疏，若替他完成任务便承认她的身份，甚至承认她那死去的娘的身份。"

晏倾君听着，暗暗心惊，连封佐与封静疏之间的协议都知道，是璋华的势力探知，还是晏卿自己的？

"封静疏其实是在商洛出生，在商洛长大。"晏卿突然将话头一转："你的手，可以放开了。"

晏倾君这才反应过来，自己的手，一直没敢放开。

今晚她的破绽，就在这披风上面。

她不知商洛女子是如何用披风，可东昭国，所有有系带的地方，朝右绾花。右是为"东"，而"花"，是浑圆的形状，好似朝日。绾花的手法其实略有复杂，可每个东昭子民从小便会，极其熟练。她从小养成的习惯，出门时潜意识里只有自己一个人，披上披风时哪里会特地注意那习以为常的动作……

即便封静疏不是从小在商洛长大，一个失忆的女子也不可能在没人教授的情况下绾出东昭才会有的花状来。所以，晏倾君一看见晏卿，便借着拢披风的手势想要遮住，岂料还是被他发现。

"晏公子真是观察得细致入微。"晏倾君很是真诚地赞了晏卿一句。

晏卿受用地笑眯了眼："不若郡主演戏的本事大。明日郡主要出宫祭父，切记演得不露痕迹。"

"多谢公子提醒，静疏谨记于心。"晏倾君同样优雅地笑。

晏卿却是突然敛起笑容，担忧道："不过……"

晏倾君诚挚地看着他，关心道："不过什吗？"

"不过，明日会有名服侍你近十年的丫鬟来找你。"

晏倾君心中一阵悸动，第一反应便是茹鸳！又马上想到晏卿说的"你"是指封静疏，而不是她晏倾君……

晏倾君脸上的失落很轻易地落在晏卿眼里，他显然误会了眼前女子"失落"的原因，故作诧异道："居然还有让郡主为难的事情。"

晏倾君的第二反应才是她如今假扮封静疏，如果真是服侍了封静疏近十年的丫头找上门来，第一个倒霉的就是她。

"郡主刚刚都说我们是朋友，其实我可以帮你，只要你开口。"晏卿继续说着，带着温柔的诱惑。

晏倾君转首，笑得妖娆："那你帮我杀了她。"

在这样一双通透的眼底，她不想伪装，也无须伪装。既然他主动提出，她却之不恭。

晏卿又开始用那种审视的眼神注视着晏倾君，好似要看出她这番话的真假，直至触到她眼底的冰冷，方一笑，云淡风轻："好，这才够资格做我晏卿的朋友。"

语罢，转身离开，留了最后一句让晏倾君恨得牙痒的话："郡主的贴身丫鬟楚月，服侍郡主近十年，温柔善良的你怎么忍心抛弃她一个人在宫外孤苦伶仃呢？"

晏倾君对着他的背影，狠狠瞪了一眼。明明是想借着她弄个人进宫，偏生故弄玄虚地吓她一把，恶劣至极！

第二日一早，晏倾君带着思甜，大批兵将在宫门等候，一同前往将军墓。

将军墓在祁都郊外不远处，晏倾君听思甜说封佐是绝对的风光大葬，祁都附近的百姓纷纷聚拢，哭送百里。她对封佐的印象仅停留在祁洛山战场上策鞭而来时的焦急模样，现在想想她会觉得好笑。若当真在意封静疏，怎会不肯承认她的身份，还要她以身涉险？

这样的亲情，不要也罢！

当然，封静疏还是比她幸运。至少封佐在战场上还一心救她，比起她那个用她的性命换来矿山金银的父皇好得多。

"郡主，奴婢扶您下车。"

马车停下来，封静疏就着思甜的手下车。其实她的伤早就大好，无须搀扶，可弱不禁风的病女子，总是惹人疼惜的。

晏倾君出了皇宫便换了身孝服，再加上昨夜的晚睡导致精神恍惚，看在他人眼里，倒真是重病一般。

封佐的墓前，齐刷刷地站了一排将领，银白色的盔甲在阳光下熠熠生辉。晏倾君眯了眯眼，交叠在长袖底下的双手狠狠地掐了自己一把，疼得她眼泪汪汪。

她推开思甜，红着眼眶噙着眼泪，蹒跚着一步步走到封佐墓前，照着思甜之前说过的祁国丧俗，重重磕了七个响头。随即祭酒，烧纸钱。

整个过程中，晏倾君一言不发，泪水跟断了线的珠子似的，待到纸钱飞天，簌簌而落，便跪在墓前嘤嘤地哭了起来，接着声音越来越大，像是正被暴雨摧残的娇花，我见犹怜。

"郡主节哀！"一众将士齐齐面露恸色，拱手相劝。

晏倾君又狠狠地掐了自己一把，打算"撕心裂肺"地哭一把，转首间瞥到一抹墨青色的衣衫，眼泪怎么都挤不出来了。

将军墓后是大片的树林，茵茵绿绿，将那抹墨绿掩住，可晏倾君还是可以肯定，那人正站在那里！她甚至可以想象到他是如何扬起眉头看她哭得凄惨，如何弯起嘴角露出讥讽的笑，如何幸灾乐祸地等着看她哭得再狼狈一点。

于是她不想演下去了。被人围观看戏的感觉总是让人不舒坦的，今日她演到这个份上也就够了。

晏倾君擦干了眼泪，止住哭泣，起身微微行礼，哽咽道："静疏代爹爹感谢各位前来拜祭，感谢各位对静疏的照拂，静疏必定铭记于心！请受静疏一礼！"

说着便深鞠一躬。

众将领有白发苍苍者，有正值壮年者，有年刚及冠者，有和封佐近二十年的战友，有被他一手提拔的将领，有随他南征北战的新军，听到"封静疏"的哭声时已经是红了眼眶，再受她一礼，只能齐齐跪地道："郡主节哀！我等必护佑郡主左右！"

晏倾君拿帕子擦着眼泪，嘴角却是微微掀起。

她等的，就是这句话。她想让晏卿听见的，也是这句话。

日上中天，马车向着来时的方向急速行驶，奔向皇城。除非国丧，宫内是不许披麻戴孝的，晏倾君在马车内将孝服换下，穿了身素色的裙衫。

思甜哭得红肿的双眼还没恢复过来，想着郡主定是比她更难过，倒了杯茶水递在她手上，正想着怎么开口安慰，耳边马声嘶鸣，马车一阵剧烈摇晃。

晏倾君手里的茶水荡在手背上，烫起一片殷红，她却未丢下茶杯，反倒紧紧地握住。

今日的第二场戏，开幕了！

跪在地上的女子头发凌乱，浑身脏污，甚至隐隐散发着一股子酸臭味儿。她一见到晏倾君下车，眼泪便热滚滚地流下来，拿袖子擦去，才稍稍看得出一点原本的模样。

"小姐！小姐！"那女子几乎是连跪带爬地到了晏倾君身边，哭嚷声惹得祁都的百姓纷纷驻足观望。

晏倾君几乎要被这阵势惊得退后两步，任她怎么算计，也不会想到"楚月"会以这么脏兮兮的凄惨模样出现在自己面前。

看来，有人比她会演戏得多。

"小姐！不对……不对，是郡主！郡主，楚月终于找到您了！"楚月想要拉住晏倾君的裙摆，晏倾君却是被一边的思甜一扯，整个人退了几步，躲过她的手。

"你是谁？莫要冲撞了郡主！"思甜对着楚月横眉冷眼，接着对身边的侍卫喝道："你们都是做什么的？这乞丐如何能让她近了郡主的身？"

"姑娘，她自称是郡主以前的贴身丫鬟，整个人拦在路中央，所以……"一名侍卫出列，支吾道。

思甜闻言，皱着眉头瞥了一眼楚月，不置可否地看向晏倾君。

晏倾君一脸茫然，诺诺问道："你……楚月？"

"小姐，您……您怎么了？连楚月都不认识了吗？"楚月哭得一句话都断断续续，拉住晏倾君的裙摆，整个身子便靠了过去："小姐，楚月从边疆徒步过来，总算是找到您了，呜呜……"

晏倾君眼神闪了闪，迷茫问道："楚月……你……你和我一起长大的，可对？"

楚月连连点头，眼泪一串串地掉。

晏倾君的手再次狠狠掐了自己一把，眼眶瞬时红了，蹲下身子抱住楚月，哽咽道："楚月，楚月辛苦你了……"

她本是不想哭，眼泪居然毫无征兆地流下来。

茹鸳，倘若此时抱住的人是茹鸳该有多好。可惜她亲眼见到她几乎被劈成两半，亲耳听到思甜说战场上只救下她一个活口，她还活着，伴了她十年的茹鸳，却再也回不来了。

外人眼里，好一幕主仆情深、催泪相认的画面，思甜的眼眶又红了。

茹鸳在晏倾君的脑中也只是闪过而已，她比任何人都清楚她抱着的人不是茹鸳。茹鸳死了，在战场上为了救"自己"死了。而为了一个死去的人哭泣，是最不值得的事情。

泪眼蒙眬中，晏倾君抬首，果然见到对面茶馆，临窗雅座边，青衫男子拿着茶杯看向她所在的方向。见晏倾君正看着他，将茶杯对着她的方向举了举，优雅地喝了一口，随即闲适地笑了。

晏倾君咬了咬牙，垂下眼帘。如今是她弱势，不得不依附于他任他摆布让他看戏，且看日后，谁人笑到最后！

脏得与祁都路边的乞丐相比都有过之而无不及的楚月，收拾干净后，竟让晏倾君小小地惊艳了一番。

柳叶眉鹅蛋脸樱桃唇，最为突出的要数那双丹凤眼，眼波流转，顾盼生辉。

晏倾君装模作样地与她解释了一番自己的记忆受损，许多事情记不得，还有许多事情只有模糊的影子，譬如她楚月。再让思甜先下去把楚月的事给两宫太后通口气，明日一早她再带着楚月向两位太后请安，在宫中求得一职。

待到一切处理妥当，又是月上柳梢。

楚月暂时与思甜共处一间，晏倾君说忙了一整日，大家都累了，早早地打发她们退下，她自己

亦是累得脑袋沾枕便昏昏沉沉地坠入梦乡。

梦里她居然见到了晏卿。十岁的晏卿，顶着颗大脑袋，宽额突出，比起小巧的嘴，鼻子大得有些抢眼了。几名皇子围着他嘲笑谩骂，他缩在海棠树下默默地哭，连一个怨愤的眼神都没有。

晏倾君的想法仍旧是"真够难看的"，所以，祁国的"晏卿"，绝不可能是她在皇宫里见过的晏卿。

那么，是什么时候调包的呢？

晏倾君觉得脸上冰凉凉、滑痒痒的，像是有人拿着什么东西触她的脸。她心中一惊，睁眼。

晏卿手里的长笛适时地收回袖间，面上露出春风般的笑。

晏倾君睁眼便见着一个并不太熟悉的男子对着她笑，虽说他长得好看，笑起来煞是养眼，可大半夜的房中突然冒出个男子，还将她从梦中惊醒，想要欣赏也是没心情。再想到白日里被他追着看笑话的气恼，晏倾君不紧不慢地撑起身子，拿了件手边的外衣披上，挑眉笑道："你还能笑得再难看点吗？"

晏卿面上的笑容显然一僵，说他笑得难看，这女子算是第一人。

"见你白日里掐得那么辛苦，我趁夜过来给你送伤药，你不该感激涕零？"那僵硬在晏卿面上只是一闪而过，随即他笑得愈甚，轻佻地扫了一眼白日里晏倾君掐过的手臂。

晏倾君拉长了尾音："感激……当然感激……"

她动了动身子，伸手拿起榻上的一个包袱，一面解开一面慢慢说道："我还特地准备了点东西答谢晏公子呢！"

说着，手一扬，将散开的包袱扔在了晏卿身上。

晏卿离晏倾君距离太近，虽是动作极快，也没能完全躲过包袱里的东西，一股酸臭味让他不悦地皱起了眉头。

晏倾君见他那副表情，十分满意地笑了。那是楚月身上的衣服，她特地留了下来给他当"重礼"！谁让他故意把楚月弄成那副脏兮兮的模样，她抱了她许久，今日回来沐浴了三次才将身上的味道除干净。

"真是冤枉……她孤身一人从边境赶过来，还能干干净净不成？"晏卿漫不经心地弹了弹墨青色的长衫，复又坐回晏倾君身边，笑道："更何况，若不是她那副模样，今日在祁都街头，那副主仆相认的情景，怎么能足够感人？"

晏倾君柔笑："是啊，所以我说多谢晏公子。"

"晏公子？"晏卿又靠了过去，微微扬眉，语调温柔："妹妹何须与哥哥这般客气？"

晏倾君心中一惊，虽然知道自己的身份必然瞒不住，可是也未料到他这么快便查出来了，十二个时辰都不到！

"祁洛山一役，战场上的女子只有三名而已。'一笑倾君'的倾君公主，怎么会那么容易死呢？哥哥说得可对？"晏卿柔笑着，一手抚上晏倾君的左眼角。

那里，属于倾君公主的泪痣已经剥离，晏倾君并不否认自己的身份，反倒将身子靠了过去，娇嗔道："是啊，妹妹本以为会在祁国孤身奋战，既然哥哥在，一定要好好照顾妹妹才是。"

晏卿垂首看着晏倾君，笑容飘忽："有我在，妹妹当然不会有事。不过……"

他突然顿住，面露难色。倾君抬首看他，他表情一变，笑眯了眼："明日，你带着楚月，先去丞千宫那里才好。"

按规矩，该是先去璋华太后的兴华宫，再去扶汝太后的丞千宫才是。他又在打什么算盘？不会有什么好事就对！晏倾君靠在他肩头笑得温柔，牙咬得不着痕迹："好，都听哥哥的。"

晏卿。

晏倾君躺在榻上整理了一下以前无意听到、最近有意搜集的一些消息。八年前东昭与祁国有过一场战事，东昭惨败，祁国提出的条件便是以五皇子为质子，制约两国关系。

可实际上，这名不受宠的皇子当然威胁不到晏玺，他乐意为之。而祁国的意图，也不在制约东昭，因为晏卿的生母，是璋华的亲妹妹。

听闻璋华与妹妹出嫁前，两人感情极好，在祁国得知妹妹的死讯，还恸哭三日。是以，晏卿到了祁国后，待遇优渥，甚至比那个不得势的小皇帝还过得逍遥快活。从他三更半夜在后山吹笛，还能潜入她的宜沣殿就能看出一二。

可是，他再得璋华信任，也始终是个他国质子。游走在两位太后和那小皇帝之间站对了队又能如何？终究是身处人下。

所以他舞权弄谋的真正对象是东昭才对，得到祁国的支持后想办法回东昭，背着五皇子的身份，还能争一争皇位。

如此说来，晏倾君那"倾君公主"的身份被他识破也不算差的结果，两个人都想在祁国得一方天地，借着这块踏板回东昭，有她这个真公主，将来还能替他这个假皇子打打掩护。这也是两个人关系的平衡点，现在她需要借他在祁国站稳脚跟，日后他也需帮他一把。

人与人之间，没有什么纽带比互相利用的关系更加牢靠。

这样一想，晏倾君安心满意地睡了。

第二日一早，晏倾君带着楚月向两位太后问安。

封静疏的娘是风月女子，可怀了她之后便给自己赎了身，迁居商洛。楚月是在封静疏五岁时被买回来做丫鬟的，往后十年，几乎寸步不离。

晏倾君事前与楚月商量妥当，反正她扮的是失忆，两位太后只会问楚月，楚月又是晏卿有意弄进来的人，事先必然已经准备完善，无须她忧心。

只是，两个人到了扶汝所在的丞千宫，三句话还未下地，祁天佑突然到了。

晏倾君被赐了座，楚月站在殿中，正打算接受盘问，一听宫人的唱声，齐齐向皇帝行礼。

祁天佑过来，只是例行的问安而已，扶汝并未表现得有多热络。

晏倾君暗道这对母子，还真不像母子。扶汝是祁国越家的庶出女儿，在她之前便有一位嫡出姐姐入宫，极为得宠。她在越家便不得宠，入了宫，虽说封了夫人，却未好到哪里，生下祁天佑后更是大病一场。璋华膝下本是有一皇子，奈何三岁时得了重病，早早便夭折。先皇见扶汝重病无法养子，又怜惜璋华丧子，便将祁天佑交由璋华抚养，如此，十五年来扶汝与祁天佑只有生育之恩，却没有养育之情。

"母后，这是？"祁天佑蹙着眉头看垂手而立的楚月。

"皇上，昨日绍风郡主出宫，这丫头是侍奉了她近十年的贴身丫鬟。绍风心善，不忍心她一人在外孤苦，便带进宫来，这不，正给哀家请罪，想在宫中求份差事呢。"扶汝的语气里，还是隐隐透着因为祁天佑过来而腾起的欣喜。

祁天佑颔首，面上仍然是一副未曾散去的无邪表情，水色的大眼好奇地看着楚月，盈盈笑道："抬起头来给朕瞧瞧。"

楚月紧绷着身子，极为羞涩地瞥了一眼晏倾君，慢慢抬头。

晏倾君安静地坐在一边，看似不在意，实则极为仔细地观察着各人的神情。扶汝之前便见过楚月，自是一副端庄模样。令她惊奇的，是祁天佑的反应。

本来挂在脸上的无邪笑容，在见到楚月时突然僵住，眼里孩子般的稚气烟消云散，浓黑的瞳仁泛出深邃的光泽，面上的表情也瞬间坚毅起来。只看表情便知他在极力克制情绪，可是，那克制显然未起到多大作用，他猛然站起身，长袖推落桌上的茶盏，碎了一地。

第六章

半路杀出的贴身侍女

　　今日他穿了一身雪白色的袍子，藤兰暗纹在绯
红的夕阳下一褶一皱。他步履悠闲又不失稳重，一
步步地走近我，面上仍是习惯性的微笑，仿佛这世
间最温柔最谦和的男子。

——晏倾君

"皇上恕罪！"楚月惊得面色发白，跪在地上瑟瑟发抖。

祁天佑的反应显然也出乎扶汝的意料，她眯起眼，开始细细地打量楚月。不过片刻，她面上浮起了然的笑，却迅速拿手上的锦帕掩去。

只是那笑容里的一丝幸灾乐祸，纵然一闪即逝，仍是落在了晏倾君的眼里。这祁国皇宫里的，一个个都是演戏高手啊。她也不甘落后，忙起身自责道："皇上，是静疏教导无方，楚月刚刚进宫，不懂宫里的规矩，又千里迢迢徒步而来，身体虚弱，静疏心疼便未加紧教导。冒犯皇上之处，静疏愿代她受罚。"

祁天佑紧紧地盯着楚月，惊诧、犹疑、欣喜、阴骛，各色的表情只是在面上一闪而过。晏倾君几乎以为自己花了眼，因为不过眨眼间，祁天佑已经一脸无辜的愕然，略有歉意道："快快起来，是朕一时失礼。"

说着迈步，慢慢到了楚月身边，面上挂起温和的笑，伸手勾起楚月的下巴，揶揄道："都怪美人太美，让朕一时忘形了。"

楚月的脸"刷"地红了一片，垂着眼不敢看祁天佑，只诺诺道："奴婢……奴婢谢皇上盛赞。"

祁天佑仍是笑着，干净得像个孩子，转首对晏倾君好奇道："绍风郡主可是要去兴华宫？朕随你们一块儿去。"

晏倾君一听，心知璋华太后那儿，恐怕还有一出好戏，祁天佑提出一同前往，总比她一人应对璋华来得好。

"皇上请先行。"晏倾君垂首敛目恭顺地行礼，又对着扶汝道："静疏先带楚月拜见璋华太后，明日再专程来向太后赔罪。"

扶汝未有阻止，也未有不满，微微笑着颔首应她退下。

璋华太后所在的兴华宫比扶汝太后的丞千宫华丽许多，占地也显然比丞千宫广阔。两位太后的强弱，晏倾君在见她们第一次争锋时便窥见一二。再加上套着思甜的话知道了前朝的情况，便更加明白了。

璋华出自祁国邱氏，大家嫡出长女，入宫便是皇后。而扶汝所出的越氏，在祁国的地位本是与邱氏不分上下，可扶汝那位受宠的姐姐，也不知犯了什么错，被先皇赐死，随之越氏的势力也一落千丈。但百足之虫死而不僵，越氏还是凭着牢固的根基给扶汝争了个太后的封号，只是比起璋华太后，终究是差了几分。

再加上祁天佑偏帮璋华太后太过明显，两者的地位明眼人一看便知。但两者的争斗也从未停息，或者说，不可能停息，除非哪一方完全失势。

晏倾君顶着"封静疏"的身份入宫，扶汝偏袒她，璋华自然就不待见她，因此晏倾君每次过来，都万分小心，不出差池让人抓住把柄。可今天却因为晏卿亲手送了一个把柄给她抓！

晏倾君随着祁天佑到了兴华宫，行礼之后一眼瞥见在璋华身侧的晏卿，心中不快，面上却是笑得温婉。

"皇上怎的又回来了？"璋华手上套了金指甲，显得手指纤长，华贵非常。

"孩儿从丞千宫里出来，想到母后，发现想念得紧，当然得过来再看看您才行。"祁天佑语调顽皮，带着孩子般的执拗。

璋华对他这么明显的讨好之词不知是当真受用还是有意装出母子和谐的模样，面上一片春风，只是侧眼见到晏倾君，变了脸色。

"听说绍风郡主昨日又带了名身份不明来历不明的女子入宫？怎么，哀家那般可怕？郡主先去了丞千宫，这是哪里来的规矩！"璋华前半句还带着讥讽的笑意，后半句则是阴测测的冷喝。

晏倾君早知道不会有好果子吃，与楚月一起齐齐跪下赔罪。祁天佑忙笑道："母后息怒，莫要为不打紧的人伤了身子。"

"都入宫一个月了还这般不守规矩！让哀家如何不气？"璋华怒道。

祁天佑又道："母后，这事是孩儿不对……孩儿去丞千宫时，正巧碰到她二人，我见那丫鬟体弱，便带着她们先去了丞千宫休息片刻，这下，怕您生气，所以……"

璋华闻言，这才注意到晏倾君身后的楚月。她稳了稳气息，笑道："皇上长大了啊，居然会体贴一个丫鬟……来，你过来。"

楚月未得吩咐，不敢起身，战战兢兢地挪着膝盖慢慢上前。

璋华微笑着，用套着金指甲的手抬起楚月的下巴。

晏倾君本以为逃不了一番责罚，未料到祁天佑会帮她说话。听到璋华太后的话便略略抬眼，将她的表情尽收眼底，随即心跳漏了一拍。

那是怎样一种表情？晏倾君肯定，她十五年的人生里，从未见过如此复杂而精彩的表情。愤、怒、哀、怜、怨、惜……各种相互对立的表情居然同时出现在一个人的脸上，巧妙地糅合在一起。而那个人，是面对扶汝的尖锐面不改色、稳坐后位数十年、手握祁国大权的璋华太后。她眼角的细纹突然沧桑起来，连眼眶都红了一圈，却不知是为她脸上的哪种表情而红。

璋华定定地看着楚月，挑起她下巴的手颤抖起来，突然她一个转身，到了晏倾君面前，低声道："这是服侍了你十年的丫鬟？"

晏倾君一听她略有阴鸷的语气便暗道不妙，却也只能答道："回太后，是的。"

啪——

猝不及防的一个耳光，扇得晏倾君耳边嗡鸣一片，脸上火辣辣地疼，一滴血顺着脸颊滑下。

璋华却是转身就走，没有再看晏倾君一眼，亦没再看楚月一眼，丢下满屋子的人快速地走了。

晏倾君迅速垂下眼帘掩住眸中短暂的茫然，伸手擦去脸颊沁出的血，嘴角浮起淡淡的笑意。

虽然不知原因，但是结果很显然，这次她是彻底把璋华太后得罪了。不过不要紧，皇宫里，笑得最早的，通常，死得最快！

"绍风郡主可还好？母后这……这……"祁天佑为难地看着晏倾君捂着的伤口，最后看向晏卿，像见到救星似的："晏哥哥，你快扶她起来，再看看她的脸，唉……母后这……朕也不知该如何说了……"

祁天佑无措的模样在白嫩的脸上显得格外逼真。晏卿脸上是一贯温煦的笑，还有对祁天佑毫无破绽的敬重，微微颔首，到了晏倾君身边，躬身，伸手，扶她。

晏倾君弱弱地感激一笑，搭上晏卿的手臂，掩在他墨色长袖里的两指抓起一把皮肉狠狠地掐了下去！

晏卿脸上的笑容僵了僵，随即弯起嘴角，笑得更甚，一瞬不瞬地看入晏倾君眼里，眼神里是不易察觉的威胁："放开"。

晏倾君仍是感激地笑着，不示弱地回视："不放"！

晏卿的眼神凌厉了几分："放开"！

晏倾君笑得更欢，眼神里是坚定："就不放"！随即单手一转，几乎用尽了力气将那皮肉拧了一圈。

晏卿仍是笑，微薄的怒气隐在黑色的瞳仁里。若不是这么多人在场，早便用内力将晏倾君震了开去！

"皇上，刚刚不是说有事要与晏卿商议？眼看便接近午时了。"两人的眼神一来一回不过是晏卿扶起晏倾君的瞬间，他放开晏倾君，极自然地拱手对祁天佑道。

晏倾君这才不得不松开手，佯装怯懦地立在一边。

"晏哥哥不说，朕倒是忘了！"祁天佑拍了拍脑袋，简单吩咐道："都退下吧。"说着，打头出了兴华宫。

晏卿跟上，回头对着晏倾君温文有礼地笑，笑容里是只有晏倾君看得明白的阴冷。晏倾君也笑，笑得柔弱羞涩，末了，趁旁人不注意，给了他一个"活该"的眼神。若不是他要弄个楚月进宫来，她怎么会被拖入这趟浑水？楚月到底有个什么用处，他还只字不提！

楚月顺理成章地在宫中做了名普通宫女，留在宜沣殿服侍绍风郡主。

晏倾君的脸被璋华太后一个耳光甩出几道伤口，祁天佑当日赐了不少伤药过来，又赐了各种绸缎首饰，还有些平日里见不到的稀奇物什，算是安慰。晏倾君看来，这对"封静疏"已经是极大的恩宠了，毕竟人是璋华太后亲手打的，皇帝这番赏赐，多少有点默认太后行为不当的意思。

丰厚的赏赐已经是恩宠，隔日，祁天佑居然亲自到宜沣殿来了。

晏倾君温顺地坐在下座，一面低眉喝茶，一面不经意地扫祁天佑几眼。这个祁国皇帝，从她受封绍风郡主入住宜沣殿，从未来过。可现在，他正带着温煦的笑容，无比温和而好奇地问起她的起居。

晏倾君扮演的封静疏，温柔、善良、少语。于是宜沣殿内很自然而然地冷场了。祁天佑干咳了

好几声，思甜不停给他倒茶、换茶，却未见他喝上一口。

晏倾君暗暗地给思甜使了个眼色，让她去唤楚月出来。她实在想不出祁天佑突然对她这宜沣殿好奇的原因，除了能让他一时失态的楚月。

果然，楚月一脸病容地出现在殿内时，晏倾君很轻易且清晰地在祁天佑脸上捕捉到一抹心疼，伴随着诡异的兴奋一闪而过。

从小母亲便教她察言观色，皇宫里谁真谁假、谁在做戏谁是真性情，她耳濡目染，总能看出几分来。而祁天佑见到楚月时的表情，不是装出来的。

"给朕斟茶。"祁天佑一口喝掉半个时辰未动一口的茶水，对着楚月吩咐道。

楚月诺诺地应了，缓步到他身边，垂首，敛目，倒茶。

整个过程祁天佑的双眼未曾离她半分，眼底清亮的愉悦光芒很是逼人。

楚月面露羞涩，浅浅笑着倒茶。

茶香清洌，似酒香醉人。楚月许是被醉倒了，放下茶壶退下时一个不稳，娇花般往地上倒了下去。祁天佑眼疾手快，将她一把搂住。四目相对，说不出的暧昧缠绵。

晏倾君只当什么都未看见，垂首，拿手指一圈圈玩绕纱裙。

原来楚月进宫，是这个目的。对外宣称她体弱，且正在病中，是为了配合之前她从边境徒步到祁都的说法。她此时正巧在祁天佑面前"脸色苍白、虚弱无力"地倒在地上，当然又是做戏了。

祁天佑对她毫不掩饰的好感，眼里的情意绵绵，只凭着这个，她多"跌"个几跤，或许两个人就"跌"得难舍难分了。

晏倾君在心底轻笑，若在平时，皇帝宠幸个宫女不是什么大事。可在这个关头……

祁天佑马上成年，到了立后亲政的关键时刻。

亲政，意味着两位太后要交权了，在此之前，最重要的恐怕就是立后。立谁为后，必然会有一场兵不血刃的明争暗斗。

偏偏这么关键的时刻，晏卿弄进一个楚月，一个或许与祁天佑有什么"渊源"的女子，一个让扶汝太后幸灾乐祸的女子，一个让璋华太后当众失态的女子……

晏倾君恭敬地起身候在一边，悄然看着祁天佑一把抱起楚月，还唤着"传御医"，匆匆走向里间。

她微微皱眉，实在是好奇，楚月是什么人？或者，她代表的是什么人？

夜浓，宫闱深深。偏僻的宫殿内，灯烛昏黄。

"呵呵……"扶汝捂着唇角，咯咯地轻笑，比起白日里的端庄柔顺，透出一股难言的妖艳："连这么个妙人儿都被你找到，真不枉我信你一场。"

立在一侧的男子笑得温润，敛目道："晏卿承诺过，定不会让太后失望。"

扶汝半躺在贵妃榻上，满意地打量了晏卿一眼，笑得满面春风："那下一步，你想做什吗？"

"太后心思细密，聪慧异常，自然是想到法子了。"晏卿微笑，一句话说得淡然，却无法让人怀疑其中的诚意。

扶汝婉转一笑，双眼微亮，略略惊诧道："她有那么大能耐？"

晏卿浅笑，不置可否。

"此次选后，只能在越家或是邱家选出一女来，定不可再让那老妖婆得逞！如今出来这么一名女子，真是再好不过！哀家是再也等不得了，忍辱这么多年，这次定要将她连根拔起！"扶汝秀美的眼里浮起违和的阴毒，看向晏卿时又变作温柔的浅笑："五皇子，不知你有何看法？"

"如今璋华太后对皇上的戒心淡去许多，您与皇上部署多年，母子连心，必然马到功成。"晏卿面上一层不变的温纯笑容："晏卿当然竭尽所能，助太后得大业。"

"好。"扶汝快意地拍手，眼神渐渐沉下来，许诺道："那老妖婆得权一日，必不会放你回东昭。此事若成，皇上大婚之日，便是你回东昭之时！"

"谢太后。"晏卿笑道。

"封静疏……"说到晏倾君，扶汝为难地蹙起了眉头。

"太后不想拉她入局？"晏卿试探着问道。

"她毕竟是他唯一的血脉……"

扶汝垂下眼帘，意味深长地叹口气。晏卿沉默。扶汝抬首看向窗外，眼里突然闪起狡黠的光，嘴角的笑容诡异："不过，欠他的，下辈子再还好了。"

事情真如晏倾君所料想的那般，祁天佑来宜沣殿的次数越来越频繁，不顾旁人眼色对她关怀备至。每来一次，人走之后大量的赏赐紧跟着被送过来，当然，是打着赏赐"绍风郡主"的名头。不过几日，宫中纷纷谣传，宜沣殿恐怕会飞出一只金凤凰。

这金凤凰，有人说是皇上迷上了绍风郡主身边的宫女，对其百般爱怜，也有人说是低调温顺

深入简出的绍风郡主虏获君心。

一个月之后，祁天佑几乎日日腻在宜沣殿里，与楚月谈笑说唱。晏倾君每每识趣地找借口退下，坐在房内的窗边刚好能看见他们在沣水湖边的凉亭里，一个抚琴低唱，一个眯眼欣赏，好不惬意。

"思甜，你入宫多久了？"晏倾君随手抓了一颗荔枝，慢慢剥开来。能在这个时候尝到新鲜的荔枝，还真是她沾了楚月的光。

思甜恭顺道："十五年了。"

晏倾君有些意外地扫了她一眼。小宫女一般是六岁入宫，那她就是二十一岁了？看那副天真干净的脸，还真不像比自己大了六个年头。

"郡主莫要好奇，奴婢生就一副娃娃脸，看不太出来年岁。"思甜收到晏倾君的眼神，甜甜一笑。

晏倾君微笑，十五年，应该知晓宫中不少事情才是。

"皇上以前可曾对哪个女子……如对楚月这般？"晏倾君假作好奇地问思甜。自从上次在兴华宫对晏卿掐了一把，他就没再来找过她，也不知是不是积怨在心，真是小气。她无法从晏卿那里得到确切的消息，便只有看看思甜这里能否解开她的疑虑了。

思甜远望凉亭处，长叹了口气，惆怅道："皇上天性好玩，还是皇子的时候奴婢就听说他时常与身边一名宫女腻玩，为此还受了先皇几次责骂。若说对女子好……皇上该是对那宫女最好。"

宫女？

晏倾君扬眉，问道："你见过那宫女吗？"

思甜连连摇头："当时奴婢品阶还小，哪有资格站在皇上身边。"

"那她人呢？"晏倾君仍是好奇道。

"好像……八年前投湖没了。"思甜又是一声叹息。

"唉，真可怜……"晏倾君应景地怜惜一番，转眸道："好生生的一条命，为何要投湖呢？"

思甜眼神一闪，垂首道："奴婢不知。"

晏倾君看出思甜有所隐瞒，却也不再多问。

"郡主，奴婢为您添点妆吧，今日一早丞千宫的人就来过，说扶汝太后召您过去用晚膳。"思甜不着痕迹地转移了话题，拿出一套全新的衣物。

晏倾君仍是柔顺地颔首，慢慢地吃掉荔枝吐出核。有些事情，总会一点点剥去外衣吞掉果肉露出最后的真相来!

傍晚时分,红霞满天。

祁国在东昭西面,比不得东昭两面环海,天气湿润温和,晏倾君踱步出宜洋殿,不过片刻工夫,额间已经染上细密的汗珠。

她眯眼看了看落日,时间,果真是快得无知无觉呢。

春季时她还是失宠的"倾君公主",在东昭皇宫内等着奕子轩从白子洲回来,到了夏季她却是"绍风郡主"封静疏,赶着去见她在宫中唯一的"靠山"。

"见过晏公子!"思甜突然停下行礼。

晏倾君闻言,收回眼神看向前方,果然见到晏卿正迎面走来。

今日他穿了一身雪白色的袍子,藤兰暗纹在绯红的夕阳下一褶一皱。他步履悠闲又不失稳重,一步步地走近她,面上仍是习惯性的微笑,仿佛这世间最温柔最谦和的男子。只是,眼底的那丝若有似无的淡漠总是很适时地让晏倾君捕捉到。说适时,因为那双眼扫过晏倾君时,那抹淡漠就变成明显的揶揄戏谑,随即消散,恢复成他谦谦公子的模样。

两个本该陌生的人,一个扮演的是与世无争的谦和质子,一个扮演的是柔弱寡言的失忆郡主,碰上了,互相客气地笑笑,连寒暄都免了,便擦肩而过。

"郡主……"思甜小心地推了推突然怔住的晏倾君,暗笑莫不是郡主也被东昭五皇子的美貌震住了。

晏倾君眨了眨眼,稳住心神,笑道:"走吧。"

刚刚,就在她与晏卿擦肩而过的瞬间,不知他是以什么样的方法说了一句话,语速极快,声音低沉,却清晰地传到她耳里。

"有重臣上奏绍风郡主正值嫁龄,品貌出众,又建有大功,堪为一国之母。"

这句话听在晏倾君耳中,无疑是惊天一雷。后位之争,向来是有权有势的家族之争,在这祁国,其实也就是璋华背后的邱家和扶汝背后的越家之争。如今加上一个她,算什吗?本来她只需在这皇宫里选择一个强者依附,而那强者,她已经选好了。若是蹚进选后的浑水里,只有被利用的份,一不小心站错了队连命都保不住!

"思甜,你之前是不是说过,今日邱家长女和越家嫡女入宫?"晏倾君假意好奇地问道。

思甜颔首:"她们今日一早便受召入宫面见两位太后,这个时辰该是回去了才对。"

晏倾君恍然地点头,什么都未发生一般,继续向丞千宫行去。

若她所猜不错，今日扶汝召她过去，便是提选后一事吧？或许，会委婉地交给她什么任务，助她越家女子得后位？无论如何，不可能是要扶她为后，除非扶汝想与越家决裂，信她这个没有血缘关系背后只有封家旧部的"私生"郡主。

"疏儿，你来得正好！"晏倾君正想着，扶汝温柔宠溺的声音将她拉出思绪，忙屈膝行礼。

"快快随哀家去兴华宫。"

晏倾君一礼未成，便被急速赶来的扶汝扶起来，拉着她的手往兴华宫的方向走。晏倾君略为不解地瞥了一眼扶汝，见她面露焦急，神色凝重，柔声问道："太后，可是发生什么大事？莫要急着赶路，伤身不好。"

扶汝闻言，步子反倒更急，面上浮起无奈，叹息道："刚刚有人来报，皇上与璋华太后在兴华宫闹了起来，这……这让哀家如何不急？我们快些过去才是。"

晏倾君敛目，加快了步子。祁天佑与璋华闹？闹什吗？真闹还是假闹？

"为何不可立她为妃？"

一众人等刚刚走近兴华宫，便听到祁天佑执拗的质问，嘶吼着传出来。宫人个个面色煞白，有两名公公欲关上大门，一眼瞅见扶汝带着晏倾君过来，齐齐跪地行礼。

扶汝特地叮嘱了身边的宫人不必传到，晏倾君估摸着她是怕"打扰"了祁天佑与璋华的争吵。果然，璋华本来还压低的怒斥声，在殿外公公行礼之后消失得无影无踪。晏倾君只隐隐地听到了半句："你怎么能有这个心思？她……"

兴华宫，宫内宫外一时静下来。

晏倾君这才注意到，除了一地的宫人，大殿外还跪了两名女子，只看背影，身姿纤细，看衣着，华而不俗，看发饰，贵而不奢。晏倾君侧目，看了看只剩半边脸蛋的夕阳，再扫了扫在地上身形已经有些许颤抖的女子，料想是今日一早入宫的越家和邱家的两名女子了。居然就这么跪在殿外，看那模样跪的时间还不短。

"从小到大朕听了母后多少话？十五年来无论您说什么，朕都听！外边那两个，您说要立哪个为后，就立哪个为后！只要让月儿做妃！"即便听到宫外的礼拜声，祁天佑好似并不打算停下来，沙哑着声音低吼道。

扶汝带着晏倾君一步步走近大门，面色凝重。璋华却是突然出了殿，面色不太好看，却勉力挂着笑，直直地看着扶汝，沉声道："皇上，你都快满十六了，还要与哀家耍孩子脾气吗？看你的扶汝母后都被你吓到了。"

祁天佑没有应声。

璋华接着开口，声音低沉，甚至带着一丝阴鸷的威胁："皇上！你今日只是闹闹小脾气可对？"

殿内安静，半晌才有微弱的声音传来："是。"

"那还不出来见你扶汝母后，宽慰宽慰她？"璋华的语气愈加阴沉。

祁天佑明黄色的龙袍这才渐渐出现在阳光下。他双眼渗着血丝，面色泛白，双唇却是诡异的缃红，眼里泛着怒气，却是对着扶汝低声和气道："母后，无甚大事，是朕一时冲动。母后先行回丞千宫，明日朕再向母后请安。"

扶汝疑惑地扫了一眼跪在地上的两名女子，正要开口，璋华又道："皇上，你看你今日一时气恼，罚得两个姑娘跪了大半日，让她们如何回府？要不今日就留她们在宫里住上一日，如何？"

"是。"祁天佑低垂着脑袋，不带感情色彩地回答。

璋华挑眼扫过晏倾君的脸，笑道："绍风郡主的宜沣殿最为空旷，风景独好，两个姑娘久想与绍风一见，今夜就让她们留在宜沣殿可好？"

"是。"祁天佑的声音愈低，看都不看眼前的人一眼。

"那此事就此罢了！送婉儿和梅儿去宜沣殿。"璋华转首对着身边的宫人吩咐，随即看向一边的祁天佑道："皇上若还有事，我们母子俩关起门来说。"见祁天佑讷讷地点头，璋华平视前方，声音威严："其他人，退下吧。"说罢，转身进了大殿。

祁天佑本是紧随着她的脚步，想到什么，停了下来，回首道："母后先行回丞千宫吧。"说罢，给宫人使个神色，示意关门。

扶汝的面色已经难看至极："哼"了一声，甩袖快步离开，晏倾君急急地跟上。

扶汝气得不轻，一路上喝散了所有宫人，只留下了晏倾君。到了丞千宫，往日还算热闹的宫殿竟是黑糊糊的一片，一个人都没见着。晏倾君心中腾起一阵不安，却也无暇顾及，跟着扶汝进了殿。扶汝一入门便不顾形象地端起茶杯灌了一大口，随即将其用力砸在地上，双眼瞬时红了一圈。

"疏儿，你看看……你看看，这就是哀家在皇宫里过的日子。"扶汝说着，眼泪就流了出来，那模样，虽说美人迟暮，却别有一番风韵。

晏倾君垂下眼帘，讷讷地安慰道："太后宽心，今日可能是皇上心情不佳，所以……"

"所以不顾我这个亲生母后的脸面？所以不管什么话都只肯跟璋华说？我何尝不是一心为他

好？"扶汝拿出锦帕擦了擦眼泪。

晏倾君记得，上次她掩去眼中的那抹幸灾乐祸，也是用的这条帕子。祁天佑会为了楚月与璋华大闹，在她预料之中吧？更是她所乐见之事，所以那时她才有了那样的表情。那她现在还在自己面前演戏，看来是另有他意了。

"太后莫要忧心，您和皇上才是骨肉血亲，皇上是现在还小，不懂事而已。"晏倾君继续扮演着乖巧柔顺的郡主角色。

扶汝一手拉她坐在她身边，长叹口气道："唉……血亲又如何？他从小到大就不曾亲近我半分，凡事只听璋华的，处处与我作对。疏儿，反倒是你，乖巧懂事，又会体贴人……当年，是哀家对不起你爹，如今看到你就想好好补偿，是真真把你当做亲生女儿来看。"

"谢太后抬爱。"

晏倾君欲起身行礼，被扶汝拉住，叹气道："疏儿，我在这宫里，待了二十年啊。"

"哀家"变成了"我"，晏倾君凝神静听。

"我在姐姐之后一年进宫，为了争宠姐妹反目。随后姐姐被先皇赐死，我才发现争宠夺爱，空中云雾里花，皆是虚幻，哪比得上我与她十几年的姐妹情？"扶汝双眼看着窗外微薄的夜色，眸中流光反转，清冽耀眼："自那以后我连佑儿也不争，由着他让璋华养大。可是，人在宫中，有多少由得了自己？就算不为我自己，为了整个越家，这太后之位，我也得坐稳当！疏儿，你能明白吗？"

晏倾君轻轻颔首。

扶汝缓缓地拍着晏倾君的手，语重心长道："疏儿是聪明的孩子。此前你也该看得到，璋华对你处处不忍。若我在宫中失势……唉……"

晏倾君懵懂地看着扶汝，好似不太明白她的意思。

"疏儿，你未曾在宫中生活，又没了往日的记忆，这争权夺势的利弊你是无法通晓。你只要记得，身在宫中，许多事情便由不得自己，即便是违了良心的事，也是要做的。你仔细看看周围，对你好的有几个人？我是把你当做亲生女儿来看，一心为你好。可我一旦失势……你在这宫中，怕也是举步维艰。"

"疏儿明白。"晏倾君感激地微笑。

"好了，夜深了，你回去吧。"扶汝又拍了拍晏倾君的手背。

晏倾君行礼退下，出门，果然夜色已浓。丞千宫外居然仍是空无一人，晏倾君敛住心绪，快步离开。

扶汝与她说的这番话，她若信了，死在这祁国皇宫里那也是活该！

只是，她今日特意的一番拉拢和提醒，用意何在？而且，晏卿与她说到的"选后"一事，她只字未提。

夜色靡靡，静谧无声的祁国皇宫，恐怕就要风起云涌了。

晏倾君快步前行，已经隐隐看到宜沣殿闪烁的灯烛。她深吸一口气，加快了步子，却见到一个人低着脑袋急匆匆地向着自己的方向走过来，她定睛一看，像是思甜，正要开口唤住，思甜也抬头见着她，高声哽咽道："郡主！郡主您去哪儿了？"

思甜向来稳重，晏倾君还未见过她如此急切的模样，心中不由得"咯噔"一下，不解道："思甜？你……"

"郡主！您快随我回去。"思甜未等晏倾君的话说完，已经抓住她的手，哭道："郡……郡主！楚……楚月她……死了！"

第七章
最难消受帝王爱

一个奕子轩，一个祁天佑，这世间男子，大抵
如此，权为首，利为次，情之一字为何物?

——晏倾君

楚月死了？

楚月死了！

晏倾君眨了眨眼，看清眼前思甜的神色，焦急得发红的双眼，惊恐得煞白的脸，从她黑色的瞳仁里还能看见自己的倒影，与她一般面色发白。因为她比谁都明白，楚月的死，不可能与她这个绍风郡主脱开干系。

"怎么回事？"晏倾君沉声问道。

思甜哪顾得上分析一向柔弱的郡主怎么会突然变得如此冷静，悬了半晚的心仍是扑通乱跳，不自觉地拽紧了晏倾君的袖摆，仓皇道："奴婢……奴婢也不知到底发生何事。傍晚带邱小姐和越小姐到了殿里，安排了晚膳，便带着几名宫女给二位小姐收拾房间。待到出来，两位小姐都不在了，奴婢见夜深，担心不已，便出去寻。哪知道……哪知道在湖边看到……"

思甜惊恐地睁大双眼，哭了起来："看到楚月的尸体……浮在沣水湖面……"

晏倾君脚上步子不停，深吸口气，问道："现在她们人呢？回来了吗？"

"嗯，小半个时辰不到，她们就都回来了。"思甜压抑着哽咽，轻声回答。

"有没说去哪儿了？"

"没有。"思甜用力拉了拉晏倾君的袖摆："郡主，她们都不肯开口说去了哪里，皇上来了也只是坐在殿里一句话都不说。还有，郡主您去哪里了？若是……若是说不出来……郡主，楚月手里死死拽着一只香囊，那香料是……是前些日子扶汝太后赏来宜沣殿的，只有郡主一人用……"

晏倾君的手不由得紧了紧，思甜跟在她身后继续道："奴婢偷偷问过了，香料是商洛战败时进献的，皇上也赏过邱家和越家。"

晏倾君微微颔首，这意思就是，杀死楚月的凶手，最让人怀疑的是邱婉，越如梅，她。

宜沣殿的宫人本就不多，稀稀拉拉地跪在左右两边，个个全身发抖。主座上的是祁天佑，明黄色的袍子今夜显得格外暗沉，使得他面上的阴鸷更加令人心悸。

晏倾君再次看到跪着的邱、越两家的女子，一位怯弱地嘤嘤哭泣，一位镇定地挺直了背脊。她认不出哪个是邱家的哪个是越家的，步子稍稍向左，在紫衣女子身边跪下。

"你去了哪里？如何会留月儿一人在宫里？"祁天佑的声音里是压抑的怒气，阴沉沉的。

晏倾君垂眸，沉默半晌才哽咽道："楚月身子一直未能调理妥当，所以……静疏出去都是让她在宜沣殿内休息。"

"朕问你刚刚去了哪里？"祁天佑咬牙问道。

晏倾君好似被他的话给吓到，身子一软，啜泣起来："楚月……楚月呢？我要见她，见她……她怎么会……怎么会……"

她怎么会开口说她去了哪里呢？

扶汝借着怒气将身边的宫人都打发走，去丞千宫时更是一个人都没有，当她是傻子不成？这个时候她若说自己被扶汝太后召见，在那里待了大半个时辰才回，扶汝反咬一口说她撒谎，那不是成了她做贼心虚了？

必须拖到扶汝过来，若是她自己疑心，扶汝定会主动说她在丞千宫。

思甜本就随着晏倾君跪下，此时见她伤心的模样，挪着双膝将她扶住，轻声道："郡主有所不知，宫中不可停……停尸，所以发现楚月就送出去了。"

晏倾君正想着要不干脆哭得晕过去算了，殿外传来唱到声，璋华和扶汝同时到了。

"今夜这是怎么回事？哀家还以为出了什么大乱子，不就是死了个宫女吗？一个个都跪着做什么？"璋华人还未完全入殿，一边说着一边扬声道："婉儿，梅儿，绍风，都起来吧，发生什么事你们与哀家细细说来！"

璋华身后的宫女马上前，将三位姑娘扶了起来。璋华的人也到了三人身前，毫不客气地坐上另一个主座。

宜沣殿小，三尊"大佛"同时驾到是晏倾君想都未想过的，也不会想着在上位处放三张坐椅。那落后一步的扶汝，莫非坐下座？

晏倾君微微侧目，见扶汝身边的两名宫女慌忙从下座抬了坐椅在祁天佑旁边，扶汝也未介意

的样子，洒脱地坐下，问向皇帝："皇上，到底发生何事？"

祁天佑面色阴沉，给思甜使了个眼色，思甜便又将对晏倾君说过的一番话复述了一遍。扶汝掩嘴一笑："皇上是否小题大做了？一名宫女而已，或许是失足落在沣水湖里了。璋华姐姐，您看夜都深了，两位姑娘今日入宫，折腾了整个下午，现在又担惊受怕，不若让她们早些休息了，明日再……"

"朕这皇帝做来有何意思？"祁天佑倏地站起身，面上是从未有过的决绝，大喝道："朕只是让她们说说今夜到底去了什么地方，何以一个两个三个都缄默不语？朕想查出凶手还要经过两位母后的同意了？"

璋华和扶汝都未想到一向散漫的祁天佑会突然有这么大的反应，被他的大喝惊得面上表情一滞。还是璋华反应最快，笑道："皇上，哀家不是说不可查，现在夜深，不若等着明日案审司给出线索来再查……"

"然后给你们一晚的时间来算计着如何明哲保身随便找个替身来？"祁天佑丝毫未有退让的意思，红着双眼打断璋华的话，哽咽道："母后，孩儿今日是如何求您？您又是如何答应孩儿？就算长得再像又如何……她终究不是'她'，您为何……为何不让她留在……"

"放肆！"璋华猛地一拍坐椅，面色苍白，怒道："皇上的意思是，这人是哀家找人杀的？在皇上心中，哀家就如此不堪连一个小小的宫女都容不下？"

"楚月手中拽着的香囊，里面的香料朕只送过两位母后。除了本就在宜沣殿的几人，今夜根本无人靠近！哈，那么巧？月儿戌时落水，刚好可能有香囊的三个人戌时都不在这殿内，没有一个奴才跟在身后？不必等什么案审司给线索！今日朕就把话撂在这里，谁说不出戌时三刻在哪里，摆齐人证物证，谁就是凶手！给月儿赔命！"祁天佑冷眼直视璋华，十五年来第一次说出这般狠绝的话来。

宜沣殿内吹入几丝凉风，吹不散剑拔弩张的紧张气氛。

满室静谧。

晏倾君垂首，快速地分析着目前的形势。

表面看来，楚月的死，是她们三人中的一人所为。排除她自己，剩下两名女子，无论是谁杀了楚月，后位无望。祁天佑怀疑是璋华为了斩除障碍而杀楚月，其实，这是最愚蠢的怀疑。

其一，论情论势，邱家都比越家更有可能争得皇后之位，璋华不会妄动，给对手留下把柄。

其二，璋华真要杀楚月，法子多得是，没必要让邱家手无缚鸡之力的小姐动手，还留下线索让人顺势而上。

那么，是扶汝有意嫁祸给璋华？

晏倾君心中一惊，想到扶汝刚刚与她说的话——

"你只要记得，身在宫中，许多事情便由不得自己，即便是违了良心的事，也是要做的。"

"我是把你当做亲生女儿来看，一心为你好。可我一旦失势……你在这宫中，怕也是举步维艰。"

所以，扶汝早就料到今夜宜沣殿这场变故，说那番话，是让她看清形势，为杀了人的越如梅保驾护航？

"婉儿今夜是奉了我的旨，去沣水湖采些荷花，戌时才会不在宜沣殿。"璋华的声势弱了些，率先开口解释。

祁天佑嗤笑，质疑道："采荷需要夜深时去？且一个人都不带？"

"皇上！"璋华低喝，双眼里是危险的暗示："你是明白的！"

"好，无论如何，戌时三刻，邱婉的确是在沣水湖附近，可对？"祁天佑一手指着左边粉色衣裳的女子，扬声问道。

晏倾君用眼角的余光扫了扫，才知晓自己右边的是越如梅，越如梅右边的是邱婉，而邱婉的裙摆，的确是有湿水的痕迹。

"是。臣女当时的确在沣水湖附近。"邱婉面色虽说苍白，比起在一边嘤嘤哭泣的越如梅，镇定得多。

"你呢？"祁天佑极其不耐地问向越如梅。

越如梅浑身一抖，哭得更加厉害，开口的"皇上"二字都断断续续。祁天佑烦躁地走到晏倾君身边，沉声道："那你呢？"

晏倾君深吸一口气，她不可能实话实说，因为扶汝要的不是她实话实说。若她不照着扶汝的意思来，自己去了丞千宫的事，根本没有人证。只要扶汝一口否定，说她撒谎，那她便成了最大嫌疑人。

越如梅不说话，邱婉说她当时的确在沣水湖附近，不过是采荷。那么，要证明人不是越如梅杀的，便只有……

"下午疏儿与哀家出了兴华宫，就随哀家去了丞千宫。"扶汝突然开口，带着淡淡的闲适，无

谓道："到了戌时整才出来，这么说，戌时三刻，应该刚刚好经过沣水湖吧？"

果然。

晏倾君将脑袋埋得更深，做出惊恐的模样。

她出丞千宫，明明正好是戌时三刻。她察觉到丞千宫的不正常，特意走了近路绕过沣水湖，才能在亥时正好碰到出来寻她的思甜。

现在扶汝将她出宫的时辰提前，说她刚好路过沣水湖，无非是在暗示她，指证戌时三刻也在沣水湖的邱婉。

"我……静疏……静疏的确在戌时三刻经过沣水湖。"晏倾君声音怯弱，略带哽咽："还看到……看到……"

"看到什吗？"祁天佑沉声低喝。

晏倾君身子一抖，潜然泪下："看到邱姑娘与月儿争执。距离太远，我听不清她们在说些什么，只隐隐见到争执，可是……可是我看到月儿落水了，吓得魂都没了……"

皇宫里，没有情没有爱没有良心可言。在此之前，她连邱婉到底是哪个都认不出，可是抱歉，阻住她的路，她没有把活下去的机会让给别人的道理。

不远的东昭国，太阳升起来的地方，将她平凡生活的美梦砸碎的人们，她唯一爱着的那个人，还在等着她回去！

"你说什吗？"璋华怒瞪着晏倾君："你可知道说谎的后果？"

晏倾君瑟瑟发抖，泪如雨下。

"你……你为何撒谎？为何诬陷我？"邱婉睁大了眼睛，怒瞪着晏倾君，见她没有丝毫反应，跪着挪动膝盖，扯住璋华的衣摆："姑姑……我没有！姑姑我没有！您要信婉儿，我怎么敢杀人？"

"那你是想说疏儿撒谎咯？"扶汝眉头一扬，年轻的脸上风姿尽显。

"你怎么知道她没有撒谎？"璋华一眼怒瞪回去。

这次一直微笑的人是扶汝。她无视璋华的怒瞪，惬意地拿起手边的茶盏，慢慢地饮了一口，才悠悠道："有没有撒谎，皇上自有论断。"

说着，她放下茶盏，笑吟吟地看着祁天佑。

祁天佑的眉头纠结地拧在一起，面上是从未有过的严肃。

扶汝见状，叹了口气，道："没有验尸结果，恐怕今日是定不下结论了。哀家累了，先行回去歇息了。"

说罢，施施然起身，带着一众宫人，走了。

祁天佑的眉头皱得更加厉害，沉吟半晌，沉声道："今夜，宜沣殿任何人等不许随意进出！全都给朕等着明日的结果！"

丢下这么一句话，祁天佑甩袖而去。璋华亦是闷哼一声，带着宫人离开。宜沣殿顿时安静下来，跪在地上的三个狼狈女子表情各异。

夜沉，繁星满天。邱婉与越如梅在各自的房间里休息，晏倾君让思甜给她找了根玉笛，就打发她下去歇息，说是自己需要静一静。

思甜刚走，她便下榻，轻步走到窗边，推开。

夜晚的沣水湖很平静，波光粼粼。可就在一个时辰前，那里吞噬了一条人命，掀起祁国皇宫里的第一波大浪。

沣水湖的西面的确种了一片荷花，远处烟波浩渺，看不到尽头，几只木船搁浅在距凉亭不远处的岸边。想要渡船而过，船不就她，便只有她去就船了。

晏倾君手执玉笛，凭着记忆里的曲子，吹了起来。

她不精通音律，也不代表完全不懂。刚巧第一次听见晏卿吹起的曲子，她以前也是听过的，再刚巧，会吹笛的，不止是晏卿一个，不过是她吹得比较难听罢了。祁天佑说不许离开宜沣殿，可没说不许夜半吹笛。

少顷，晏倾君感觉嘴都开始发酸了，烦躁地放下玉笛，刚好听到一声低笑。

"原来你早就在了！"晏倾君咬牙："为何不早些出来？"

她退了两步，让开身子。墨青色的人影倏地从屋檐上滑下，从窗口飞入殿中。

"妹妹吹得这般起兴，又能让宫人知晓你痛失好姐妹的哀恸之情，多吹吹有益无害。"晏卿脸上是万年不变的微笑。

晏倾君发现，自己活了十五年，第一次觉得一个人的微笑可以如此可恶！只叫她想一拳挥过去将他那笑容打掉！

"妹妹莫要生气，哥哥这不是来替你排忧解难了。"晏卿悠闲地踱着步子到晏倾君榻边，斜倚着身子就靠了上去。

晏倾君深吸几口气，眯眼笑道："是啊，我就说哥哥不会那么小气，被妹妹掐了一把就不管妹妹的死活了。"

说着也到了榻边，扯住他的袖子，诺诺道："哥哥快与我说说目前的情况才是。"

晏卿偏着脑袋，笑道："今夜妹妹的选择，不是很对吗？"

晏倾君挪了挪身子，把玩着晏卿墨青色的袖摆，漫不经心道："所以，楚月的死，其实是扶汝太后的阴谋，嫁祸给璋华太后，让皇上与璋华太后不和。或者说，皇上其实是和扶汝太后一伙的，借着楚月的死与璋华反目。只要凶手是邱婉，她就做不了皇后？"

晏卿理所当然地点头。

"所以，我站在扶汝那边是对的？"晏倾君甜甜地问道："或许，璋华还有什么把柄在扶汝手里？扶汝想借机将她连根拔起？"

晏卿双眼一亮，掐了掐晏倾君的脸蛋："妹妹真是聪明。"

晏倾君笑问："真是这样？"

晏卿继续理所当然地点头。

晏倾君垂下眼帘，沉默半晌，低笑："我的哥哥啊……"她抬眼，直视晏卿，笑得愈加温柔："你当妹妹我，是傻子吗？"

晏卿这才正视晏倾君，笑得眯了眼。

忙了整日，后半夜晏倾君才迷迷糊糊地睡着。也只有在睡梦里，白日里平静得如同一汪死水般的心湖才会略起波澜，封存在脑中的记忆毫不留情地浮出水面，带着往昔的温文软语一点一滴地刺激心脏。

寅时睡下，卯时刚过晏倾君便醒了，天空微亮，她下了榻，临窗坐下。

从窗口看过去，仍旧是凉亭，是雾气腾腾的沣水湖。晏倾君几乎还能记得昨日在这里瞧着祁天佑与楚月你侬我侬的模样，一夜时间，已经物是人非。

正如几个月前的东昭皇宫，前夜她才收下奕子轩给的五彩琉璃珠，还在母亲最爱的蔷薇花丛前对她说，瞧，没用她说的任何手段，自己也活得好好的。隔夜她便在百官面前自降身价献舞一曲，看着奕子轩时，他眼底的空茫冰冷，将那个三月的温暖敛得干干净净。

昨夜的梦里，她居然梦到他了。梦到她第一次见他，命他给自己捡纸鸢。梦到太子哥哥与他一起带着自己偷偷出宫。梦到他每每出远门归来，即便是深夜也会入宫来看她一眼。梦到他对着自己笑，双眼里只有她一个人的影子，那宠溺的表情与祁天佑看着楚月时一无二致。

其实，会演戏的不止是祁国皇宫里的人，只是从前的她不想相信罢了。

"郡主，皇上今日定会召见。"思甜端了水盆进来，面色憔悴，一看便知昨夜怕也是一夜未眠："奴婢服侍郡主收拾好了早些过去。"

晏倾君恹恹地点头。

"郡主莫要担心，皇上定会将事情查个水落石出，找到真正的凶手，证明郡主并未说谎！"思甜轻声安慰。

晏倾君将脸埋在温热的水里，不由得冷笑。

真正的凶手？

昨日她的第一反应是越如梅，可事后细想，不可能是她。

扶汝想立她为后，第一个要保住的人就该是她，怎么可能让她以身犯险？而且，楚月是什么人？她能被晏卿看中，来扮演封静疏的贴身丫鬟，又岂会是易处之辈？养在深闺的越如梅，凭什么是她的对手？

邱婉没必要撒谎，说自己在沣水湖附近，增加她的杀人嫌疑，那么，她所说无假。自己戌时三刻是在丞千宫，为了扶汝才说了谎。剩下一个越如梅。扶汝一早便预知楚月的死，甚至连时辰都算好了，要嫁祸给璋华，只需让她指证邱婉，而越如梅此时若在宜沣殿内，是最干净的。

偏偏她不在，她去了哪里？何以哭泣不语而不替自己洗去嫌疑？

宫女楚月溺死沣水湖，尸体被连夜送到案审司寻找线索，沣水湖一岸也从昨夜起便被侍卫围得严严实实。

一向乖巧心向玩乐的皇帝为了这名宫女愤怒非常，执拗地要求亲自审案查出凶手。两位太后无奈应允。事发当日所有接近宜沣殿的宫人当夜便全部被带往案审司，而今日早朝过后，邱家越家两女以及绍风郡主被分开传召。

晏倾君最后一个才被宣入祁政殿，只见邱婉和越如梅面色苍白地依次从殿中出来，邱婉狠狠地剜了她一眼，越如梅则当她是透明人，看都不看一眼便走了。她猜不出里面到底发生了何事，只能提裙一步一步向前走，但无论如何努力，仍旧未能平抚不安的心跳。

"封静疏参见皇上，皇上万岁！"晏倾君跪下行礼，声音平静。

祁天佑并未让她起身，也未有开口说话的意思。晏倾君觉得祁政殿内的空气瞬时沉了几分，重重压在眼睑上，使得她的眼皮止不住地微微颤抖。她用力掐了掐自己手心，深吸一口气，自行抬起头来，直视祁天佑。

今日，她必须一赌，在祁国是死是活，端看今日是输是赢！

祁天佑未料到晏倾君胆大到自行抬头，还敢直视于他，面上的玩世不恭还未来得及散去，被晏倾君收在眼底。他干脆也放下伪装的意图，冷眼睨着晏倾君。

晏倾君不躲不闪，微微笑道："皇上，我知道杀死楚月的凶手是谁。并且，愿助皇上一臂之力！"

"你去了哪里？哀家早便吩咐过，戌时务必老实待在宜沣殿！你身上背负的是什么？如今还要哀家来教不成？"扶汝气得双唇发抖，极力克制才压低了声音，却是掩不住声音里的嘶哑。

只要她留在宜沣殿内，身边有人为证，不会被人怀疑杀了楚月！只要"封静疏"指证邱婉，事情会简单得多。

越如梅本就一副娇弱模样，此时哭得梨花带雨，跪在地上拉住扶汝的手道："没……没有啊姑姑！爹爹与我说的，是昨夜务必寻机会远离宜沣殿，还不可让人知道，我便……我便躲去了后山。可……可是哪里知道回来时得知的是楚月被杀……我当时便感觉事情不妙，只能一句话都不说，等着您过来，只怕出了什么纰漏！"

扶汝一怔，沉声问道："越琏与你说避人耳目远离宜沣殿？"

越如梅连连点头："当时刚好邱婉姐姐也说太后有些事情吩咐，把身边的人都打发散了。我见她去了沣水湖边，便让身边的两个丫头去帮忙收拾房间，自己择了条无人的道上了后山。"

扶汝眯了眯眼，瞬时恍然，拉起越如梅，咬牙道："晏卿！"

只能是晏卿，在其中动了手脚！

"晏公子？"越如梅不解，却不再多问，不敢问，也不够资格问。

扶汝冷笑，看来自己信错人了。以为凭着越家和皇上，他聪明的话便知道投靠自己才是生存之法……罢了，这都不重要，重要的是……

"刚刚皇上与你说了些什吗？"

越如梅擦掉眼泪，尽量平静道："皇上说，届时我如实说话就好。反正绍风郡主会指证邱婉。事情还是如最初计划那般进行，请姑姑莫要担心。"

扶汝闭眼，深吐出一口气。

一个晏卿而已，不可能在他们母子两边同时捣鬼！

"走，去看看验尸结果。"

"你说朕是凶手……"祁天佑放下手里的弹珠，抬眼，幽深的眸子一瞬不瞬地盯着晏倾君，稚气未脱的脸上，泛起玩味的笑："你若分析得有理，朕，免你一死！"

晏倾君完全丢掉了扮作"封静疏"时的羸弱胆怯，面上一片平静，淡淡地道："楚月平日甚少出宜沣殿，除非皇上过来。昨日一早皇上为了她罚跪邱、越两家小姐，楚月不会全然不知。她们当中任何一人去找楚月，她都不可能毫无防范悄无声息地随着去了，除非皇上邀约。香囊里的香料本就是进贡给皇上的，皇上自然也会有。宜沣殿附近往来的人，宫中人的行踪谁都可以查，唯独皇上的，谁敢查？谁敢怀疑？所以，杀楚月的人，是皇上自己，对吗？"

这番话，她昨夜也问过晏卿。当时他脸上揶揄的看戏笑容渐渐沉淀，不置可否地问她："那我呢？我有能力出入宜沣殿不被人察觉，香料可能是璋华太后赏的，而楚月，本就是我的人，我若让她出去，她亦不会有所防备。"

"你？你只会隔岸观火，那些坐享渔翁之利的事，才是你干的！"

"彼此彼此。"

晏倾君想着当时晏卿那一脸笑，恨得牙痒。她隔岸观火坐享渔翁之利的计划，早被他一个"楚月"搅得乱七八糟！

"你说你可以助朕一臂之力，凭什吗？"祁天佑沉吟许久，才慢悠悠地问出这句话来。

晏倾君未料到事情会如此顺利，怔了怔。

他这是，默认杀了楚月了？

其实她是不确定的，可她得罪璋华在先，作假证在后，必须为自己赢得一丝生机，才有了今日的这次豪赌。毕竟，要杀楚月，还可以有许多其他方法，不一定要祁天佑亲自动手。

可他默认了，默认自己杀了昨日还拥在怀里甜言蜜语缠绻缠绵的女子。

所谓情爱痴缠天长地久白头偕老，是富贵在左、大权在右时填补空虚的奢侈品罢了，眸中含情的男子最不可信。

母亲的话再次响在耳边。晏倾君在心中冷笑，果然啊，一个奕子轩，一个祁天佑，这世间男子，大抵如此，权为首，利为次，情之一字为何物？

"凭我可以助皇上更顺利更快捷地达到目的。"晏倾君直面祁天佑，丝毫不掩锋芒。事到如今，没必要了。对当权者而言，有利用价值的人才能活得更加长久，而眼前这个不满十六的少年帝王，必将是祁国大权之争的最终胜利者！

兴华宫内，站的站，跪的跪，恐怕从未有过如此杂乱的场面。尽管人多事杂，宫内却是安静，如乌云罩顶一般，没有人敢大喘一口气、多说一句话。

宫里死掉一两个宫人，是再正常不过，从来都是默默地收拾了尸体烧作骨灰送回宫人家乡，算是落叶归根。可这次因为祁天佑的态度，使得楚月的死不得不受人重视，而重视的结果，令人惊诧。

"柳大人！你可查清楚了？这宫女到底因何而死？"扶汝犹自不敢相信刚刚听到的话，压低了声音问了一句。

柳谙年逾四十，祁国有名的验尸官，跪在地上毕恭毕敬道："回太后，昨夜送去案审司的宫女，身体浮肿，表面看似溺水而亡。可她体内有毒，是先中毒身亡，后被抛之沣水湖。"

晏倾君立在一边，恍然大悟。昨夜她就怀疑，当时邱婉就在沣水湖附近，若楚月真是落水而亡，不可能一点挣扎叫喊都无。而祁天佑会亲自动手，原因也在这里了吧……得亲自下毒！

主座上的扶汝面色却不怎么好看，按捺住情绪低问道："中毒？什么毒？"

"臣无能，未能研究透彻！已经连夜请连御医过去验毒，不过多久，定能查出所中之毒来！"柳谙小心地擦了擦额上的冷汗，活了四十余年，还是第一次同时面见两位太后和当今皇上！

"怎么朕到今日才发现，宫里养的都是一群废物！"祁天佑倏地站起身，冷声喝道："既然是中毒，来人，搜宜沣殿！"

扶汝一听祁天佑的吩咐，竟是惊得也随之站起身来，面上的惊惧犹疑在她抚了抚额头之后极为艰难地隐了去。她开口，声音虚弱："皇上，哀家身体不适，你送哀家入里间休息片刻如何？"

祁天佑面上的怒气渐渐散去，转向扶汝的脸上天真而无邪，不解道："母后，刚刚不是还好好的？等结果出来，朕亲自送您回丞千宫！"

扶汝面上的血色一寸寸褪去，秀美的面上表情凝滞，双眼空洞而无神。

晏倾君撇开头，不去看她渐渐无神的双目。

祁天佑这一招，或者说晏卿这一招，真是高啊。

表面上倾向璋华太后，暗地里勾结扶汝太后。祁天佑毕竟是扶汝的亲生儿子，且母子二人合心拉下璋华，避免她一人独大，这是正常人的想法。可惜那一大一小两只狐狸联手，决然不会走寻常路。只有这样，才能将人打击个措手不及。

楚月进宫便掀起小小波澜，连累她被璋华抽了一个耳光。那之后，她以为还会掀起什么大的波浪，不想皇帝自顾地宠着楚月，两位太后不闻不问，平静得过分诡异了。璋华太后见到楚月时，脸上那副表情，谁人都能看出楚月——或者说楚月所代表的那个人，与她渊源不浅，因为那个人她才纵容祁天佑宠着楚月，倒勉强可以解释。那么，扶汝呢？何以扶汝也会任由祁天佑在选后前期宠幸一名宫女？

晏倾君唯一可以想到的，就是扶汝是有计划的。而这楚月是依着晏卿的意思弄进宫的，也就是说，扶汝与晏卿，暗通款曲。

让楚月进宫，算到了楚月会得宠爱，再杀她嫁祸邱婉，使得邱婉丧失选后资格，于是越如梅自然而然地上位。这应该是扶汝打的如意算盘。

可惜算盘打漏了一颗，于是出了错。

昨夜越如梅不在宜沣殿，回来之后估计是发现自己上当，才一直哭个不停，逃避责问。

棋局出乱，究其原因，最容易想到的当然是与璋华"亲厚"的晏卿倒戈，倒打一耙。扶汝恐怕也是想得这么简单，毕竟，谁会怀疑到自己亲生儿子身上？

晏倾君与晏卿接触的时日并不多，可其实，他们是同类人。同样背着别人的身份想要在祁国站住脚跟，借助祁国的力量回东昭，所以他们要做的是寻找祁国最强大的依靠。连她都看得出来那个人非祁天佑莫属，更何况是晏卿？

倒戈的人不是晏卿，而是祁天佑。

所以扶汝现在才会有这种表情，她意识到，自己被祁天佑背叛了。

让晏倾君好奇的是，祁天佑打算用什么法子将扶汝逼进最后的死胡同？昨夜她这么问晏卿，晏卿用他那特有的滑腻腻的眼神将她从头到脚扫了一遍，最后带着万年不变的欠揍笑容道："有手有脚有脑袋，自己查去。"

今日，她就好好看看这出戏，会怎么演下去，又是如何收场！

连御医进兴华宫时，眼含惊惧，满头大汗，瑟瑟发抖地跪地行礼。

兴华宫内很安静，静到衣衫窸窣的摩擦声都听得清清楚楚。所有人都屏息凝神，等着连御医的禀报，他却是跪在地上，埋着脑袋，半晌，仍是支支吾吾的："那毒是……"

"是"了许久，仍未"是"出个所以然来。璋华突然放下手里的茶盏，磕在桌上一声脆响，连御医浑身一抖，随即不停磕头，带着哭腔道："太后息怒皇上息怒！臣唯恐所查有误，不敢……不敢妄下断言！"

"连御医在御医院三十年，如今竟说不信自己的诊断，你这是在给哀家卖关子不成？"璋华

含笑，不轻不重地睨他一眼，语含威胁。

"莫不是要两宫太后和朕都等着你？"祁天佑亦是不悦。

连御医吓得魂都去了一半，心下一横，说可能是死，不说，那可是非死不可！

"回禀皇上！回禀两位太后！微臣连夜查出那宫女体内的毒……是……是邪煞！"连御医说完，脑袋重重磕在地上，再不抬起，亦不出声。

晏倾君微微不解，邪煞？从未听过有这样一种毒药。可环顾四周看众人的反应，一个个受惊不小，只有璋华面带冷笑，祁天佑眉头紧拧，扶汝则仍是一脸木然。

晏倾君突然想到晏卿，他也是在的，站在璋华身边，好像特意隐去自己的气场，居然没有半点存在感。她一眼瞥过去，晏卿正好也看着她，笑意融入漆黑的瞳仁里，眉尖微不可见地动了动，晏倾君看懂了他的意思，是让她看好戏呢。

第八章

惊遇『前世』梦里人

　　我想过我会在祁国皇宫与他不期而遇，会在招
待使臣的晚宴上被他撞见，会在封后大典上被他戳
破身份，种种可能中，唯独没有今夜的不期而遇。

——晏倾君

　　正好先前领命去搜宜沣殿的一队宫人回来，为首的太监弯着腰，捧着手里的东西举到祁天佑眼前，恭敬道："皇上！在越小姐房内搜出这个！"

　　光滑的缎布上绣着粉色的梅花，如雪中映血。缎布缠缠绕绕，是手制的一朵牡丹，却是梅花点绕。略略看去，也就是女儿家的手工制品，并不见异常。

　　"这是你的？"祁天佑开口问向越如梅。

　　越如梅抬头看了扶汝一眼，扶汝正要开口说话，祁天佑提高了声音加问一句："这是你的？"

　　扶汝露出一抹苦笑，秀美的眸子如一汪死水，不起波澜。她瞥开眼，再不看越如梅，亦不看那缎布做出的牡丹花。越如梅顿时慌了神，眼眶发红，哭了起来。

　　祁天佑不耐地皱起眉头，烦躁道："老鼠被踩到尾巴姑且嘶叫几声，越家女子，莫非是受个惊吓便连一句话都说不出来？这东西是不是你的？昨夜你去了哪里？你若再不开口，将越琏召进宫来一并审问！"

　　越琏是越如梅的生父，扶汝的大哥，越家家主，身居尚书要职。

　　越如梅算是明白了，今日恐怕难逃一劫。那牡丹，不是她的。可上面绣的梅花，与她身上的衣物、手里帕子上的一模一样，那梅花……是她亲手绣上去的，可那缎布，明明是送给扶汝太后的……

　　"昨夜，臣女去了宜沣殿的后山。"越如梅擦掉眼泪，声音尽量平静。

　　"去后山做什吗？"祁天佑逼问。

越如梅沉默。她只是依着扶汝的指示在戌时离开宜沣殿，如今知晓信息有误，却也无法申辩，否则就是在说自己与扶汝太后有串通有预谋。而那牡丹……显然里面镶了东西。在这个时候被搜出来，里面镶的东西能是什么? 毒药无疑。

"是臣女撒谎，其实臣女并未去后山。昨日皇上因为一个宫女罚我在兴华宫跪了半日，颜面尽失，我实在气不过。又恐她威胁我日后在宫中的地位，想要赶尽杀绝，因此换了身与邱婉姐姐相似的衣物，唤楚月陪我去沣水湖边，又怕直接推她入湖她会呼救，因此事先下毒，待她无力呼救时扔下沣水湖。臣女知道邱婉姐姐当时也在沣水湖，所以想要嫁祸。如今东窗事发，都是臣女嫉妒心起，还心狠手辣，想要在扶汝太后那里寻得庇护。臣女知罪，一切罪孽皆该臣女来还，与扶汝太后无关，与家父无关! 请皇上明察!"

越如梅的一番话，说得极为镇定，有条有理。看扶汝太后的表情她便知道事情已经脱离了原本预计的轨道，而扶汝太后也未有出面保住她的意思。既然如此，现在她能做的，只有将所有罪责往自己身上揽，免得脏水泼在扶汝太后身上，泼在越家身上。

"所以，这牡丹花，是你做好带进宫的?"

越如梅抬头，淡淡地扫了一眼那绣着梅花的牡丹状缎布，沉声回答: "是。"

一个"是"字，一锤定音。

夜凉如水，宜沣殿后山，月光如玉，林间影影绰绰。

晏倾君两腿搁在树桠上，身子斜靠在身侧人的肩背上，眯眼俯瞰灯影闪烁的祁国皇宫。

很安静，可以听见树叶沙沙作响。很平静，只能看见昏黄的宫灯明明暗暗。安静下的无声挣扎，平静里的暗潮汹涌，这便是皇宫。无论是在东昭还是祁国，都是一样。

"喂，给我说说，那邪煞，是个什么东西?"晏倾君拿手里的玉笛捅了捅身后的晏卿，低声问道。

晏卿反手抽过晏倾君手里的玉笛，挑了挑她的长发: "哥哥不叫'喂'。"

"那你叫什么?"晏倾君转首仰望晏卿，徐亮的眸光一闪一烁，满脸天真。

晏卿微微垂下眼帘，注视晏倾君，双眼渐渐眯起，一点点靠近她，眼神越发专注，像是要将她脸上的"天真"看破。晏倾君直面他，笑容愈甚。演戏，谁都会。只是晏卿的脸越来越近，几乎是以面贴面，温热的气息喷在脸上，像是羽毛挠过，随之而来的是无法言喻的压迫感。

晏倾君不太习惯这种距离，不知不觉地向后倾，竟是忘了自己正坐在树枝上，身后一空，身

子一个不稳就向后倒了去。

晏卿眼底闪过一丝戏谑的光亮，伸手揽住晏倾君的腰。晏倾君得了助力，向前一扑，环住晏卿的脖颈稳住身形，唇上突然一热，睁眼便见自己与晏卿鼻对鼻，唇对唇。

晏倾君睁大眼，怔住。晏卿眼角弯起，一声闷笑。晏倾君一恼，张嘴，一口咬了下去。

"东昭皇宫居然养出一只会咬人的猫。"晏卿擦了擦嘴角的血渍，漫不经心道。

晏倾君的肩膀被他扣住，睨他一眼，闷哼道："不知哪里养出一只不会咬人只会叫的禽兽！"

"禽兽能让猫替他咬人就够了，小野猫，你说是不是？"晏卿的手滑向晏倾君颈脖间，似有心似无意地掐住她的大穴，带着滑腻的笑容欺近。

晏倾君的身子僵住，她多动一寸，抑或晏卿的力度再大一分，恐怕自己的命就会断送在他两指之间。

晏卿的模样是极好看的，明明是同样带着虚伪的面具，那模样，看来比奕子轩更加温润，又比晏珣少了官场的浮躁之气，即便是鼻对鼻的距离，都未能看出瑕疵来。

这样一个贴近异常的距离，晏卿凝视着晏倾君，眼眸里的情绪化作春水般的波纹隐隐流动。晏倾君与他对视，几乎要以为自己真是他无比珍惜真心相待的恋人，下一刻，唇被他吻住。

吻如春风拂面，温柔缠绵，带着晏卿身上固有的墨香渐渐侵蚀晏倾君的意识。晏倾君自知反抗无用，干脆紧紧地抱住晏卿的脖颈，整个身子靠过去，热情地回应。

春风般的吻瞬间变成夏日暴雨，热烈而不失缠绵。两人如同彼此深爱的情人，相拥热吻，却是睁着眼，一个溢满不加伪装的戏谑笑容，一个眼底是不愿服输的冰冷。

末了，晏倾君伏在他胸口，轻笑道："你到底说是不说？天可就快亮了。"

晏卿一边把玩晏倾君的长发，修长的手指盘绕着发梢打圈，一边抬首远望皇宫，半晌，才慢悠悠地道："邪煞……这毒，是祁国先皇赐名……"

晏倾君凝神静听，渐渐理出了头绪。

原来十五年前，祁国皇帝曾经中过一次毒，却并未声张，只是让当时御医院的首席御医来解毒。而那御医，就是现在连御医的生父。

最后毒是解了，可下毒之人却未能查出，先皇为人向来仁善，不欲多加追究，甚至开玩笑说那毒"邪不煞主"："邪煞"因此而得名，而下毒一事因为先皇息事宁人的态度不了了之。

所以，楚月之死事小，牵扯出的"邪煞"才是重头！

"越如梅居然不知道邪煞，轻易承认了？"晏倾君侧目，怀疑道。

晏卿不屑笑道："先皇中毒一事，当时都未声张。这么多年过去，越如梅当然无从知晓。况且，这不止是先皇的秘密，更是越家的秘密，所有人都以为随着先皇入土，不会有人再提……"

晏卿低笑，剩下的不欲再解释。晏倾君也猜得八九分，缓缓道："扶汝当年还有个姐姐入宫，封的贵妃，且比扶汝得宠得多，却在十五年前被赐死……那毒，是她下的？先皇不是不追究下毒者，而是不追究越家吧。而且……我一直好奇，这祁国怎么会只有祁天佑一个皇子。喂！你说，是不是那毒的原因？"

晏倾君拿胳膊肘捅了捅晏卿，眨巴着眼等他回答。晏卿抬起手，摩挲她的眼角，薄唇微扬："女子太聪明，不好。"

"太笨，可是会没命的。"晏倾君笑容明媚，愚蠢的人，如越如梅，自以为牺牲自己保住越家，却不知是将整个越家拉入火坑。

晏卿揽过晏倾君，让她靠在自己怀里，声音柔得要溢出水来："我怎么舍得让妹妹没命。"

晏倾君垂眸浅笑，心里却像堵了一团棉花。若非越如梅一心想把罪责往自己身上揽说自己穿了一身与邱婉相似的衣物使她那日的谎言不被戳破，若非她及早看出问题，猜测到祁天佑的目标不是璋华而是扶汝，若非她还有一技之长，与祁天佑做了交易，她这条命，早被他亲手交给阎王爷了！

他居然还能面带笑容柔声细语地说出这么一句话来，简直是……无耻！

"其实，哥哥比较好奇……妹妹与皇上，做了什么交易？"晏卿突然皱着眉头，诚恳地看向晏倾君。

他也会有不知道的事情？

晏倾君坐直了身子，用滑腻腻的眼神将他从上到下打量了一遍，扬眉轻笑道："有手有脚有脑袋，自己查去！"

丞千宫，夜色如墨，万籁俱静。

扶汝所居的主殿内灯烛耀眼，大红的蜡水泪滴滴般一颗颗滑落，凝固在烛台上，滑出朵朵殷红的血色艳花。

扶汝一身大红的艳丽长裙，在微微闪烁的烛光下透着诡异的血色荧光。她跪坐在矮几前，尽管精心妆扮过，面上的憔悴仍是一眼可见，仿佛一夜间苍老了十载。祁天佑斜倚在长椅边，脸上

没有了伪装的幼稚，看向扶汝的眸子里带了淡淡的厌恶。

"皇上，哀家才是你母后！十月怀胎生下你的母后！"扶汝声音沙哑，夹杂着酸涩："当年是为了保全你……哀家才会忍痛将你送到璋华身边，否则，哪来今日？"

"朕知道。"祁天佑漫不经心地回答。

"皇上若想掌权……越家与邱家相比，与越家联手除去邱家，再除越家更为有利！"扶汝的声音有些颤抖。

"朕知道。"

"璋华野心勃勃，巴不得你做一辈子傀儡！除去越家，她邱家一家独大，你想要亲政掌权只会难上加难！"扶汝的眼神绕过桌前的茶盏，睁大眼看着祁天佑。

那是她的儿子，怀胎十月，装病亲手送至他人膝下。她以为这次他母子二人联手除去璋华，忍气吞声十几年的日子便到了尽头……

"朕知道。"祁天佑冷笑。

"那你为何……"

"当年邪煞的毒，是谁下的？"祁天佑突然打断扶汝的话，声音是从未有过的阴沉，侧脸在烛光下一明一暗，显得格外阴郁。

扶汝身子一颤，他，居然知道？不可能，不可能……

"是你下的。却嫁祸给你所谓的'最爱的'姐姐！"祁天佑仍是冷笑："你以为自己做得天衣无缝吗？父皇临终前亲口告诉我，若非他当年一时糊涂……"

"那也是为了你！"扶汝倏地站起身，面上的血色尽数褪去，只剩一层厚重的脂粉："若非我下毒，凭他祁潇自诩温柔多情，届时子嗣众多，哪里轮得到你继承皇位？"

"是吗？多伟大的母爱！"祁天佑讥笑："为了我，将我送到兴华宫，任我受尽冷眼！为了我，下毒残害自己的姐姐，置家族于不顾！为了我，忍气吞声十几年，只待一朝反击！那为何越琏从不肯听我半句话？为何越家的势力核心你从不让我碰触？璋华想让我做傀儡，你呢？何尝不是如此？从小一起长大的姐姐尤可陷害，我这个儿子，又算得了什么。"

"从小一起长大的姐姐？"扶汝的眼圈殷红，在苍白的脸上显得尤为突兀："好一位姐姐！我是庶出，她嫡出，所以活该我在家中被责被骂，在宫中居其下位犹入冷宫。她命好，千人疼万人爱也罢了，我不怨！可她说什么'姐妹情深，甚是想念'？八个字！就为这八个字，将我拖入这吃人不吐骨的后宫，让我与……与……"

"与封佐天涯永隔？"祁天佑讥讽道："所以，送朕走，是因为你的心不在父皇身上，自然是不待见朕。残害越贵妃是因为嫉恨，忍气吞声十几年？无非是想夺得大权，好在宫中呼风唤雨！"

祁天佑凝望着扶汝，黑亮的眸子里只有冰冷。扶汝从未见过他这般模样，十五岁，她一直以为他还是那个会在重病时偷偷找她哭诉的孩子，是那个受了委屈偷偷爬上她的床求她抱他一宿的孩子，是那个悄悄扯住她的袖摆往她长袖里塞糕点的孩子……

"佑儿……"扶汝双睫一颤，眼泪流下来，刷去面上厚重的白粉："佑儿，你看清楚，我是你娘。这宫里有多少无奈有多少身不由己，娘不坐稳位置握牢大权，要如何生存下去？佑儿，待你长大些，属于你的，娘都还给你！你信娘，娘都是在为你盘算，你怎么能为了一个外人来算计娘？趁现在还来得及，佑儿……"

"闭嘴！"祁天佑冷喝，打断扶汝动情的劝说："你没资格这么唤我！要我信你？上次也是让我信你，结果呢？毁了我和她在一起的所有机会！"

扶汝怔了怔，一个瞬间便回过神来，嘶哑着嗓音笑了起来："哈哈……说到底还是因为她！那个贱人……你对她居然……"

"闭嘴！"祁天佑突然动身到了扶汝身前，一手掐住她的脖颈。

扶汝一句话噎在嘴里没能吐出来，因为呼吸困难，面上通红，极为艰难地挤出一句话来："你杀了我……越家不会……不会轻易……"

十五年前先皇中毒，就算是她下的毒那又如何？如今人已不在，单凭越如梅承认那牡丹是她做的，凭牡丹里有邪煞之毒，不足证明十五年前的毒也是越家人所下。更何况，当时先皇以为是贵妃下毒，也只是秘密赐死而已，并未动越家分毫，到今日再来细究，不足以铲除越家！

"你以为我手无证据，就动不了越家？"祁天佑轻笑，笑容邪肆，扣住扶汝脖颈的手并未松开，一手在腰间拿出一粒药，塞入她嘴里强迫她吞下，随后松开手，笑道："作证的人，可是母后您。"

扶汝想要吐出那颗药，只呛得面色死白，一听祁天佑的话，更是不解地看着他。

祁天佑从袖间抽出一张纸来，慢慢摊开，举到扶汝面前，白纸黑字，写得清清楚楚："罪妇越扶汝，十五年前暗通越琏，下毒谋害先皇……"

"我……我何时写过这个东西？"扶汝还未看完全部，便知晓那是一封自己的"遗书"，失神地喃喃道。

她没写过，绝对没写过！可那字迹……明明是自己的字迹……

"母后好走！您那些哥哥侄女，马上下来陪您！"祁天佑冷声说着，甩袖便走。

"佑儿……佑儿我是你娘……"扶汝一把抓住他的明黄色龙袍，身子里的毒已经开始发作，一个趔趄倒在地上。

"娘？您还记得当年您是怎么甩开我的？"祁天佑回头，淡淡地道。

冷喝，斥责，抛弃——在他的意识里，这就是"娘"，所代表的全部。

扶汝恍惚想起，记忆里孩子天真期盼的眼神，她会责备他懦弱无能，生病便只会哭，会在冬日的夜半赶他回兴华宫，会当着他的面把他塞到自己袖口的糕点踩碎……可这一切，只是为了避免璋华疑心不是吗？

"你还记得，你是怎样将我和她拆散？"祁天佑冷冷睨着扶汝，厌恶地甩开被扶汝拉住的袖子。

扶汝跌在地上，大红的裙衫铺了一地，宛如盛开的红莲。她喘着大气，低声地笑："罪魁祸首是璋华！"

"所以！你们一个个来，朕会帮她讨回一切！"祁天佑狠声道，未再看扶汝一眼，径直出了丞千宫。

扶汝太后十五年前与越琏串通，给先皇下毒，毒虽解，却使得先皇子嗣单薄，心有愧疚，服毒自尽，留下遗书自认罪责。越琏下狱，于五月初五正午斩首示众。皇上念在越家三代辅佐有功，免诛族人，男充军，发配边疆，女为奴，分入各家。

越如梅残害宫女，与庶民同罪，与其父越琏一并斩首。绍风郡主口证有误，但情有可原，禁足三个月。新后选定邱婉，于八月初五封后大典上正式封后。

事不出三日，尘埃落定。

是夜，祁国皇宫，仍旧一片平静。

"挽月夫人，是白子洲的白氏后人？"晏卿两指夹着黑子，随意在棋盘上放下。

灯光昏暗，未能掩住晏倾君面上一闪而逝的诧异。她不过是写出与扶汝一模一样的字迹来，竟被晏卿看出母亲的身世。

"白氏最擅各类模仿，小到字迹，大到各人说话的语气表情，不知妹妹在挽月夫人那里学到了哪些？"晏卿抬起眼睫，看着她，眸子里噙着忽明忽暗的光，像是黑暗里最光明的存在，让人几乎无法抗拒地想要回答他的问题。

晏倾君敛目，手执白子，微笑："哪里，不过是上次扶汝让我在封佐坟前烧些东西给他，我留了个心，仿了仿那字迹罢了。"

"妹妹自谦了，普通人怎能模仿得十成相似。"晏卿低眉浅笑。

晏倾君扬了扬眉头，自嘲道："哥哥过奖了，若非普通人，倾君怎么会可怜兮兮地被禁足三个月。"

"小野猫嫌闷了？"晏卿揶揄道。

晏倾君万分诚恳地点头："这才不到三日呢，三个月，要妹妹如何过得？其实……"晏倾君拉长了尾音，笑得谄媚："哥哥有办法让我出宫玩一玩吧？"

晏卿执着棋子的手顿了顿，抬首微笑，黑色的眸子深不见底："你想出宫？"

晏倾君正欲点头，晏卿低笑道："三个月……其实倒不长，妹妹要准备起来，还会嫌弃时日不够。"

"准备什么？"晏倾君见不得他故作高深莫测的模样，语气有些不善了。

晏卿笑容愈甚："祁国封新后，封后大典邀请各国来使观礼。"

"然后？"

"然后……"晏卿两指摩挲着黑子，扫了一眼棋局，缓缓道："贡月来使未定，商洛来使大将军商阙，东昭嘛——奕家公子奕子轩。"

晏卿不轻不重的一句话，羽毛般划过晏倾君心头，却是让她的心神为之一拧。正好晏卿手里的黑子落下，清脆一声响敲在她耳边。

奕家公子奕子轩。

接下来的一战，才真是一着不慎，满盘皆输！

"母后，这次孩儿的表现，您可还满意？"祁天佑笑得无害，倒了一杯茶送到璋华眼前。

璋华伸手接过，修长的金指甲在午后的兴华宫内熠熠生辉。她浅浅地饮了一口，眉间眼角尽是笑意，摸了摸祁天佑的脑袋，轻笑道："皇上真是能干。不过，皇上当真不怨母后置扶汝于死地？哎，说到底，她才是你的亲生母亲。"

璋华摇着脑袋，惋惜地叹了口气。

祁天佑执拗地"哼"了一声："从小到大，她可没关心过我半分！八年前若非她骗我，燕儿姐姐怎么会离开我？孩儿这可是给燕儿姐姐报仇。"

璋华眯眼看着他，怀疑从眼底一闪而过，面上表情却是不变，放下茶盏缓声道："皇上，日后有什么计划，是否该提前与母后商量商量？找来的那个楚月，可着实把母后吓了一跳。"

"啊……"祁天佑吃惊，懊恼道："是晏哥哥的主意，他说事后再与母后交代，戏才演得真，不会让扶汝怀疑。"

璋华敛目，沉吟片刻，才悠悠道："那最后那张遗书呢？"

最初他们的计划里，可不能那么顺利地除去越家。楚月之死，一来使得越如梅不可能为皇后，二来引出"邪煞"，由此牵出当年先皇中毒一事，再揪出先皇子嗣单薄，最后确定子嗣单薄与邪煞有关，捞出当年赐死越贵妃的真相，再借着邱家的势力一点点将越家捞空……

这一出连环计，本来该是耗时许久，耗力不小，可因为那张遗书，几乎是将越家一夜之间扳倒……

"那张遗书？当然是晏哥哥在民间找的能人异士啊！"祁天佑笑容干净，理所当然道："那夜我去丞千宫之前，晏哥哥找到我，说终于找到更容易的法子，但时间紧迫，事后再与母后细说，然后给了我那份遗书。他没跟母后说吗？"

璋华细细打量着祁天佑的神色，见他侧首好奇地问自己，皱着眉头想了想，才恍然道："这……好像的确与我说过，看母后年纪大了，竟是忘了。"

祁天佑担忧道："母后可是近来身体不适？"

璋华摇了摇手，疲惫道："只是昨夜雷鸣电闪的，一夜没能睡好。"说着，话题一转，道："卿儿说那人已经被处死？"

祁天佑点头："母后放心，交给晏哥哥的事，向来不会出错。"

璋华一面颔首，一面揉了揉额头，长叹了口气。祁天佑忙道："母后好好歇息，孩儿先退下。"

璋华颔首，眼角的细纹不知何时深邃了几分。祁天佑出了兴华宫，举目望去，大雨之后的皇宫明净透亮，雪白的栀子花娇嫩欲滴，一派欣欣向荣之态。

祁天佑垂首低笑，璋华想要试探他？

这戏演了十五年，不到最后一刻，他怎么会轻易地摘下面具？

晏倾君斜倚在凉亭中，有意无意地扯着白色的蔷薇花瓣，一瓣瓣丢入沣水湖内。花瓣漂浮在水面，随着浅荡的波纹渐渐远去。

实际上，祁国皇宫，比起东昭皇宫要大得多，单单这一泊一望无际的沣水湖，东昭皇宫里的"湖"比起来，便相形见绌。还有宜沣殿后一座小山头，占地颇广，她和晏卿的住处，一山之隔。

禁足两个月来，白日里扯扯花瓣，夜里与晏卿下下棋，日子倒也过得惬意。

只是随着八月初五的日子渐近，晏倾君心中越发不安。不是担忧，不是害怕，一种难以言喻的不安，使得心中越发烦躁。

贡月，商洛，东昭，南临，四国中，只有南临向来与世无争，不会有来使参加封后大典。贡月的贡王爷，听闻上次大战后惊吓过度，重病卧榻不起，这次定然不会是他来，那便无所谓了。可是商洛的商阙，上次在战场上亲耳听到他亲昵地唤"静疏"，必然是与封静疏熟识，自己扮作封静疏，被他撞见的话，定会撞破。最重要的，还有一个奕子轩。

"倾君公主"早在数月前"下葬"，东昭为此得到的好处不少，此时再冒出一个"晏倾君"，以晏玺的为人，宁可再杀她一次灭口，也定然不会承认自己弄错自己的女儿，向三国赔礼道歉。

她无法确定，若奕子轩发现"晏倾君"还活着，会不会再杀她一次！

每每想到这里，晏倾君便觉得一阵烦闷盘桓在心头，如何都挥散不去。她手里撕扯花瓣的力度不自觉地加重，最后烦躁地扔下花梗。

思甜端了冰凉的酸梅酒过来，刚好见到晏倾君的动作，轻声安慰道："郡主莫要嫌闷，咱宜沣殿还有个沣水湖可以看看风景呢，再过一个月便好了。"

晏倾君看了看湖面朦胧的夕阳，笑着接过思甜手里的酒壶："天快黑了，去备些饭菜，早点用过晚膳，你早些歇息吧。"

思甜一愣，郡主近日歇息得越来越早了……

"郡主，可是……是奴婢哪里服侍不周？"思甜慌忙地跪下，她毕竟是扶汝太后一手提拔，之前越家一事，的确让她伤心许久……

晏倾君怔了怔，扶起她道："哪里来的话。我是巴不得每日早些歇息，晚些起床，好让这日子快些过去呢。快，去准备晚膳吧。"

不早些用膳，早些打发掉这群人，怎么能早点等晏卿过来。

用过晚膳，天色正好暗下来。晏倾君早早便打发了宜沣殿的宫人，装作困顿的模样躺在榻上假寐，将思甜也遣了下去，心中默默算着时辰，等晏卿过来。

也亏得她与晏卿所住的宫殿刚好隔了一座后山，晏卿过来才比去别处更加方便。以前她还

好奇，即便晏卿会武，也不可能每次都能顺利躲过宫里的侍卫到她宜沣殿来。可直接穿过后山便不一样了。那后山荒芜，几乎都是野草古树，甚少有侍卫巡视。

自从被禁足，晏卿隔三差五便会过来，下下棋，说说祁国的状况、东昭的历史，甚至对他手下的势力，也会有意无意地透露一些给晏倾君。

晏倾君心中透亮，在拉扶汝下台一战中，她起了至关重要的作用。也因此被那小皇帝看重。用人唯才，剥去她与"晏卿"之间微妙的"秘密"关系不说，单从小皇帝那面来看，她也是不可多得的一枚重棋。因此，晏卿有必要让她了解一些他们的实力。

很显然，接下来祁天佑的目标只剩下一个，璋华。

所以半个月后的封后大典，邱婉能否顺利成为祁国皇后，还要打个问号。最有可能的，一脚还没踏进皇家大门，就被身边的新郎官绊个四脚朝天。

虽然晏卿没有直说，可事到临头，她必然无法全身而退。她也没打算全身而退。封后大典，三国来使，亲政大乱，这样大好的时机她不把握住，可真是浪费了。

但，前提是她的身份不被人戳破，她的命能留到祁天佑实权在手时。

所以，要怎么对付奕子轩？

奕子轩十二岁前一直在外学艺，自然是没见过真正的晏卿，也不会发现现在的"晏卿"并非本人。可是她活生生的晏倾君站在他面前，怎么可能不被认出来？

这两个多月她想了许多法子，装病、戴面纱遮面，甚至易容……然而，想要留在宫内，不被他人怀疑，又不被奕子轩发现，几乎是没有可能！

再想到晏卿还时不时调笑地问一句"是否想到应对的法子了"，每次她都不愿认输地瞪他说自有办法，结果想了这么久，仍旧没有头绪，晏倾君便一阵气闷。

罢了，成大事者不拘小节，大不了今夜对晏卿服服软，赔赔笑，请他相助。他必然是有法子的，否则也不会每次都一副等着她服输的看戏表情。

如此一想，晏倾君心头松了松，脑袋便有些沉了，意识也跟着混混沌沌。

本是想着就此睡去，可上次晏卿说过今夜会过来，现在什么时辰了？怎会还没动静……晏倾君想要睁眼看看殿外的月色，却觉得眼皮沉重，无论如何都睁不开，顿时心中警铃大作。她平日都是睡眠极浅，一惊便醒，哪会像此时连眼都睁不开……

晏倾君动了动手臂，才发现浑身发软，暗暗庆幸察觉得早，否则今夜就是被人一刀砍了都感觉不到疼。

她艰难地移动手臂，用尽力气掐了自己一把，神智也似被她这一掐猛地回来一些。接着趁势蓄起力量爬起来，抓住榻边木盆里的湿帕子就捂住口鼻，扶着屏风踉跄地出了殿。

夏间夜风还算凉爽，被风一吹，晏倾君顿时觉得清明许多，被人下了迷药，谁下的？为何要下？

正在没有丝毫头绪的时候，耳边隐约传来打斗声。

晏倾君扶着廊柱走了几步，见到凉亭不远处，沣水湖边，四个身影缠斗在一起。距离太远，四人衣着看不清，却是显然的三对一，且招招狠辣，欲置对方于死地。

晏倾君眯了眯眼，见被围攻之人手执长剑，挥舞间轻易地撂倒其中一人。招式太快，距离又太远，她只见到长剑在银白色的月光下反射出冰冷的光，紧接着又倒下一人。

虽说那三人落了下势，已经倒下两个，剩下一个也显然不敌，却未听他叫喊援手。可见那三人并非宫中侍卫。至于孤身一人的那个，更不可能是宫中之人了，他的身形招式……很眼熟……

晏倾君欲静下心来仔细搜寻一番，脑中却是混混沌沌，刚刚的药力还未消散。

执剑那人突然利落地一个转身，到了对方身后，随即长剑一刺，连最后一人也倒下。

晏倾君突然想起那年初见奕子轩，她一手拽着断了的风筝线，一手遮住明媚的阳光，抬头看着高高挂在树梢的那只蝴蝶纸鸢。

"你就是奕子轩？快，帮我把纸鸢拿下来。"

那年她十岁，正蒙圣宠。那年他十二岁，恰好学成归来。

他踏着步子，疾而不乱地踩着树干顺势而上，一身淡蓝色的袍子随风蹁跹，接近树梢时几乎与蓝天融为一色。晏倾君一个眨眼，突然不见了他的人，连带着纸鸢一起没了踪影。她猛然转身，就见他在自己身后，拿着纸鸢对着她轻缓地笑。

此刻，沣水湖上的乌云突然散开，银白的月光俯照在那人身上，勾勒出他挺拔而修长的身形。他收好长剑，转身，冰冷的目光向着她扫过来。

奕子轩。

晏倾君的心跳，突然像断了线的珠子，快速而没有规律。她想过她会在祁国皇宫与他不期而遇，会在招待使臣的晚宴上被他撞见，会在封后大典上被他戳破身份，种种可能中，唯独没有今夜的不期而遇。她想不到他会提前来祁国，且，身为刺客到了祁国皇宫，到了她的宜沣殿外。

怎么办？

晏倾君的第一反应就是入殿，可身上的药性未散，脚下虚软无力，当着他的面一步三跌倒失魂落魄地逃走吗？

不，她说过，再不会容忍自己有那般狼狈的时候！

身侧的暗红色廊柱隐隐透着凉意，爬过衣衫穿过皮肤透入心底，晏倾君直直地靠着，不带任何表情地，看着奕子轩离她越来越近。

奕子轩身上没有沾血，却难免地带了点儿刚刚打斗时的血腥味。他盯着立在不远处一动不动的女子，眉宇间结了霜般冰冷，一手握住的剑仿佛随时就要出鞘，行着轻功飞速向宜沣殿靠近，面上的表情却在渐渐看清眼前女子的容貌时，变了。

第九章

山雨欲来风满楼

祁天佑没有动作，璋华没有动作，晏卿没有动作，奕子轩没有动作。

一切都如傍晚的沣水湖面一般平静，连夕阳折射在湖面上的波光都似要匿去锋芒，恨不得暗藏在湖底方才罢休。

有风，却不起浪。

————晏倾君

夏日的夜风很轻，染着不知何处飘来的栀子花香。

奕子轩本是行着轻功快速逼近宜沣殿廊柱旁的晏倾君，却在数丈远的地方突然慢了下来。随着他的身形渐进，晏倾君才发现他今日穿的并非黑衣，而依旧是一身淡蓝色长袍，如雨后泛着薄雾的天空。

奕子轩与大多数混迹官场的"公子"们一样，时常带着温煦的笑容。但是，比他们不同的，是他的身份地位决定了他无须过多地伪装，因此，面对陌生人时，他的面上时常冷硬得仿佛写着"生人勿近"四个大字。然而，无论是冷硬还是温煦，除了与她说些什么"定不负卿"这类假惺惺的情话时，晏倾君甚少见他感情外露。是以，此刻看着奕子轩脸上的表情，她竟不合时宜地想笑。

冷然，讶异，怀疑，怒意，哀色——最终沉淀为死寂，面无表情的死寂。

晏倾君的脚还是不受控制地挪了挪，她完全想不到，这个时候该怎么应付奕子轩。她身子刚一动，便触到一抹温热，随即那片温热抵住自己的后背，带着清淡的墨香。

晏倾君剧烈的心跳突然平复下来。晏卿，很是时候地来了。

一直以来，她看他周旋在两宫太后和皇帝之间，猜测着他在全局中所起的作用，其实，并未真正见过他处事的手段。今夜朗月清风，星光闪耀，真是他一展身手的好时机。要怎么躲过奕子轩，她是完全没主意了，既然他来了，便安生地看他是否使得出峰回路转的法子好了。

晏卿的一只手突然掐住她的腰，稍稍用力，她便觉得一股热力从他掌心化到体内，中毒的症状瞬时缓解了许多，至少可以随着他的步子走动。

晏倾君温顺顺地倚在他身侧，不欲反抗。随着他的前行，却是不得不垂下眼帘，唯恐自己的眼神泄露自己此时的情绪。

他居然带着她，迎着奕子轩的面走了过去。嫌她死得不够快吗？

晏倾君感觉眼前一暗，月光被人挡住，心跳又开始加速，几乎想要蹭在晏卿怀里遮住自己的容貌。

奕子轩沉默，晏卿沉默，晏倾君只能听见自己的心跳声。晏卿到底想做什么吗？晏倾君因为紧张而焦躁，偏偏不敢表露出来，悄悄抬起手臂到了晏卿身后，掐了他一把。

"师兄。"

奕子轩突然开口，打破沉默。晏倾君心下一惊，晏卿……是奕子轩的师兄？也就是说，奕子轩是认识他的。也就是说，奕子轩知道眼前这个"晏卿"是假货！看他反应如此平静，说不定早就见过这个"晏卿"，说不定今夜皇宫一行晏卿也是知晓的……

"师弟啊……"

晏倾君的思绪被晏卿的声音打断，她几乎可以想象出此时晏卿脸上的欠揍笑容。

"你瞧，我给你带了份厚礼。"晏卿说着，放开晏倾君，将她往前推了推，调笑道："倾君，还不见过你的奕公子！"

晏倾君呼吸一滞，却在下个瞬间明白了晏卿的打算。

置之死地而后生，假作真时真亦假！

奕子轩与晏卿既然早便熟识，必然了解晏卿的为人，甚至是他的行事作风。此刻晏卿大方坦荡地说她就是晏倾君，反而会让奕子轩生疑！

晏倾君瞬时松了口气："她是晏倾君"，这个事实，也只有从晏卿嘴里说出来才变得让人怀疑了。

"奕公子……"晏倾君很快地反应过来，拿出在东昭皇宫时的柔顺模样，凝望着奕子轩轻唤了一句。

对上晏倾君的眼，奕子轩显然眼神一颤，气息乱了几分。

晏倾君知晓，自己的模样声音，与奕子轩所熟知的"晏倾君"一无二致。但，从前她唤奕子轩，要么直接全名，要么"子轩"，从来不会用"奕公子"。

果然，奕子轩的眉头皱在一起，眼神迅速掠过她的脸，接着看向晏卿，微怒道："我既然答应助你，便没有反悔之理。前阵子你寻到一名与祁国皇帝宠爱的宫女长得一模一样的女子入宫，

如今又找来这女子，你是要把五国内模样相似的女子都找齐吗？"

奕子轩怒气愈盛，晏卿却是一声低笑："听闻师弟对倾君公主情根深种，师兄这也是一番好心……师弟当真不要她？"

奕子轩眉头皱得更紧，面无表情地撇开脸。

"既然师弟不领情，那便罢了。"晏卿扬了扬眉头，一手扯过晏倾君拥在怀里转身便走，还不忘打发道："夜深，师弟小心出宫的路。"

晏倾君窝在晏卿怀里，回头瞥了一眼面色不佳的奕子轩。见他被晏卿摆了一道，她应该很是高兴才是。但此时她一点愉悦感都没有，危机过后她深刻地意识到，自己被愚弄了！

自从晏卿偶尔来宜沣殿"做客"，晏倾君便寻了理由让思甜搬出外间，在侧殿给她置了间卧房。这样她与晏卿相处起来方便得多。

两人一入了主殿，晏倾君便甩开晏卿的手臂，拧眉微怒道："今日奕子轩会入宫，你是知晓的？是你让他入宫的！"

奕子轩身为东昭奕家的大公子，为自己着想为家族着想，也不会轻易以"刺客"的身份夜探祁国皇宫。他刚刚都说了"帮"晏卿，晏卿又来得如此"及时"，若说他之前不知情，她才不信！

晏卿斜眼睨着怒语相向的晏倾君，笑而不语。

"还有那下三滥的迷烟，也是你的杰作！"晏倾君越想越气愤，明知奕子轩会过来却不提前知会，知道她等着他过来，不会那么容易中迷烟，知道她会出殿看到奕子轩与人打斗，知道奕子轩会发现她，而她只能无力地靠着冰冷的廊柱束手无策！

晏卿面上仍旧挂着笑，很是愉悦地欣赏着晏倾君发怒的模样，半晌，才慢悠悠地道："看来，妹妹对奕子轩……也用情不浅啊。"

晏倾君一怔，自己的情绪……外露了。

"是啊，我的确喜欢过他。"晏倾君理顺气息，微微一笑，往晏卿身上靠了靠，柔声道："怎么，你吃醋了？"

"嗯。"晏卿诚挚而肯定地点头。

呸！

晏倾君在心中暗骂，面上挂着笑容，踮到晏卿胸口，仰首道："你与我说说今日奕子轩杀的是何人，目的何在，我也会喜欢你的。"

"比喜欢奕子轩还多？"

"嗯。"晏倾君诚挚而肯定地点头。

"可是我觉得……"晏卿笑看着晏倾君，欺近，轻声道："我告诉你商阙与封静疏的过往，你会更喜欢我。"

晏倾君双眼一亮，点头如捣蒜，拉长了声音道："你都告诉我，我会更更喜欢你的。"

晏卿搂着晏倾君到榻边，笑吟吟地道："封静疏生在祁国，长在商洛。七岁那年结识乔装出游的二皇子商阙，十四岁那年两人私订终身。商阙还因为执意纳封静疏为正室与商洛先皇争执，直到商洛先皇驾崩，长子即位，才允诺这位二皇子兼大将军，胜祁洛山一战，便给封静疏正室之位。"

短短的一段话，听得晏倾君心惊肉跳。她没心思再与晏卿笑闹，推开他的手臂，正色道："所以，商阙不仅认识封静疏，还与她青梅竹马交情颇深。"

晏卿颔首："你还记得封静疏是怎么死的？"

晏倾君心中一顿，恍然道："难怪……当时情况混乱，我穿着封静疏的衣物，封静疏穿着我的衣物，我与她身形又极为相似。夜色朦胧下商阙必然把我当做她，当时他唤了声'静疏'……"

那时她一心想着茹驾，哪里会管商阙怎么唤。只知道回头时封佐已经中箭下马，封静疏决然地扑向杀手的刀口，可以说，是自杀……

"喂，他到底知不知道我是假冒的？"晏倾君懒得伪装，拿胳膊肘捅了捅晏卿。商阙到底有没有认出她和封静疏交换衣物？

"我说了你会喜欢我？"

"嗯嗯。"

"表示？"

晏倾君靠过去，搂着晏卿的脖子，在他面上轻轻一吻。

"不够。"晏卿皱起眉头。

晏倾君仰首，毫不犹豫地吻上他的唇。

"我告诉你奕子轩的来意，你会更喜欢我？"

"嗯嗯。"

"好处？"晏卿笑得眯了眼。

晏倾君堆起的笑容僵住，她喜欢他，他的好处？

"没有。"晏卿无辜地摊了摊双手，抱歉道："于是我什么都不知道。"

晏卿说着，掐了一把晏倾君的腰，身形微动，已经远离床榻，笑着摸了摸晏倾君刚刚吻过的

唇角，一个翻身，推窗走人。

晏倾君坐在榻上，咬得牙齿"咯咯"直响，最恨不过自己不会武功把他给抓住！

啊！卑鄙！无耻！下流！无赖！流氓！禽兽！

半月时间转瞬即过，封后大典迫在眉睫。晏倾君眼里，皇宫却突然安静下来。秋风初送，黄叶凋零，宜沣殿像是这皇宫里唯一被人遗忘的角落，多数时候只有晏倾君和思甜靠坐在凉亭边看风起涟漪。

祁天佑没有动作，璋华没有动作，晏卿没有动作，奕子轩没有动作。

一切都如傍晚的沣水湖面一般平静，连夕阳折射在湖面上的波光都似要匿去锋芒，恨不得暗藏在湖底方才罢休。

有风，却不起浪。

明明是大权交接的关键时候，互斗的两方突然偃旗息鼓，声势俱敛。或者，可以说是三方。隐在暗处不知身份不知实力的晏卿，实实可算得上一方。

奕子轩当年外出学艺，一去七年。若非师从名家，奕家不会送出这位长公子。往日她也好奇过，试探着问他，他对师门之事却从不多提。是以，得知晏卿是他的师兄，不诧异是不可能的。

而短短数月相处轻易可见，晏卿此人心机，奕子轩怕也是比不得。

他表面帮璋华，暗地帮扶汝，实则帮祁天佑。在祁国十年，周旋在三方势力中游刃有余。然而，扶汝的失势打破原本三股势力的平衡，他一直以来的伪装不可能在身处深宫几十年的璋华面前毫无破绽。祁天佑狡猾的本质，璋华也该有所察觉。毕竟，能亲手除掉自己的生母，不是随便一个人都做得出来。

于是现下的平静变得诡异非常。

从上次见到奕子轩开始，晏倾君做好了充分的准备，以为接下来会异动不断。譬如邱家出点什么事，譬如准皇后出点什么事，譬如璋华与祁天佑之间出点什么事。可是，那夜死了三名不知哪里来的刺客后，什么都没有发生。

三名刺客来自璋华？祁天佑？到她宜沣殿外想要做什么吗？

这个问题的答案，比奕子轩与商阙识破她身份带来的危机更让她费尽思量。毕竟那答案，说不定就是皇宫数月来风平浪静的答案，也是她下一步该如何行进的关键。

"郡主，夜间阴凉，奴婢炖了碗莲子羹，您喝着暖暖身子。"思甜入门，手里端着托盘，托盘上一碗热气腾腾的莲子羹。她见晏倾君又在桌边发怔，怕会打扰，声音极轻地说了一句。

晏倾君看了看天色，夏末秋初，若是在东昭，天气偶尔还会闷热，可祁国的秋天，来得极早，冷得也极快。

"嗯，你先下去歇息吧。"晏倾君笑着拿过瓷碗，吹了吹莲子羹，小心地尝了一口。

思甜已经习惯了晏倾君的早睡，服顺地躬身退下。

早些打发那些宫人，本来是想要方便她与晏卿见面，可自从上次他离开，便未曾来过，也不知是事太忙还是有意不来。他不来，她对这宫中的情况了解得更是少，宫里诡异的平静便越发诡异。

思及此，晏倾君舀了一大勺莲子羹咽下。她也不是非得靠着晏卿的情报才能在这宫里待下去，他们俩，说不准最后要谁帮谁呢！

正想着晏卿，耳边适时地传来一阵笛音，晏倾君动作一滞，忙放下莲子羹，推开窗。

笛音萦萦绕绕，悠远绵长，吹的正是她第一次在后山撞见晏卿时的曲子。晏倾君心头一喜，料想是晏卿来找她了，轻手轻脚地推开殿门，果然瞧见沣水湖边站了一个人。

晏倾君不明白他为何不直接入她的宜沣殿，可笛音相会，上次她也用这个法子唤他来过，便不加迟疑地往沣水湖走去。

夜凉如水，月洒银纱。沣水湖面上泛起了薄雾，连带着湖边之人的身形也是模模糊糊，随着晏倾君的步子愈近，那曲音愈加清晰，的确与她上次所听到的一模一样，可……那人的身形……

晏倾君有些迟疑，那人……不太像晏卿……

就在她迟疑的那一瞬，笛音戛然而止，沣水湖边的男子突然转过身来。

晏倾君心下一惊，居然是祁天佑！

"燕儿……"祁天佑面颊酡红，双眼迷离，语调温柔，身形跟跄却是动作极快地向晏倾君扑了过来。

晏倾君下意识地后退，想要跑开，还未逃出几步远便被他的双臂牢牢地扣住。

刺鼻的酒味扑面而来，祁天佑呢喃着"燕儿"，从后将晏倾君抱住，接着慢慢转过她的身子。晏倾君平复心绪，劝着自己，他不过是醉酒，将她认作其他女子而已。那"燕儿"，莫非就是祁天佑曾经宠爱的宫女？思甜说她跳湖自尽，恐怕就是跳的这沣水湖，是以，祁天佑会在这里喝酒吹笛……那么，上次在后山吹笛的，不是晏卿，而是他吧……

"燕儿，这酒……好喝……好喝……"祁天佑扔下玉笛，摘下腰间的酒壶，在晏倾君眼前晃了晃，咬字不清道："燕儿也……也来喝……"

说罢，放开晏卿君，一手拿着酒壶，一手打开壶盖。

晏倾君见空，连忙向宜沣殿的方向跑，却被祁天佑稳稳地抓了回去，掰过身子猝然一个吻袭下来。晏倾君不及反抗，辛辣的酒顺着祁天佑的吻渡到她嘴里，接着被他死死地抱住。

"燕儿，燕儿这酒好喝，就不生佑儿的气可好……"祁天佑说着，言语间竟有些哽咽。

晏倾君被那一口酒呛得连连咳嗽，在祁天佑怀里一点反抗余地都无，只能挣扎道："咳咳……皇上，我……我不是燕儿，您认错人了……"

祁天佑好似听不到她的话，火热的吻堵住她的双唇，覆上她的面颊，游移到她的脖颈，不满足地开始撕扯她的衣物。

"我不是燕儿，皇上！我不是您的燕儿！"晏倾君反抗无力，只能嘶声呐喊，那声音，却是越来越小："我不是燕儿……我是……"

是……谁？

晏倾君？封静疏？倾君公主？绍风郡主？

晏倾君原本清亮的双眼突然迷离起来，像是蒙上氤氲的雾，暗芒流动，却不见神采。本来反抗的双手亦突然停下，整个人安静下来。

祁天佑见怀里的女子不再挣扎，放柔了动作，钳制住她的双手亦慢慢放开，一面亲吻着，一面伸手到她胸前，慢慢解开衣襟。

秋风瑟瑟，晏倾君的外衣很快被剥落。她却是立在原地一动不动，不叫喊，不挣扎，不逃跑。她偏着脑袋，茫然地看向沣水湖面，眼都不眨地凝视着，蓦然间，流了满面的泪。

沣水湖面上夜风清凉，却未能吹去远处迷蒙的雾，未能吹醒岸边的人。

晏倾君木然地站在原地，好似感觉不到衣衫脱落的寒冷，任由身边浑身滚烫的男子吻住、抱住，双眼一瞬不瞬地盯着沣水湖面。

眼看祁天佑就要剥下她的白色亵衣，静谧的夜里一声剑鸣，蹿出的黑色人影如离弦之箭飞快到了晏倾君眼前，到了祁天佑背后，横手一劈，祁天佑便软绵绵地倒下。晏倾君此时倒未见迟钝，敏捷地躲过祁天佑压下来的身子，伸手猛地推开眼前之人，怒道："滚开！"

黑衣人剑眉微蹙，双眸冷然，却是浑身正气。他迅速地扫过晏倾君的脸，掩不住面上浓郁的失望之色，侧身捡起地上的衣物给晏倾君披上。晏倾君却是毫不领情，又是一把推开他，怒道："滚开！"

他……挡住她的视线了！

黑衣人莫名，只见她缓慢地移动步子，往沣水湖走去。正欲伸手拦住，侧耳一听，有小队人马正在逼近。他收好长剑，担忧地看了一眼晏倾君，未多犹豫，翻身离开。

"那边！追！"

夜色中传来一声高唤，随即杀气涌动。

湖边又走出一个人，墨绿色的衣衫几乎融入夜色中，看不出轮廓，一眼扫见倒在地上的祁天佑和向沣水湖走去的晏倾君，皱了皱眉头，沉声吩咐身后几人道："扶皇上回去。"

"是！"

那几人齐声领命，看都未看晏倾君便恭敬地架走祁天佑。

看着他们离开，晏卿的面色才缓了缓，解下身上的披风，迅速走到晏倾君身边替她披上。晏倾君仍是流着眼泪，执拗地朝着沣水湖走近，却是被晏卿死死地抓住。

"倾君。"这是晏卿第一次如此正经地唤晏倾君，晏倾君却完全听不到似的，挣扎着要推开他，哭得越发厉害。

晏卿面上一贯的笑容敛了去，将晏倾君扣在怀里，轻缓地擦去她面上的眼泪，柔声问道："倾君，你看到谁了？"

晏倾君空洞的双眼里渐渐有了神采，挣扎的力度也小了许多，却是死死地咬住唇，不肯回答。

晏卿将她打横抱起，垂首吻住她的唇，撬松她咬住下唇的贝齿，一面向宜沣殿走去，一面轻声道："不说便罢了，我不问你。"

晏倾君觉得自己做了一个梦，一个荒诞的梦。梦之前她还在琢磨着如何从祁天佑那里逃开，梦醒的时候她却像温顺的小猫一般趴在晏卿胸口。她抬首看去，昏黄的灯烛下，晏卿闭着眼，像是浅眠，抱着她的手却未放开。她从未见过他如此柔和安逸的表情，低眉合目，呼吸平稳，嘴角是淡然的弧度，她也从未如此服顺没有心机地伏在哪个男子胸口，听着他平稳的心跳，嗅着他淡淡的墨香，感受他心口的温度。

她突然想起和亲途中路过某些小村时，日暮时分袅袅升起的青烟，那感觉，很温暖……竟与此刻，有那么一丁点儿相似。

晏倾君没有动，静静地打量晏卿没有任何伪装时的模样，没有那欠扁的笑容，果然，要好看、顺眼多了呢。晏卿却很不适时地睁了眼，幽黑的眸子看入晏倾君眼里，像是平静的湖面泛起

涟漪，揶揄的笑意一圈圈荡开来："醒了。"

也不知这"醒了"是在说他自己还是说晏倾君，他略略动了动身子，垂眼瞥过自己胸口："啧啧"地嫌弃道："脏死了，算你欠我一件衣裳，日后可要十件奉还。"

晏倾君这才注意到他胸口大片还未晾干的濡湿，恍惚记起自己刚刚那个"梦"……

"你们给我下毒？"晏倾君支起身子，冷声问道。

晏卿无视晏倾君的冷言，嬉笑道："你先告诉我……刚刚你看到谁了？"

晏倾君无心与他玩笑，得不到答案心中是恼怒，再见晏卿一副看戏的表情，想着许是又被他糊弄了一次，怒气腾腾地随手拿起枕边的一支银簪子对着晏卿的肩膀猛地刺下去。

晏卿未料到晏倾君会突然动手，闷哼一声，推开晏倾君站起身，面露冷色。

"奕子轩？"

"是又如何？与你何干？"晏倾君怒气不小，低声冷喝。

晏卿拔出肩头上的簪子，狠狠砸在地上，再扫了一眼肩上的伤口，低笑一声，抬起眼时眸中的冷然隐匿得毫无踪影，面上再次挂起晏倾君熟悉的笑，坐回榻边悠悠道："祁天佑的酒里有刚刚制出的迷心散，吃了迷心散会让人产生幻觉，见到自己心中最最牵挂之人。"

"你们给我吃这个做什么？"晏倾君怒气未散。

"我怎么知道你会大半夜地去沣水湖边？"晏卿无辜道："本是想提前通知你，奈何近来杂事缠身，也未料到祁天佑会那么早便到了沣水湖。你一向心思谨慎，今日怎么……可是太过牵挂我？听到他吹的曲子，以为是我在殿外，便迫不及待地出去了？"

说到这里，晏卿脸上露出狡黠的笑。

事情被他说中，晏倾君无可反驳，捏起拳头就往晏卿的伤口上砸。晏卿一手抓住，顺势将她往怀里一拉，使得她伏在他胸口，轻抚着她的长发，半晌，正色道："今日之事，是我的疏忽，若非商阙及时赶到，岂不是让你被那小皇帝占了便宜去？"

晏倾君还是第一次听他用如此正经的语气与她讲话，还是在承认自己的失误，不由得抬起头来看他。

晏卿正好也低下脑袋看她，笑得眯了眼："是不是觉得哥哥很有君子风度？"

"呸！"这次晏倾君也不在心里嘀咕了，直接骂道："无耻！"

晏卿倒也不在意，反倒笑得更开心。晏倾君没有心思去琢磨他那笑容里有几分真几分假，支起身子正色道："你说是商阙救的我？"

"嗯，我赶到时他正好打晕祁天佑。"

晏倾君的确记得自己被祁天佑发现，还被他抱着渡了一口酒，接下来的事情便有些迷迷糊糊了。如果是商阙救的她，说明他也夜闯皇宫，到宜沣殿来……找封静疏？

"他知道我不是封静疏？"

晏卿若有所思地摇头："可能，但不确定。上次祁洛山一战，商洛之所以大败，便是因为这位大将军在战场上突然理智大失，连自己都无法控制，更何况是手下将领？由此可推测，他当时许是认出穿着倾君公主衣物自杀的女子才是封静疏，于是大受刺激。所以他这次到宜沣殿来，或许只是确定……这宫中的封静疏，不是他所认识的封静疏……"

"那他见到我，确定我不是封静疏……为何不揭穿？"

晏卿低笑："揭穿你，他有什么好处？"

晏倾君恍然，现在上至太后皇上，下至封家旧部祁国百姓，都知道她就是"封静疏"。他身为邻国的将军，不宜插手他国事务，即便他插手了，有几个人会相信他的话？即便证明他所说无误，他也无法从中得到好处，吃力不讨好。不过是出于"侥幸"，他才会夜探宜沣殿，看看"绍风郡主"是不是他青梅竹马的封静疏吧。

"那你给祁天佑下那什么迷心散做什吗？"晏倾君继续追问。

晏卿又是无辜道："他找我要，我怎能不给？"说着，扬了扬眉头，不屑道："祁国这小皇帝疑心奇重，楚月的毒要亲自下才放心，扶汝要亲自杀了才安心，连这迷药……也要亲自试用了才宽心。"

晏倾君剜他一眼，她也只敢在心底嘀咕"小皇帝"罢了，晏卿倒是不忌讳，直接讽刺起来了。

"你们要用这药迷谁？"

"你说呢？"晏卿笑。

"璋华？"晏倾君反问，嘲笑道："她也真够可怜的，养了两条白眼狼。若非她，你也到不了祁国，一直以来她也算待你不薄。你就不怕把她扳倒，把祁天佑养大了，反咬你一口？"

"他？"晏卿微笑，欺近晏倾君："其实，比起他，我更怕你的反咬。"

"我是不是要多谢哥哥看得起？"晏倾君笑得眉眼弯弯。

"你想回东昭？"

"当然。"

在晏倾君看来，这是二人之间心照不宣的秘密。

"你听哥哥的，回东昭的日子，近在咫尺。"晏卿看入晏倾君的眼，眸色凝如无星无月的夜

空，深邃悠远。

晏倾君微微一笑，果然，晏卿不会无缘无故地与她说这么多。

晏卿给晏倾君的任务，说不上难，但也绝对不易。

封后大典将至，五国中，除了一向与世无争的南临未有来使，商洛、贡月、东昭，来的都是举足轻重的人物。是以，封后大典前三日，会在大祁殿内设宴，为几名来使接风。晏卿交给晏倾君的任务，便是在这接风宴上完成。

此刻晏倾君就端坐在大祁殿内，垂首，不时与身边的思甜说笑几句。照着"绍风郡主"的封号，若是在东昭，必然是坐个不起眼的位置。在祁国却不一样，先皇膝下只有祁天佑一子，祁天佑又还未正式立后纳妃，宫中内眷甚少，晏倾君便坐在了祁天佑左手边第一排。

晏卿正好在她对面，左边是奕子轩，右边是商阙。三人不约而同地不时将眼光扫过来，三人的表情……晏卿是万年不变的揶揄，奕子轩是若有所思，商阙则是凝重的哀戚。

晏倾君今夜才看清商阙的模样。皮肤黝黑，剑眉星目，虽为皇孙贵戚，在他身上却找不到皇家特有的孤傲，反倒是一股正直的阳刚之气充斥在眉间鬓角，连眼神都格外坦荡。晏倾君暗自感叹，对面这三人，恐怕就商阙最为直率。

而奕子轩……

今夜他衣着普通，甚至比在东昭时还要简单。他所代表的毕竟是东昭，因此面上还是带着客套的笑。

晏倾君不由得思酌，他若知晓祁洛山一战，战场上除了倾君公主，还有一个后来被封为"绍风郡主"的封静疏，如今见到"封静疏"与"晏倾君"长得如此相似，怎会没有疑心？除非是晏卿在其中做了什么手脚扰乱奕子轩的视线，而他今夜也显然在有意地观察她。

晏倾君倒也不太在意，反倒不时地迎向他的眼神，对着他娇媚地笑。从前在他面前的晏倾君，是端庄的，是贤淑的，是温柔的，是倔犟的，身为公主，从不会不知自重地对着男子"媚"笑。

对视的次数多了，奕子轩面无表情地瞥开眼，垂首，不再看向晏倾君，自顾地喝酒。

"三位公子不远千里参加朕的封后大典，朕甚是欢喜！来，今日就不讲究什么礼什么仪，一起和朕喝一杯！"祁天佑满面红光，稚气的脸上意气风发，举起酒杯来，仰面间将酒一口饮下，随即征求看法似的瞅了璋华两眼。

晏倾君未太在意三国使臣的反应，而是随着祁天佑的眼神，看向璋华。

她禁足三个月间，自是未曾见过璋华的。解禁之后璋华又卧病在床，御医说不宜打扰，她也就不曾过去请安。今夜这晚宴，还是三个月来第一次见着她。

　　憔悴。

　　这是一眼瞥见璋华时，晏倾君想到的两个字。三个月不见，她身上与生俱来的贵气仿佛暴雨后的牡丹花，被摧残得七零八落。尽管妆容还是一如既往的端庄华丽，指端的金指甲也是同样的刺人双目，但她那双眼里，凌厉的精光不再，像是枯萎的落叶，飘忽不定。

　　三个月来风平浪静的皇宫，可以发生什么事，让这位高高在上的太后形容不堪？

　　晏倾君不知前朝局势是否有变，即便是有，越家已除，凭着小皇帝暗中的一些势力，何以影响璋华影响邱家？

　　表面看来，无论如何，祁天佑都不可能是璋华的对手。可她今日的任务却是给璋华下毒，说容易，因为她是唯一一个接近璋华却不会被她怀疑的人，只需她一个大意便能完成任务；说难，因为要在众目睽睽之下给一国太后下毒，稍有闪失，便不得好死。

　　可她今夜唯有冒险一搏，既然选择了祁天佑，在他面前已露锋芒，便没有退缩的机会。更何况，晏卿有胆量制毒，祁天佑有胆量试毒，她怎会没胆量下毒？尔虞我诈的宫廷里，从来没有轻而易举的成功！

　　"郡主，您可是身体不适？"思甜见晏倾君一直未进食，轻声问了一句。

　　晏倾君回过神来，忙笑道："未见过这么大的场面，有些紧张罢了。"

　　"奴婢回宜沣殿帮您拿件披风吧，宴后夜深，郡主的身子肯定再受不得凉了。"思甜低声请示，想着许是昨夜郡主受了凉，今日一直在打喷嚏，还精神不振，她出门时却忘了带件披风，太过粗心了。

　　晏倾君只想着打发掉思甜，待会下手时少条眼线更方便，于是连连点头道："快去快回。"

　　思甜刚走，晏倾君便瞥见奕子轩站起身，举杯，看着她，缓声道："久闻绍风郡主，巾帼不让须眉，屡立奇功，子轩仰慕已久，还望郡主不弃，与子轩共饮一杯。"

　　晏倾君蒙住。

　　祁洛山一战："封静疏"也在战场，他果然是知道的。奕家大公子若有心想查，怎会不知祁洛山一战的战况？

　　"奕公子谬赞，静疏受之有愧。这杯酒，还是让静疏敬公子，当是替公子接风之酒。"晏倾君微笑着，迅速掩去眸中情绪，不待奕子轩继续，便仰面将酒喝下。

酒刚下肚，晏倾君手持酒壶，利落地走出，施施然跪地道："静疏自重伤归来，得皇上、太后眷顾怜惜，得封郡主之名，百般垂爱，却不知深浅，屡次惹得太后生气，还给皇上惹来麻烦，静疏自知有罪，禁足之后不得机会向皇上、太后亲自请罪，如今当着三位使臣及百官之面，妄得皇上及太后宽宏原谅。"

她等不得了，不知奕子轩是否认清她的身份，不知他会不会戳穿她的身份，不如早些动手，将现场的局势搅乱，先结束了今晚再说！

奕子轩一杯酒还未下肚便见眼前女子跪下，到嘴边的话咽了下去，静坐一边。

祁天佑对着璋华笑眯眯道："母后，绍风这般诚意，您看……"

"皇上，看来三个月不见，疏儿进步得多了。"璋华亦是笑着接过祁天佑的话，随即对晏倾君道："疏儿快快起来便是，哀家罚你，也是望你尽快适应宫中规矩。知错能改，哀家真是欢喜得很。"

晏倾君并未起身，跪着恭声道："皇上及太后对静疏的照拂宽容，静疏感激不尽，但求今日能有机会亲自替皇上、太后斟上一杯酒，以赎前罪。"

"哈哈，来来，朕的酒杯正好空了。"祁天佑满面欢色，毫不犹豫地应允了晏倾君的要求。

酒是祁天佑与璋华同饮，当着文武百官和三国使臣的面，斟酒之人还是手无缚鸡之力的柔弱女子，璋华当然不会反对。

晏倾君磕头谢恩，拿着酒壶便缓步上前，路过晏卿身边时，接到他一个鼓励的眼神，心中安稳了几分。

"皇上请用。"晏倾君恭敬地倒满祁天佑的酒杯，柔声细语。

祁天佑自然是毫不犹豫地喝下，还声声赞道："好酒！"

晏倾君微微一笑，挪步到璋华身前，心跳开始加速。酒没问题，酒壶没问题，酒杯没问题，问题在她的指甲里。迷心散藏在她的指甲里，只要在倒酒的时候，稍稍动下手指，让粉末染进酒水，她的任务便完成了。

她保持微笑，垂首，仍是能察觉到璋华眼底的冰冷从她头顶掠过，冬日的寒风一般丝丝钻入她的衣襟。

晏倾君悄声吸了口气，稳住双手，将酒壶微微倾斜，左手指尖停留在壶嘴处，不着痕迹地轻轻敲下去。细微的白色粉末散乱地飘下，入水不见，一杯酒满，晏倾君吐出一口气，欲放下酒壶，左手却突然被璋华一手抓住！

"太后……"晏倾君心中一顿，面上未露惊慌，不知所措地诺诺唤道。

璋华握着晏倾君的手，轻笑道："哀家毕竟是老了，这年轻女子的手……哀家来仔细瞧瞧……"

晏倾君呼吸一滞，垂在一边的右手已经开始微微颤抖。

怎么办怎么办？

指甲上涂了蔻丹，表面是看不出什么异样，若翻过手来，必定能看到藏在里面的白色粉末。他们，还是低估了璋华的疑心！今夜这一赌，她输了不成？

"太后！"眼见璋华就要翻过她的手背，晏倾君一声惊呼，反手拉住璋华的手腕，紧张道："太后您听，是什么声音？"

大祁殿外，隐隐约约地传来哄闹声，且越发清晰。

皇宫大内，公然喧哗！璋华放下晏倾君的手，倏然站起身，沉声对身边的宫人吩咐道："去看看发生何事。"

不等那宫人领命出去，便有人慌慌张张地跑入殿中，还未说话便跪在地上瑟瑟发抖："皇上！太后！奴……奴……"

"混账！发生何事殿外如此喧哗？"见那人支支吾吾半天未能吐出一句完整的话来，璋华甩袖怒道。

跪在地上的太监不停磕头，哭丧道："回太后！奴才……奴才们……在……在沣水湖……发……发现……"

发现什吗？

那太监的声音突然低下来，随后殿内只剩下他一人的啜泣声。

尽管后半句声音极低极细，在座众人还是听得清清楚楚，整个大殿因为那句话死寂无声。晏倾君同样惊得脑中有一刹那的空白。那太监说，在沣水湖上，发现一具被弃的死婴。

第十章
皇室秘辛

想不到我会杀自己的孩子？所有人都想不到，
可那个孽种！如何能存活于世？

——祁燕

晏倾君的第一反应便是抬眼看向晏卿，见他眉头微蹙，顺着她的眼神看过来，眨了眨眼，再不着痕迹地摇了摇头，示意他也不知情。晏倾君略一沉思，今夜她本就是依着晏卿的指示行事，他没必要骗自己。

大祁殿内的空气由上而下沉沉地压下来，逼得殿中谁人少许加重的呼吸都清晰可闻。有那么一瞬，太监跪在地上的低声啜泣仿佛根本不存在，整个大殿陷入旋涡般的诡异静谧，挑拨着众人紧绷的神经。

"哪个宫里的奴才不知检点竟能做出这等有辱宫廷之事来？还不速报案审司？"璋华声色俱厉，直吼得宫人一抖一瑟，磕头连连称是，随即她莞尔一笑，悠悠道："这等肮脏之事，污了哀家的眼事小，莫要惊到三国使臣才是，哀家敬各位一杯，宫中丑事，莫要见笑。"

声音语调由威严凌厉到柔腻温文，极其自然，殿内的诡异瞬时烟消云散，气氛活络起来。晏倾君不得不暗赞，璋华不愧在深宫数十年，反应如此之快，这样的大事被她轻描淡写的"奴才不知检点"一带而过，将事情与她和祁天佑撇得干干净净。

晏倾君微微侧目，瞥到祁天佑。相对璋华的圆滑老到，祁天佑一言不发，面色略显苍白。他那只被璋华扣住的手，隐隐颤抖。

真是……有意思？

这宫里有秘密。晏倾君不是到今日才意识到这一点，但她未曾想到，有朝一日这秘密会自行露出破绽来。恐怕晏卿也未想到吧？否则他也无须动用自己私人的力量，让奕子轩出手了。

那夜奕子轩在她宜沣殿外杀人，她无法断定三人是谁派来的，可宫中势力，无非璋华一股，祁天佑一股,晏卿作为同时被璋华与祁天佑信任的人,需要用奕子轩来杀那三人,那秘密,恐怕他也在查!

八年前,祁天佑宠爱的宫女投湖自尽,投的是沣水湖。三个月前,祁天佑宠爱的楚月被人害死推入沣水湖。半个月前,奕子轩出现在沣水湖,有意或者碰巧地杀了三名刺客。三日前,祁天佑在沣水湖畔吹笛,以乐思人。今夜,沣水湖惊现死去的婴孩。

沣水湖,会有什么秘密?

殿外的喧闹很快平息下来,晚宴继续,表面仍是和乐融融,可经此变故,太过和乐反倒使得气氛更为诡谲。人人都心惊,人人都怀疑,人人都想询问细节,偏偏无人敢多提此事。三国来使更是不闻不问,维持着表面的平和。一场晚宴便在大部分人的强颜欢笑中勉强结束。

月明星稀,宜沣殿一如往日,安静怡然。

晏倾君回去时,宜沣殿的宫人已经换了一批,连思甜都被换走。她佯装不知情,好奇地问了几句,才有宫人唯唯诺诺地说发现那婴儿的第一波人都被案审司带走查问去了。晏倾君再深入点问,譬如到底何时何地发现的婴儿,便问不到答案了。她佯装受惊的模样打发众人散了,自行回房。

他们不说,她自有办法去查!

"出来!"刚刚回房,晏倾君便低唤一声。

房梁上果然蹿出墨绿色的影子,在晏倾君面前站定,伸手蹭了蹭她的脸,笑道:"真是最了解哥哥的妹妹。"

晏倾君撇开脑袋,剜了他一眼:"今日没心情与你逗趣,快,说说你那里得来的消息。"

晏卿收回手,看了看越发浓郁的夜色,低声道:"孩子才出生不久,在竹篮里漂在沣水湖面。"

"怎么死的?"

"手法拙劣,显然是被人扼住气门,窒息而亡。"

晏倾君的眼皮跳了跳,压抑住心中的异样,她该早就习惯了,在东昭皇宫,那些后宫嫔妃们为了争宠,未出生的已出生的,只要拦到自己的去路,哪个不是想方设法地除?

"你想插手?"晏卿凝视她,眯起双眼。

晏倾君笑道:"主动与被动,哥哥难道更喜被动?"

"真是好妹妹。"晏卿笑起来，毫不掩饰面上赞赏的表情，伸手轻抚着晏倾君的长发，顺势将她揽在怀里。晏倾君只觉得额上一沉，眼前一黑，身子轻盈如羽毛，整个人都挂在晏卿身上，耳边轻风阵阵，待到落地时，两人已是在沣水湖岸偏僻的一角。

晏倾君微微一笑，与聪明人行事，废话都少说许多。

他们想查出沣水湖的秘密，今夜便是最好的时机！再晚些，秘密恐怕就埋在皇宫最深处，再也挖不出来了！

晏倾君快步行近一旁的竹筏，一面走着一面笑道："你说待会我们会不会被人困死在湖面上？"他们想到了同一处，若猜测无误，沣水湖恐怕危机重重。晏卿还带着她一个毫不会武的女子，便更是危险了。

晏卿扬了扬眉，低笑道："如此美佳人与我同死，死而无憾了。"

晏倾君回头，笑："是啊，拉个极品禽兽做陪葬，我也无憾！"

沣水湖一如既往的雾气腾腾，一叶扁舟漂于湖面，渐渐隐于夜色中。

"喂，"晏倾君拿手里的竹竿捅了捅躺在竹筏上的晏卿，可怜兮兮道："小女子手无缚鸡之力，当真划不动了，你要在这危机四伏的时候让我们受困湖心吗？"

晏卿两手作枕，垫在脑勺后，优哉地跷着两腿，合着的双目慢慢打开一条缝，看向迷蒙的夜空，懒懒地道："不会。"

他不会划船，晏倾君还是信的。否则他无须找奕子轩来查沣水湖的秘密，今夜也无须拉她一起渡湖，只是……

"那你站起来助我一把总是可以的吧？"晏倾君委屈道："我一人之力，找到天明也未见有结果。"

"怕水，站不起来。"晏卿淡淡回道。

晏倾君怀疑地扫了一眼他面无表情的脸，闭着眼，从神色上是看不出这话里的真假，可他晏卿会有怕的东西？还坦率地承认？无论如何，从这人嘴里说出来的话，她是不会尽信的。

晏倾君故作愤怒，用竹竿猛击水面，大片水渍溅在晏卿身上，却只见他身子颤了颤，继续优哉地躺在竹筏上，不言语。

晏倾君只得作罢，老老实实地继续，毕竟若是引来外人，她不会武，弱势的是她无疑。她需他武力相护，他需她划船渡湖，今夜他二人才有机会共上同一条船。如此一想，晏倾君心里顿时平衡许多。至于她为何笃定晏卿今夜会泛舟湖上……

半年前她入住宜沣殿，夜间不时会听见琴音，却找不到源头，后来因着同时出现的笛音让她与晏卿第一次正面交锋。那时她以为是晏卿引她露出破绽的阴谋，因为那夜之后琴音便消失不见。可是，既然当时吹笛之人不是晏卿，而是祁天佑，此事自然另当别论。琴音，来自何方？

她住在宜沣殿这大半年里，每次在凉亭遥望，春日也好，夏日也好，如今的初秋也好，对岸永远是雾气腾腾。沣水湖边除了她的宜沣殿，就是一片后山，而湖边有小船，尽管几乎腐朽，至少能说明，以前是有人用过的。对岸是何处？

晏卿与她说过，除去扶汝的一计，的确是小皇帝假意与扶汝共谋，接着倒打一耙，将扶汝打击得措手不及。表面上看，也的确如此。但是，倒推一下，从扶汝的立场来看，祁天佑当真与她一伙，他们合谋设计楚月的死，让邱婉无法做皇后，然后呢？皇后之位虽说重要，但不代表，失去一个后位就能扳倒邱家！扶汝亦不是头脑简单的人，忍辱十几年，若没有十成的把握，她不会做打草惊蛇之事。所以楚月之死只是整个阴谋的开始，却未料到刚刚开始便栽了跟头，将自己赔了进去。那么，扳倒璋华的整个阴谋是什么？

她曾问过晏卿，晏卿说不知道，她以为他有意隐瞒，如今看来还当真未曾骗她。扶汝凭什么自信可以扳倒璋华？

在今夜之前，所有的疑点都是迷迷糊糊似是而非，凌乱而没有头绪。那个死婴，松动了死结。

"在竹篮里漂在沣水湖面"——倘若孩子来自对岸，倘若她一直怀疑的秘密就在对岸，倘若那秘密与璋华息息相关，死结，似乎有了解开的可能性。

她能想到的，晏卿自然也能想到，所以二人无须多言，一起渡湖，一起去寻那个秘密。

晏倾君一边尽力划动竹筏，一边理清思绪，正在沉思间，一股大力拉住她。她一个趔趄，不偏不倚地倒在晏卿怀里，正要开骂，感觉到几股寒气从头顶掠过。

暗器！

"嘘。"晏卿将手指比在她嘴边，快语轻问道："识水性？"

晏倾君点头。挽月夫人出自白子洲，白子洲四面环海，怎会不识水性。母亲会的，她自然也会。

晏卿轻笑，搂紧了她，两人一个翻滚，落到了湖中。

湖水冰凉，晏倾君的手被晏卿牢牢抓着。晏倾君有些恼怒，刚刚还说"怕水"，现在就搂着她"投湖"了！晏倾君踢了身后的晏卿一脚，借力甩掉他的手，自顾向前游去。

二人先前用竹筏渡湖，已经行出许远，但是，即便白日里的沣水湖都雾气浓重，更不说夜晚

了。晏倾君无法确定这里离对岸到底还有多远的距离，晏卿……应该查过。

晏倾君回头，打算问问他，举目望去，居然不见人影。她心中一紧，潜入水下再看一番，仍是没有！

夜里的水下能看到的距离有限，晏倾君毫不犹豫地向落水的地方游过去，不知是太久不曾游水不太适应，还是心中的忐忑让她心跳加速。晏卿……是抛下她了？还是当真怕水——不识水性？

直至看到晏卿黑沉的身影，晏倾君的一颗心才缓缓放下来。至少她这唯一的盟友不是抛下她，而且，居然……没有骗她。

他僵直的身子在往湖底下沉，墨绿色的衣裳在水下如同水草在他身边围绕，面上的苍白成了深水里唯一清晰可见的颜色，眼角安然的弧度让晏倾君突然觉得不真实。倘若……倘若自己不回来救他，那样一个嘴角怀着狡黠笑意永远看不透是真是假的男子，那样一个代替五皇子晏卿进入祁国皇宫而不露破绽的男子，那样一个周旋在两宫太后与阴险皇帝身边却得以全身而退的男子，就此消失在五国内！

然而，所有的想法不过在晏倾君的一个眨眼间掠过脑海。她还是救了，动作极快地游到晏卿身边，抱住他的身子，吻上他的唇，将仅剩的一口气渡给他。他要死，也不能这个时候死！

晏卿僵硬的身子在触到晏倾君的那一瞬，如浸了水渍的纸张一般柔软下来。他反手抱住晏倾君，粗重地吻住她的唇，攫取她嘴里所剩无几的空气。晏倾君气恼地欲推开他，若当真溺水，此刻哪会有力气抱住她！亏得她不辞辛苦地回来救他，居然是装的！

晏卿却是不由晏倾君的动作，将她搂得更紧，吻得愈凶，一面划动着迅速向前。待到晏倾君一口气几乎憋了过去，新鲜的空气迎面而来，她连忙睁眼，自己与晏卿，居然碰上"礁石"了。

晏卿未给她太多的反应时间，捞着她便爬上礁石。就在二人三步远的地方，是一处小岛。

"无耻的骗子！"晏倾君狠狠地瞪了晏卿一眼，甩开他的手，稍稍纵身，便跳到了岛上。

"怎么舍得骗你，我的救命恩人。"晏卿立马跟上，揽住晏倾君的腰，掐了一把。

晏倾君气结，不欲与他多语。

晏卿又调笑道："当真未曾骗你。在你心中，哥哥就那般无用？因为怕水而远离水？"

晏倾君仍是不语，试图在一团漆黑的孤岛上寻到丝缕光亮。

"可哥哥还是胆子小，到了水里就不敢动了。但毕竟是习武人，一口气比常人要长，你一来，自然唤醒我了。"晏卿似笑非笑地在晏倾君耳边解释，突然咬了一下她的耳垂，语气暧昧："你是第二个将我从水里救起来的人。"

这么关键的时刻，晏倾君没心情与他"谈情说爱"，正要推开他，反而被他一手拉到身后，她抬眼，不过眨眼的时间，眼前齐刷刷地站了十数名黑衣人。

"敢闯禁地者，杀无赦！"黑衣人中，为首一人低沉大喝。

晏倾君浑身一抖，这批人，穿的不是一般的夜行衣。黑亮的衣质，如鱼儿的鳞片，在夜色下反射出徐徐光亮。高绾的发髻，肃穆的神色，腰间熠熠生辉的黄金腰牌，无不彰显着来人身份不俗。

"祁国皇族夜行军。"晏卿用极低的声音在她耳边解说了一句。

晏倾君心中更是诧异。皇族夜行军，居然当真存在？

传闻当年这片大陆一分为五，东昭，南临，祁国，商洛，贡月。五国为保皇权，互制盟约，将天下绝学集于一处，共同培养出一批秘密军队，保护各国皇族，称为夜行军。夜行军只听令于皇族当权者，每每宫中政变，会在最后关头出现以保大局。是以，数百年来，五国皇族从未更名改姓。

然而，传闻终究只是传闻，所谓夜行军，从未有人见过。晏倾君在东昭皇宫十五年都不曾听说东昭有夜行军，连她母亲也从未向她提及。如今，这批人站在她面前，晏卿告诉她，他们就是夜行军，而且，语气不似玩笑。

"看准机会，走。"晏卿不重不轻地捏了捏晏倾君的手，濡湿的手心渗出暖人的温度。

晏倾君静心凝神，看着晏卿抽出腰间的软剑。

软剑轻薄，未干的湖水顺着剑尖滴落，月光银白，反射在剑身流光溢滟。

晏倾君微微后退两步，给晏卿让出空间。

为首的黑衣人未料到居然有人认出他们的身份还敢公然挑衅，料到来人不会简单，缓慢而慎重地抽出腰间长剑。他身后十数人也随他抽出剑，杀气骤敛。

两方对峙，谁都不肯出第一招，唯恐露出破绽落了下势。

压抑。

晏倾君不知晏卿是否预料到会遇到这批高手，但她相信，他不会输，前提是没有她这个累赘。当然，真到了生死关头，晏卿会拿她做挡箭牌也说不定。

月亮渐渐东沉，昭示着黎明的到来。晏倾君觉得不可再僵持下去，要开打的是晏卿与这十几人，怕落下势的也是晏卿与这十几人，与她无关！她提起湿重的长裙，转身就跑！

晏倾君这一跑，显然打破了双方的僵局。黑衣人中马上有人破阵而出，追了过去。晏卿长剑

一扫，身随剑动，将那人拦了下来。

随即，混战。

晏倾君只回头看了一眼，晏卿的墨绿色身影和十几个黑色身影乱成一团，她完全看不清招式，便也作罢，继续往前跑。

毕竟是敌众我寡，晏倾君没跑出几步，身前便站了两人拦住去路。

没武功！晏倾君再次憎恨这个事实！

那两人没有给晏倾君太多憎恨的时间，举剑便刺了过来。

晏倾君下意识地闭眼，等待疼痛，等来的却是一阵清新的墨香。晏卿将她抱住，挡在她身前，后背结结实实地替她挨了一剑。鼻尖的墨香已经被血腥味取代，晏倾君震惊之余，只听到晏卿沉声道："白子洲族长的外孙女，你们要杀她？"

十几名黑衣人显然动作一滞，也就是这一滞的时间，晏倾君拔腿就跑，晏卿快速转身，再次与他们厮斗。

不知是不是晏卿的那句话起了作用，竟无人再追上晏倾君。她一面跑着一面思量，她娘的确是白子洲的人没错，可她是族长的外孙女？这种危急关头，真亏晏卿脑子转得够快！

这孤岛其实不大，晏倾君估摸着，也就与兴华宫的占地差不多，因为她跑出没多远，就看到了孤立的宫殿。

没有门楣，没有宫灯，没有大红漆门，凄冷的夜里不似宫殿更似废弃庭院的屋子里吹出阵阵阴风。晏倾君走近两步，才发现不是没有宫灯，而是未点燃。她深吸一口气，放轻了步子。

刚刚的血腥打斗与晏倾君身处的极静宫殿，仿佛是两个不同时空的世界。晏倾君耳边听不到一丝声响，眼前看不到一丝光亮，小心谨慎又不敢放慢速度，更不敢放过眼前任何物什。

好不容易走过前厅，晏倾君总算是看到了丁点昏黄的烛光，心中一喜，加快了步子，未料脚下一绊，几乎栽个跟头。她回头一看，打了个寒战，绊她的是人的身体，是一名宫女。她蹲下身子，试了试那宫女的鼻息，还活着。

晏倾君起身，继续向着光亮处走去。地上不时会看到倒下的宫人，不知是被人用了药还是打晕了，为免耽误时辰，她并未逐一查看。

烛光闪烁，初秋，还有些小虫扑棱着翅膀在纸窗上投下黑灰色的影子。

终是只差临门一脚，不管什么人，在即将面对一个自己期待已久的真相时，心里总会有些难言的紧张。晏倾君捋了捋衣服，理了理被湖水弄乱的发髻，深吸一口气，伸手，推门。

门未上锁，只是虚掩着，一推即开，寒风入房，烛光闪了闪。

晏倾君怔怔地站在原地，看到眼前这一幕，突然不知该如何挪动双腿。

房内临产时的血水还未端走，浓重的血腥味充斥在每一寸空气中。整个房间凌乱不堪，瓷器是碎的，桌椅是坏的，花草是败的，琴弦是断的，然而，使得晏倾君惊在原地的不是这些，而是房内唯一的一张床榻。

榻上白色的被褥白色的纱幔，染了血，一片一片，一点一滴，环绕着一个人。

那是……一名女子。

瘫坐在角落里，凌乱的发髻，染血的亵衣，苍白而无生气的脸，她就那样坐着，凝望着唯一闪烁的灯烛，一动不动，仿佛时间不曾流逝，仿佛那灯烛是这世界唯一的存在。

晏倾君谨慎地一点点走近，才渐渐看清她的模样。漂亮的丹凤眼，精致的鼻子，失色的唇，尽管面色惨白，仍是掩不住天生的灵韵，如春日青翠竹林里轻声鸣唱的灵雀一般，只可惜，是一只被束住翅膀的灵雀。

她的双手被铁链锁住，拷在榻边的横梁上，双脚戴着沉重的脚镣，这样轻柔的女子，搭配上那般沉重的锈铁，分外违和。

她突然转首，漠然地看着晏倾君，双眼里的一抹神采稍纵即逝，复又看回那支灯烛。

晏倾君移步到了榻边，小心地坐下，仔细地看入那双与楚月极为相似的丹凤眼，轻声问道："燕儿？"

听到这声叫唤，瘫坐在榻上的女子才有了一丝动容。她的双睫颤了颤，缓慢地转首，疑惑地看着晏倾君，突然笑了起来，眼里的疑惑如同蜻蜓点水，掀起微小的波澜后，恢复平静，渗出泪水来。

晏倾君试着将身子往靠近她的方向挪了挪，她却是带着哭带着笑，往角落里缩了缩。

"你是……来杀我的？"女子的声音沙哑无力，却不柔弱，反而带着冷硬的倔犟与不屑。

"不是。"晏倾君淡淡地回答。其实她还未想好以什么态度面对这个女子，她不过是想主动找出这皇宫里的秘密，以免陷于被动，沦为他人棋子。她猜到或许沣水湖的对岸住着一名神秘的女子，那琴音是女子弹的，孩子是女子的，那女子还与璋华和祁天佑有着千丝万缕的关系，可是她未能想到这女子竟会是投湖"死"掉的"燕儿"。

她为何诈死？为何被囚在孤岛？那婴孩是谁的？为何会死？

各种疑惑如绝堤的洪水，在她看清女子容貌的时候便在心底泛滥，以至于一时之间，她除了

简单地回答女子的话，丝毫找不到提出这些疑惑的切入点。

"那你是……来救我的？"女子再次发问，声音里带了淡淡的期许。

晏倾君仍是淡声回答："也不是。"

即便她料到了，沣水湖对岸可能住着一名神秘女子，也未曾料到，会是如此惨状。她这样被铁链锁着，过了多久？从八年前"投湖"开始？即便如今见到她可怜的模样，她也没打算救她。她自身且难保，还不会善良到怜悯其他女子，自惹麻烦地去救她。当然，若她有值得她冒险的价值，另当别论。

"你的孩子……死了。"晏倾君最终决定以孩子为切入点，毕竟她是因为孩子才确定沣水湖对岸有问题的。

女子的双睫又颤了颤，眼泪随之滚落，笑容诡谲："我知道。喏，看我这双手……"

她举起被铁链锁住的手，苍白的十指，清瘦得骨节分明。

"刚刚出生的孩子……他还那么小，那么小，小到我两只手指就能掐死。"她漂亮的丹凤眼失神地看着自己的手，好似在说一件完全与她无关的事，脸上的笑容苍白而诡异。

晏倾君只觉得一股凉气从脚底迅速蹿到头顶，头皮发麻。

皇宫里，为了争权夺势，陷害他人的骨肉，残害自己的骨肉嫁祸他人，如何狠绝的手段都不稀奇。可是，眼前这样一个柔弱而纤细的女子，既然被囚在孤岛，有何好争？有何好抢？居然亲手掐死自己的骨肉……

晏倾君疑惑地看着她，一来疑惑她为何杀自己的骨肉，二来疑惑她被人锁住双手双脚，如何掐死孩子后放在竹篮里让其顺着湖水漂走。而且，殿外那些被打晕或者被迷晕的宫人，是她下的手吧？

女子显然读懂了晏倾君眼底的疑惑，颓然地靠在床榻边，笑道："想不到我会杀自己的孩子？所有人都想不到，可那个孽种！如何能存活于世？"

咬到"孽种"二字，女子又哭了起来，却不闻啜泣声，只是眼泪一串串地流下："这宫里，什么情什么爱都是笑话！我知道，你不是来杀我，不是来救我，是想在我身上捞点好处可对？滚！"

晏倾君心道还真是个明白人，看着女子的眼，轻轻一笑："既然姑娘如此清楚皇宫里的形势，我也不与你多说废话。想要我救你出去，可以。我问你的，你老实答我。"

女子眼里的泪已经止住，这才正视晏倾君，思量半晌，施然笑道："你是绍风郡主？"

晏倾君心下一顿，未料到她会猜到自己的身份，看来，她并非当真被囚得与世隔绝。

"宫中无妃嫔，除了绍风郡主，何人能穿得上商洛贡布？"女子挑眼扫过晏倾君的身子，不屑道："自身难保，还想救我，以为祁国皇宫是什么地方？"

晏倾君眉尖一动，是她小瞧这女子了。不过正好，她也讨厌与愚笨的人合作。

"我既然有能耐发现你，避过夜行军见到你，有胆子说救你，自然有我的门道。条件，摆在你面前，你对我坦诚，我救你出去，是否愿意，姑娘一句话便是。"晏倾君明眸浅笑，吐字如珠。

女子听她说到"夜行军"，面上的不屑才收敛了一些，却是沉默着，并不多语。

晏倾君斜眼打量她，被囚多年，刚刚还情绪波动地又哭又笑，却能迅速反应过来，清醒地分析眼前人的身份来意，再作出判断，的确不是普通女子可以做到。但是，即便是雄鹰被折断了翅膀，也只能看着天空暗自垂泪，更何况是锁在深宫的女子？

"除非……"晏倾君拉长了尾音，眸光流转，低笑道："你不想出宫？莫要告诉我，你用竹篮使得那孩子的尸体漂到沣水湖对岸，不是想让人发现你的存在？"

女子垂下眼睫，的确，她不想再在这里不人不鬼地活着，死也好，活也好，她要离开！

"你当真能让我出宫？"她仍是有些怀疑。

"若有心，有何不可？"晏倾君巧笑。

女子仍是垂着眼睫，片刻，抬起头来，坚定道："好。你想知道什么，问便是。"

晏倾君失笑，如此爽快的女子，不错。

"你是谁？"晏倾君侧目，盯着女子，目光灼灼。

这"燕儿"，若真是名普通的宫女，何以诈死？何以被囚在此处？何以要亲手杀掉自己的孩子引得他人注意？

女子面色一白，失神地眨了眨眼，半晌才道："宫女燕儿。"

"为何被囚于此？"

"犯错受罚。"

"既然被囚，如何逃脱如何杀死婴儿放逐湖中？"

这个问题直接得有些残忍，但晏倾君并未觉得问不出口。既然有胆子够狠心杀了自己的孩子，有什么资格没有勇气说出过程来？

燕儿许是未料到晏倾君的问题会如此直白，怔忪了一瞬，随即冷笑："他们锁着我，总不能生产的时候还锁着。我求饶，要看孩子，他们一时忽略我会武，被我趁机打晕。接着我掐死孩子，放他入湖，回来时被人发现，重新锁了起来。"

"你会武？"晏倾君狐疑地将她扫了一眼。

"是。"

"谁教的？"

"夜行军。"

晏倾君敛目，夜行军只听皇命，说是夜行军，就是间接说是祁天佑的准许了。

"孩子是谁的？"

晏倾君一步不让，声声逼近问题的关键。燕儿却是面色突然一凝，执拗地睁眼看着烛火，不过片刻眼圈便红得似要滴出血来，咬着唇不肯说话。晏倾君瞥开双目，继续冷声问道："你与祁天佑，与璋华……是什么关系？"

燕儿的双唇被她咬得半点血色都无，身子亦开始颤抖，却始终不肯说话。

"我再问你，你——是——谁？"晏倾君身形一闪，挡住燕儿一直死死盯着的灯烛，逼迫她看着自己。

燕儿鲜红欲滴的眸子里再次涌出泪水，从牙缝里挤出几个字来："宫女——燕儿！"

晏倾君冷笑："若是普通宫女，犯错，最多赔命一条！要囚，也不会囚在这金屋般的宫殿里！若是普通宫女，祁天佑怎会准你习武？若是普通宫女，扶汝太后凭什么认为，你——可以助她除去璋华太后？"

最后一句话，激得燕儿浑身一抖，无措地扯着衣衫蜷缩在角落里嘤嘤哭了起来："你莫要逼……逼我……"

晏倾君睨了她一眼，讥讽道："我不逼你。看你这副模样，救出去，浪费我的力气！"

说罢，她转身就走。房门却在此时被人推开，晏卿笑容徐徐，抽了抽腰间的剑，得意道："十二个，全解决了。"

晏倾君未能从燕儿嘴里逼出话来，正在懊恼，见到晏卿一副皮笑肉不笑的表情，心想定会被他嘲笑一番，心头更是不快。然而，转念一想……晏卿这话的意思？

"走吧。"晏卿好似并未看到房内的燕儿，眼里就只有晏倾君一人一般，温柔地拉起她的手，带着她便要出门。

"慢着！"燕儿突然一声高唤，随即失神地喃喃道："要不……要不你们杀了我！杀了我也行！我……我不要再在这里待下去，一刻都不要！"

晏倾君笑着扫了晏卿一眼，狐狸……还是老的狡猾……燕儿之前不肯讲出实情，恐怕也是对晏倾君的实力有所怀疑，于是有所顾忌，可晏卿一进门便说杀了十二名夜行军，那是变相地表明他们的实力。

"最后一次问你，你是谁？"晏倾君转过头来看她，面色严肃而从容。

燕儿已然放弃最后一丝挣扎，软泥般靠在床榻上，失神道："祁燕。"

晏倾君与晏卿对视，都在对方眼底抓到一抹诧异，她……姓祁？

祁燕被铁链锁住的手吃力地抬起来，擦去脸上的泪水，整个人死气沉沉，冷笑道："我是璋华的亲生女儿是祁天佑的亲生姐姐是祁天佑那孩子的亲生母亲，够了吗？"

祁燕抬起头来，盯着晏倾君，死气的双眼里像是突然点燃了两支蜡烛，绝望在燃烧，泪水在翻滚。

她，是这皇宫里，最肮脏的存在。

晏倾君与晏卿看了看眼前幽长的地道，对视一眼，在夜明珠的幽光下见到对方坚定的表情。晏倾君故作害怕地拉着晏卿的手，躲在他身后，这么危险的地方，她可不会打头阵。晏卿低笑一声，反手握住，顺着她的意思走在前面。

这是祁燕告知他们的一条密道，据说通往祁天佑后宫的一片花园。天色已经半亮，他们没有竹筏再回到宜沣殿，即便是有，也是不能用的。今夜之事，不可让祁天佑知晓。十二名夜行军，祁燕会说是她杀的，晏卿打开了她的铁链，让她假意受伤晕倒。三人都担心祁天佑下了早朝便会过来，因此只大略说了计划便匆匆离开。

祁燕说这地道中暗器颇多，让他两人小心。晏卿一路抓着晏倾君的手，走得轻松惬意，一点都不担心的模样，最多扬扬眉头，步伐诡异地绕着道。晏倾君心下明白，他是在避开暗器。可是……第一次过来，她未能瞧出任何端倪，他却能轻轻松松地绕过，再想到他一口气杀了十二名夜行军，晏倾君对晏卿的真实身份，是越来越好奇了……

"喂，听说，最初的一批夜行军，是聚集在白子洲培养的，而数十万夜行军共同的师父便是白子洲的族长，如此代代相传。所以当时你说我是白子洲族长的孙女，那些人才没有再动手要杀我？"晏倾君笑眯眯地扯了扯晏卿的袖角，一脸好奇地问道。

"嗯。"晏卿应了一声，又带着晏倾君绕过一块石砖。

"所以，其实和白子洲族长有关的人是你吧？精通玄门暗数，一眼辨出夜行军，知晓他们的弱点，一人除掉十二个……你不会是族长的外孙吧？"晏倾君巧言轻笑，佯装打趣地问道。

晏卿突然回过头来，眯了眯眼："不怕我把你丢在这里？"

晏倾君受惊地往晏卿怀里钻了钻，可怜兮兮道："这么乖巧聪明举世无双的妹妹，哥哥居然舍得丢下。"

晏卿瞟了一眼晏倾君，明眸皓齿，大眼汪汪，两腮粉红，嘴角微瘪，真是真得不能再真的可怜模样。

晏倾君仰着小脸，猝不及防地被晏卿浅浅地啄了一口，只见笑意在他眼里闪过，随即被他拉着继续向前。

"流氓！"晏倾君低声骂了一句，虽是低声，在空静的地道里却是分外清晰，显然是有意让晏卿听到。

晏卿的步子顿了顿，干脆稍稍用力，将她拉入怀里，对着她暧昧地笑笑，顺势掐了一把她的腰。

晏倾君躲不掉，推不开，垂下眼帘努力研究着，怎么能比晏卿更流氓而不使自己吃亏呢？

第十一章
谁才是赢家

　　或许今日不是最好的时机，或许这不是最稳妥的法子，但是……等不得了！

——祁天佑

是夜，星辰满布，安静怡然。

"喂，今日祁天佑没传见你？"晏倾君扯了扯刚刚入宜沣殿的晏卿。

"他为何要传见我？"晏卿一面走向榻边，一面回头挑眉问道。

晏倾君理所当然道："没传见你？你不觉得今日皇宫里平静得太过诡异？"

不管是璋华太后，还是祁天佑，两方都像没事人一样，好像那死掉的婴孩当真只是与二人无关的宫女偷偷生下来的。今日一早，两人从那密道里走出来，也未有被人发现的迹象。

晏卿未回答，神秘地笑了笑。

晏倾君剜了他一眼，欠抽！

晏卿到了榻边，动手开始解衣物。晏倾君拧眉道："你做什么？"

晏卿不语，不紧不慢地宽衣解带，脱下外衣、里衣，轻佻地睨着晏倾君，双眸含笑，好似……还带了淡淡的桃花色，接着，全身的上衣都被他除去，露出结实的胸膛。

晏倾君一眼扫到那抹小麦色，本能地垂下眼帘。转念一想，越是这么避开，越是助长晏卿的流氓气焰！她干脆笑着抬眼，惬意地坐在身边的木椅上，学着他的轻佻模样毫不避忌地将他赤裸的上身打量了一遍，随即拧着眉头，正要讽刺几句，晏卿却是一头栽在榻上。晏倾君眼见一个黑糊糊的东西从他手里向自己飞过来，伸手接住，是一只瓷瓶。

"给我上药。"晏卿的声音难得地听起来有几分疲惫。

晏倾君这才想起来，昨夜晏卿替她挡了一剑的……在暗道里见他生龙活虎还有闲情占她便宜的模样，她便没有放在心上。不过……

"好处？"晏倾君扬声笑问。那一剑，可不是她求着他挡的，她没必要因此心有愧疚，觉得给他上药是理所当然。

晏卿竟也没有气恼，转过脑袋对着晏倾君，却是闭着眼，沙哑着声音道："你不想知道宫中的情况？"

晏倾君双眼一亮，满是得瑟地起身，踱步到榻边坐下，面上的笑容却在看到晏卿背上的伤时僵了僵。

剑伤很深，与她胸口的刀伤走势刚好相反，不过都是从肩胛骨到腰间，可是晏卿这伤显然比她的要重，血肉全部裂开，深可见骨，还有的地方因为没有及时上药渗出脓水来。想来夜行军那一剑当然是比战场上的普通兵士要厉害，当时她受伤都昏迷了许久，晏卿居然一直忍到晚上才到宜沣殿来找她上药……

晏倾君抿了抿唇，收起之前的轻佻态度，倒来一盆水，准备替晏卿清理伤口、上药。

那伤口显然是被晏卿用内力强制绷住过，现下他放松，便不停地渗出血来。晏倾君养在深宫，从未见过如此厉害的外伤，连她自己身上的伤都是在几乎愈合之后才看到，无论是清理伤口还是上药，以前都是不曾做过的，是以，今夜做起来有些笨手笨脚。

"你为何要救我？"晏倾君似埋怨似好奇地问了一句。

"你说呢？"晏卿的眼眸开一条缝，似笑非笑地睨着晏倾君，声音低哑。

晏倾君撇开脸，不答。

晏卿低声一笑："妹妹何时变笨了？还是……"晏卿顿住，滑腻腻的眼神在晏倾君身上打了个转，语调也转了个弯："想在我这里得到不同的答案？"

晏倾君咬牙，双手微微用力，压了晏卿的伤口一下。晏卿的身子一僵，疼得只差龇牙咧嘴。晏倾君轻笑道："哥哥今夜还是安分点儿，妹妹我小肚鸡肠，小心我有仇报仇有怨报怨。"将之前吃的瘪一并讨回来！

"没良心的小野猫！"晏卿从牙缝里挤出几个字来。

晏倾君只当没听见，开始上药。晏卿救她，无非因为她是这皇宫里他捏有把柄的重要棋子之一，至少目前他留着她还有其他用处……

"喂，宫里的情况！"晏倾君推了晏卿一把，有意无意地蹭在他的伤口附近。

晏卿额头渗出冷汗来，咬牙，闭眼，再睁开，艰难地扯出笑容，侧首对着晏倾君道："好……你轻点。"

晏倾君谄媚地连连点头。

135

"小皇帝昨夜与璋华一起离开,到了兴华宫便不曾出来,今日一早对外称身体不适,却未宣御医。"

晏倾君恍然颔首,难怪她与晏卿的孤岛一行会那么顺利……现在,璋华是否知道那孩子是祁燕与祁天佑的?是否知道自己的女儿在岛上是那种境遇?祁天佑是否知道那孩子是祁燕亲手杀的?是否知道岛上的夜行军已被人尽数杀死?

恐怕那两人正在兴华宫对峙吧……

不过,比起这对伪母子的对峙,她更关心当年到底发生何事,祁燕身为公主为何会被囚在孤岛?

"哥哥……"晏倾君的声音柔得像要溢出水来,笑容轻像是云端的雾:"此前妹妹听说,璋华有过一名皇子,三岁那年早夭,刚好扶汝重病,先皇便将祁天佑给璋华抚养。这祁燕,刚好比祁天佑大三岁,其实,那皇子,是璋华偷龙转凤的结果吧?"

昨夜时间紧迫,祁燕并没有太多时间细说。可是只有璋华做过偷龙转凤之事,所有的疑题才有了合理的解释。祁燕被囚,因为身份尴尬。扶汝便是知晓璋华这件丑事,才找来楚月,许是想要抖出祁燕的存在,这对邱家必然是致命的打击,璋华在初见楚月时,那脸上的精彩表情也找到了原因。而之前晏卿给她的迷心散,就是想让璋华在接风宴上自爆丑事!

祁燕这么大的死穴摆在那里,八年来璋华却未除去,只能说明这位太后是舍不得的,既然舍不得,必然对她愧疚挂念,用了迷心散,不知那接风宴上会出什么大乱子……

祁天佑这招,果然够狠!

晏卿并未回答,晏倾君便当他是默认了,继续道:"八年前先皇驾崩,八年前燕儿投湖,其实也就是那一年祁燕才被囚到孤岛,也就是那一年先皇才发现祁燕的真实身份?但是妹妹不明白,璋华若偷龙转凤,好不容易偷来的'龙',怎么会轻易早夭?可若是人为,没有先皇的力保,祁燕不可能活下来,那么,先皇怎会时隔多年才发现祁燕的存在?"

晏卿趴在床榻上,低笑变成了闷笑,提醒道:"莫要忘了,还有一个扶汝。"

晏倾君心中一顿,只这一句话,便明白了大半。

常人若是做出偷龙转凤之事,必定将祁燕送出宫外,离得越远越好,可璋华偏偏留在身边让她做了名宫女,怕是谁都料想不到的吧?所以先皇发现那皇子并非亲生,于是杀掉,却在七年后才发现女儿就在身边?最了解自己的,是敌人。最先发现祁燕的,恐怕是扶汝,她使了什么法子让先皇发现这件事?

"先皇在位时，宫中发生三件大事。一是他被人下毒，之后查出是越贵妃所为，赐死；二是皇长子重病，早天；三是太子被宫人虐打，宫女燕儿畏罪自杀。"晏卿懒懒地吐出这么几句话，顿了顿，继续道："下毒一事，前后原委你已经清楚。皇长子，当时连太医都未宣，连尸体都未进皇陵。而所谓的太子被宫人虐打……"晏卿低笑："祁天佑听扶汝的话，自行向先皇告状。其实那事是璋华所为，祁燕却替母亲顶罪，自认毒打太子。先皇自然要杀她，璋华为了保住后位，不可能承认自己毒打太子，又不忍见女儿被处死，情急之下说出祁燕的身份……"

晏卿停下，未再说下去。晏倾君忙追问道："然后呢？"

晏卿笑，眨了眨眼："我怎么知道？"

晏倾君心头一堵，加重了手上的力度，晏卿佯作讨饶道："乖妹妹，当时我刚好在兴华宫外玩耍，才不小心看到这么点内容。后来祁燕投湖，我便以为是真死了，毕竟，这事若是传出去，先皇颜面何存？"

晏倾君想了想，若晏卿一早便知道祁燕未死，也就不用随她冒险去那孤岛了。

"于是他不忍杀女，又不想丑事传出去丢人，就把祁燕囚起来了？"晏倾君不可思议地问道。这位先皇，还真如传闻中一般"仁善"，此事若是落在晏玺手里，祁燕早在八年前便魂归西天了。

不过……晏卿会对祁燕的死丝毫不怀疑，同样也说明，这事落在他手里，即便是自己的亲生女儿，一样会杀！

晏卿与晏玺一样，天生的无心无情。

"嗯，既然祁燕未死，说明当年先皇心软了。"晏卿回答。

晏倾君微微颔首，对外宣称投湖自尽，实则送到孤岛，将那里设为禁地，保住女儿性命，又不会使得皇室丑闻外传。扶汝知情，却因为先皇的命令，未能找到最好的机会将祁燕的存在揭露。璋华心虚，多年来恐怕是不敢踏上那孤岛半步，生怕被扶汝抓到把柄。而唯一可以在夜行军眼皮底下接触祁燕的，就只有祁天佑一人。偏偏他对祁燕怀有其他的心思……无论是扶汝还是璋华，恐怕都想不到祁天佑会爱上自己的亲姐姐……

"看来小皇帝是真喜欢祁燕呀。"晏倾君眉眼微弯，恍然笑道。

"哦？"

"祁燕在手，哪还需要什么迷心散？既然用了迷心散，便是不想让祁燕的存在暴露，说不定……想在除了璋华之后，彻底洗掉祁燕的身份，让她光明正大地入住后宫。"

反正宫女燕儿已死，要换个身份，再容易不过了。而且，若非当真喜欢，也不会让亲姐姐怀了自己的骨肉。只是他未曾料到，祁燕会杀了孩子来吸引他人的注意吧？

晏卿微笑，不置可否。

"哥哥……"晏倾君又是一声柔唤，用晏卿的衣裳盖住伤口，坐在地上靠在床沿，脑袋搁在交叠的手背上，刚好正视晏卿："妹妹有个法子，让你助祁天佑扳倒璋华的同时捏住祁天佑的把柄，而我，顺利回东昭。"

"哦？"晏卿眯着眼，笑看晏倾君，很是期待地等着她的后文。

沣水湖的弃婴，经查是原丞千宫的一名老宫女与一名侍卫生下。为何杀？如何弃？无人过问。

皇宫再次热闹起来，筹备了数月的封后大典马上将之前的愁云惨雾吹得烟消云散。不仅是皇宫热闹，祁国都城同样喜气洋洋。

今日，邱家长女邱婉嫁入皇宫。大红的地毯从皇宫内直接铺到了邱家大门口，万人空巷，围在皇后必经的官道上，远远见到三十二人连抬大轿缓慢行进，听见宫廷喜乐，便齐齐跪地，大呼"千岁"。

宜沣殿，永远是最安静的一隅。

"今日一行甚是凶险，哥哥也不安慰妹妹几句？"晏倾君换了身衣物出来，理了理发鬓，悠悠道。

晏卿斜睨了她一眼，把玩着手中的玉笛，懒懒地道："主意是你出的，哥哥有言在先，若出事，我可不会救你。"

"真无情。"晏倾君毫不避忌地讽刺。今日之事，无论胜败，对晏卿有利无害，而于她而言，却是生死之搏。今日之后，璋华与祁天佑胜负已分，她这个被父亲、兄长、情人同时抛弃的倾君公主若败了，他会把所有罪责推在自己身上，自然是不会救的。

晏卿挂上一副"多谢夸奖"的笑容，低声道："妹妹还是快些，小皇帝快来了。"

祁天佑过来时，宜沣殿的下人已经全部屏退，晏卿亦已挂上最为儒雅最为温和的笑容："不知皇上可否满意？"

祁天佑面色略有憔悴，少了平日伪装的稚气，满面漠然地打量着眼前女子，扫过她的面容时眼底掀起一阵波澜，随即隐去，淡淡地道："很像。晏哥哥找到的人皮面具不错。"

晏卿微笑。

女子丹凤眼，嘴角噙着淡笑，跪下行礼："静疏参见皇上。"

祁天佑身形一晃，拧着眉头，打着手势示意女子起身，轻笑道："郡主不但擅仿字迹，还擅长模仿她人，来不及制出迷心散，便只有出此下策了。待会的封后大典上，莫要出了岔子才是。"

"皇上放心，静疏必定竭力而为。"

女子软语浅笑，几乎让祁天佑恍了神。

他与璋华之间，从发现死婴的那一晚已经彻底决裂，他想除掉璋华的同时保住燕儿，封后大典是最后的契机！

或许今日不是最好的时机，或许这不是最稳妥的法子，但是……等不得了！

上古神话里，祁国是蓝花楹妖在等待爱情时流下的一滴绝望之泪。祁国皇后的凤袍不是大红，而是蓝紫色。而封后大典，便是由皇上亲自在皇后额头点上一朵蓝花楹，赐凤印。

文武百官由东宫门到祁皇殿，站了整整齐齐的两排。而站在殿内左右两边的皆是位高权重的重臣，还有三国来使。绍风郡主因宜沣殿外沣水湖边的死婴受了惊吓，卧病在榻，今日未能出现。

晏卿立在奕子轩身边，眯着眼，看到宫门处停下的凤轿，接着一袭蓝紫华服的女子渐渐走近，所过之处百官无不恭敬躬身。

祁天佑坐在大殿正中央，金灿灿的龙椅衬得他面色愈加严肃。他怔怔地看着前方愈行愈近的女子，双眼空洞无神，却在瞥见一名宫人伏在晏卿耳边说了几句什么时泛起波澜。

"晏卿。"祁天佑突然开口，声音不大，几乎被冲天的喜乐声盖过，可在场众人还是听见了。有几名大臣面露惊讶，皇上没有再如孩子一般亲密地唤那质子"晏哥哥"。

晏卿一怔，垂下脑袋，只当未听见。

"晏卿！"祁天佑的手握紧了龙头，沉声一唤，带着在众臣面前从未表露过的帝王之气。

晏卿将脑袋埋得更深，仍是不语。祁天佑身边的小太监很是识趣地弯身，轻步到了晏卿身边，晏卿略一犹疑，在他耳边说了几句什么。小太监仔细听着，微微颔首，快步到祁天佑身边传话。

殿内很安静，似乎所有人都屏息，想要听见到底发生何事，却只见到祁天佑的面色一点点苍白，眼神也渐渐沉淀，倏然站起身，甩袖便走。

"皇上！"坐在后殿的璋华不知何时掀帘而出，一声厉喝，祁天佑的身形顿了顿。

璋华继续道："皇上，现在是封后大典！婉儿马上便要入殿，皇上想去哪里？"

祁天佑垂首，肩膀上好似有着无形的重物沉沉压下，使得他的双腿重如千斤。

这是封后大典，稍后封静疏就会装作燕儿的模样，将这大典破坏殆尽！能否揭出璋华的前丑，邱家犯过的重罪，能否顺利剔除掌权之路上最后的、最大的阻碍，就看今日一举！若他走了……事情还如何继续？

"皇上！请三思！"晏卿终是出声，蹙起的眉头里满是对他的暗示。

祁天佑闭了闭眼，封后大典，璋华，邱家，皇权，天下……

"皇上！请三思！"众臣跪地。

良久，祁天佑向前踏出的步子终是退了回来，缓缓转身。璋华见状，面色缓了缓，恢复作一如既往的端庄。祁天佑突然笑了起来，赤红的眼斜睨着她，嘲讽道："封后大典？有太后在就够了！要朕做什么？反正，八年来你们都听她的！封后大典，与朕有何关系？"

"皇上……"璋华瞪大了眼不可思议地看着祁天佑，他竟要选在封后大典这个于他二人而言都极为重要的时刻、当着文武百官各国来使的面，公然与她决裂吗？

"皇后非朕之喜，百官非朕之臣，万民非朕之虑，这天下……是谁家天下？"祁天佑冷笑，盯着璋华，声音是极尽压抑的低沉："母后，儿臣早该想到，您怎会轻易放过她……哈哈，这天下您想要对吗？给您就是！封后大典，与朕无关！"

语罢，不管不顾地甩袖离开。

"你……你……"璋华气得不轻，手指着祁天佑的背影，浑身颤抖，她一手捂住胸口，不停喘着气，对着宫人怒道："还不快……快去……去把皇上唤回来！唤回来！"

被祁天佑这一举动惊得完全不知作何反应的宫人这才瑟瑟发抖地领命退下一批。璋华的身子勉强稳住，狐疑地盯着晏卿，颤抖着问道："到底发生何事？你与皇上说了什么？"

磅礴的宫廷礼乐将殿内的死寂掩盖得恰到好处，邱婉身着蓝紫色的袍子，已经越走越近，隐约可见她面上傲然的笑意。祁皇殿内的众人却是忧心忡忡，忐忑不安，都在等着晏卿的回答。

晏卿敛目，沉吟半晌才道："沣水湖面黑气腾腾，火光冲天。"

璋华的面上施了妆，看不清脸色的变化，那双眼里的萧瑟却如泄了洪的大水一般泛滥开来，本就被宫女搀扶着的身子瞬时软了大半，差点倒在了地上。

"太后息怒！"苍老的声音突然插进来，自带了一番威严，是殿内为首的一名老者，白发苍苍苍，拱手出列。

是邱家当家人，邱壑，璋华年过半百的父亲。

璋华的眼神这才清澈了些，勉强支起身子。她不可倒下，即便火光烧尽一切，即便燕儿再死一次，她不可倒下，她倒下了，身后的邱家怎么办？即便是废了祁天佑这个皇帝，她这太后之位不可丢！丢了她几十年来的苦心经营算什吗？她不可倒下，越家已除，只需让邱婉坐稳后位，诞下子嗣，邱家的地位便无可动摇。而后位，只差一步了……一步之遥……

璋华的表情坚毅起来，挺起脊背，仪态万千地踏上台阶，俯视众人："今日……"

才刚刚吐出两个字，璋华的表情突然凝滞住，怔怔地看着祁皇殿入口处，红了眼眶。

身着淡绿色纱衣的女子，凤眸潋滟，嘴角带笑，一点点遮住蓝紫色华服走近的身影，一步步地走入殿中，仰着脸，唤她："母后。"

浓烟冲天，常年弥漫在沣水湖上的浓雾渐渐染了黑灰的颜色，祁天佑几乎是在众宫人的围裹下跌跌撞撞地到了密道的入口。

"都给朕滚开！全部退下！"祁天佑大怒。

"皇上，太后吩咐……"

"太后太后！朕是皇上！你们也认为这天下是太后的对吗？你们听朕的还是听太后的？"祁天佑面色发白，焦急地踢了一脚离他最近的太监。八年，这句话藏在心里八年，从未说出口。他扮演着乖巧稚气的幼年皇帝，周旋在两宫太后之间，从未如此勃然大怒，从未坦荡地随心所欲，从未无所顾忌地表露真性情，但……够了！尽管输赢只在今日一战，够了！是输是赢，他不在乎了！

宫人都被祁天佑的气势吓到，跪在地上一动不敢动。祁天佑冷哼一声，一个侧身，消失在密道入口处。

密道直通入祁燕的房间，殿外火光冲天，殿内浓烟四溢，祁天佑入房便见到榻上晕倒的女子，匆忙地抱起便往外跑。

孤岛无人，他依着她的意思，遣散了所有的宫人，不留下一个夜行军，不给她戴上锁链，只要她乖乖地，在这里等着他……可她居然……

是璋华杀她灭口还是……她放火自焚？

火势并不如远处看来那么凶猛，至少祁天佑顺利地出了那唯一的宫殿，在沣水湖附近找了处湿润的草地将女子放下，轻轻拍打她的脸颊，急声唤道："燕儿，燕儿……"

女子娥眉紧蹙，半晌才吐出一口气来，轻轻咳嗽着，却并未睁眼，咳嗽过后沉睡般躺在草地上，一动不动。

祁天佑舒了口气，凝视着女子的睡颜，轻手轻脚地在女子身边躺下，将她的脑袋搁在自己肩头，一手作枕，仰望着蓝天白云，喃喃轻笑道："燕儿，我们就在这里……不回去了。"

祁天佑嘴边带着莫名的满足笑意，偏着脑袋，蹭上女子的发鬓："燕儿，你许久不曾这般安静地待在我身边了。"

有多久了呢？

从他第一次在沣水湖边偷偷吻了她，她见到他，便像当初他见到璋华一般，能躲就躲。

他喜欢她，他从来直言不讳。那次他对她说爱她，她像受了惊的刺猬，从身到心将自己包裹起来，再不让他触碰半分。

可是，他只是说实话而已。

从他出生，她便在他身边。春暖秋寒，夏雨冬雪，亲生母亲惊恐地将他从丞千宫赶出来时，是她在寒风里拿着披风等他，捂暖他的手脚，哄他入眠；塞给扶汝的糕点被毫不犹豫地一脚踩碎时，是她浅笑着喂给他一块完好无损的糕点，说有她陪着；被璋华毒打生病时，是她在他身边，一勺勺地哄着他喝药……

她是他见过的，最美、最温柔、最善良的女子。他爱她的美，爱她的温柔，爱她的善良，何错之有？

错只错在他居然奢望扶汝那廉价的母爱，听信她的话向父皇告状。

于是，他仅有的一点幸福也被那帮人剥夺了！那时他想，她若死了，他便陪着她一起去。他们没杀她，却生生地将她拖离自己的世界。

他竭尽全力地讨好璋华，只有在她心情甚好的时候，才会默许他去看她。他偷偷地敛权，开始动用为数不多的夜行军。他周旋在两个同样令他讨厌的太后之间，想方设法地让她们互斗。所有的所有，不是为了那万人之上的宝座，他不过简单地，想要有一天，她可以回到他身边，再也没有人可以将他们分开。

"燕儿……对不起。"祁天佑幽深的眸子里浮起轻薄的水雾，侧身揽着身侧的女子，将脑袋埋在她颈窝，轻声道："燕儿，原谅我好吗？以后我再也不碰你，再也不锁着你，你说什么我全都听你的……燕儿，不管你是否原谅我，你是我的，我们再也不分开了。"

祁天佑闭眼，抱着女子的双手越来越紧："燕儿，今日封后大典，你知道有多无趣吗？一群我讨厌的臣子，一个我厌恶的老妇，一个我只见过两次的虚伪女人。燕儿，就是他们把我们逼到这个地步的。你知道我听到这里起火，有多害怕吗？连你都不要我了，要离我而去，那我争了这么多年，是为什么呢？”

许是被抱得太紧，女子轻微地咳嗽了几声，眼睫动了动。

祁天佑稍稍松开手，想要吻上她的额头，动作到了一半突然止住，放开她，重新窝回她的颈窝："燕儿，今日我出来，便没打算再回去。他们那么肮脏，我在他们中间多待一刻都觉得脏，我就想在你身边。"

就像小时候，牵着她的裙摆，缩在她的颈窝，就像无数次踏上这孤岛，她会做好满桌的饭菜对着他嫣然巧笑，会摸着他的脑袋劝他莫要与两位太后置气。他只想平淡地、安静地待在她身边，恋人也好，姐弟也罢，只要她在他身边……

然而，后来……她为何要躲着他？为何要惧怕他？为何要用武力伤他？为何想要逃离他？

她也嫌弃他。

只要想到这一点，他便怒火中烧，无法控制自己，他要把她留在身边，他给她下毒，他把她锁在房内，他一次又一次地……侵犯她……

她有了身孕。他觉得那是上天赐给他的第二份温暖，只要他早些除掉扶汝和璋华，除掉所有知道"祁燕"存在的人，他便能光明正大地将她留在身边。

可是孩子死了。被她亲手掐死了。

她温柔得从来不曾与人恶语相向，她善良得替抛弃她的璋华顶罪，她怎么会亲手杀掉自己的孩子？

不要紧，他不怪她，只要她在，就够了。

"燕儿，下辈子，我们莫要生在帝王家，莫要生在同一屋檐底下，我要比你早出生几年，找到你，好好地疼你，把亏欠你的，都弥补给你……"祁天佑未说完的话被一只温软的手堵了回去，他惊喜地仰面看着身侧的女子："燕儿，你醒了。"

"下辈子在哪里……要弥补，佑儿，也该这辈子。"女子表情淡淡的，许是被浓烟熏过，声音嘶哑。

祁天佑愣了愣，随即大喜，一把拉起女子，快步道："那我带你走。今日绍风郡主会扮作你，

揭穿邱家曾经干过的丑事，还你一个公平！若他们成功，这皇宫就是我的了，再也没有人能拆散我们……"

女子跟在祁天佑身后，却是一语不发。祁天佑心中凉了凉，不舍地放开她的手，低声道："我不碰你……"

女子突然笑了，拉起他的手，柔声道："好。"

祁天佑怔住。

"我随你一起走。"女子又笑了笑，拉着祁天佑往右面的角落行进。

冰凉的手指触碰到手心温润的暖流，祁天佑几乎无法思考，连如何移动双腿都快忘记，茫然地以为自己正处梦境，她笑着对他说愿意随他走……她主动地拉住他的手……

"不走吗？"女子回头。

祁天佑连连摇头，走，当然走，只是他太过兴奋，连脚下都是虚软的。

"殿内着火了，我们坐船走吧。"女子牵着他，到了岸边的一棵大树边，树下泊着一条小船。

祁天佑觉得眼前的一切都不真实，他为何会在小岛，又打算在小岛上作甚，眼前为何会有小船，燕儿为何会愿意随他走……一切都迷迷糊糊却又理所当然一般，他不敢多想，唯恐自己一个不小心便将美梦打碎，只连连点头，随着女子的意思坐上船。

"佑儿乖乖地坐着，我去解开绳子。"女子笑着，摸了摸祁天佑的脑袋。

祁天佑的眼窝蓦然一热，他的燕儿回来了，她总是会摸着他的脑袋说"佑儿乖乖地吃饭"：
"佑儿乖乖地睡觉"："佑儿乖乖地吃药"……

女子利落地解开绑在大树上的绳子，突然从树后抽出一支竹竿，用力推了小船一把。

秋风瑟瑟，小船顺流而下，祁天佑发现自己与女子越来越远，才猛然回过神来，怎么……怎么又是他一人？

"燕儿……燕儿……"祁天佑茫然地呢喃着，他做了什吗？梦这么快便醒了吗？

"好好活着，乖……下辈子吧……"女子笑着，扔掉手里的竹竿，转身就走。

祁天佑想要站起身，却发现自己浑身无力，刚刚一动，便一个趔趄倒在船上，本来近在眼前的小岛越来越小，越来越远……

浓烟愈盛，火光冲天。

怎么回事怎么回事？

祁天佑眼中的温热变作滚烫，灼痛双眼。

他的燕儿，骗了他。给他下药骗他上船，亲眼看着她奔入火场，亲眼看着她死在他面前。

这是她给他的惩罚吗？

她不肯原谅他，让他看着她死，却无能为力。她把他丢在这世界，孤单一人，还让他好好活着。

隐忍了许久的绝望泪水喷涌而出，他想喊，却出不了声，想动，却连动动手指的力气都没有，他只能绝望地凝视着越来越远的孤岛上火焰如艳红的莲花盛开一般将小岛吞噬，而迷雾渐渐遮住眼帘，遮住他毕生，唯一的温暖。

就这么……完了吗？

满是火光的废墟里，女子一面掏出帕子擦去面上的异物，一面快步行进，刚刚在脸上的柔弱、疼惜尽数消失，取而代之的是坚毅而冷然的笑意。

迷心散不是来不及制，而是大部分都用在了祁天佑身上而已。

好在她这边一切顺利，不知祁皇殿里，真正的祁燕，进行得如何了？

现在她已经成功了一半。晏卿教了她如何避开暗道里的机关，现在她在火势蔓延到房内之前赶过去，从密道里出去便是！

殿前殿后都已经着火，晏倾君拿湿帕子捂住口鼻，迅速地绕过地上的火堆，连走带跑地赶回房内。

打开密道的机关在祁燕的床榻上，可那榻上的被褥已经着火，晏倾君找好角度，用力将着火的被褥掀开，看到铁环模样的开关，一个旋转，密道的石门打开了。

晏倾君心中一喜，快步钻了进去。

夜明珠萤绿色的光芒忽明忽暗，密道里潮湿阴暗，晏倾君放下帕子，呼吸顺畅许多，转身想要关住密道的石门，转了几次开关却是不动。顾不了那么多，现在必须迅速出去才是。晏倾君依着记忆里晏卿告诉她的步伐，一路畅通无阻。

洞外的光线透过最后一道门隐隐照进来，晏倾君扣住最后一个开关，旋转。

意料中的洞门大开并未到来，石门纹丝不动。

晏倾君再转了转，仍是未动。

——"燕儿，今日我出来，便没打算再回去。"

　　晏倾君心中一凉，祁天佑那个疯子！定是他将密道的开关给毁了！那便只有冒险潜水到对岸了！晏倾君迅速作出判断，欲折回，密道里却已是浓烟弥漫，遮住了夜明珠的光亮，昏暗如同漆夜。

　　这样的光线，看不到地上的砖块，折回必然会踩到暗器机关！

　　前无出路，后无退路，浓烟呛鼻，今日，竟是要困死在这里吗？

第十二章
大嫁归国

名扬五国的绍风公主，最终决意嫁与东昭太子晏。

十月十八，冬雪初落，公主出嫁，十里红妆铺都城。

———晏倾君

封后大典上，皇帝刚刚独自一人拂袖而去，众人还未从惊慌中回过神来，突然出现一名妙龄女子，面若桃李，眼带秋波，穿着一身浅绿色的宫女装，众目睽睽之下气定神闲地入了祁皇殿，淡然笑着，唤着向来端庄淡定的璋华太后："母后。"

祁皇殿内的空气瞬时因着这突如其来的女子沉沉压下来。

"母后。"祁燕又唤了一声，轻轻浅浅地，却刚好敲在璋华心头。

"何处来的宫女？竟在此胡言乱语！"邱壑低喝一声，对着璋华拱手道："封后大典即将开始，还请太后下令，将这疯癫的宫女赶出殿外！"

"母后！"祁燕加重了语调，一瞬不瞬地盯着璋华，单手不经意地搭在小腹上，问道："您知道这八年来，我过的什么日子吗？"

璋华极为勉强地站住，细长的金指甲抠入手心，对邱壑的话充耳不闻，却是注视着祁燕瘦弱的身子苍白的面容，极力控制才使得眼泪没有掉下来。

"您看……"祁燕举起双手，撩开长袖，笑容破碎："您看，我的手腕，这血色的手环，是不是比您手指上的金指甲还要美？"

璋华一眼扫到祁燕手腕上被铁链勒出来的血痕，身子晃了晃，扶住额头，一声低咽几乎破喉而出。

"母后，女儿告诉您，女儿是怎样被人下药，被人锁住，被人凌辱可好？"祁燕轻蔑地笑着，不知是在笑自己，是在笑璋华，还是笑立在一边面如死灰的邱壑。

"大胆宫女！出去！"邱壑已然等不得璋华的反应，上前拉住祁燕的手便要往外拖。祁燕用力挣脱，身形不稳，跌坐在地上。

璋华像是突然从噩梦中惊醒，满头冷汗，大唤一声："不！"

她蹒跚着走下台阶，泪如雨下地跑到祁燕身边，抢下她被邱壑拉住的手，哭喝道："你莫要动她！莫要动她！谁都不许动她！谁都不许伤她！"

璋华蹲下身子将祁燕搂在怀里，无比疼惜的姿势，紧了怕伤到她，松了怕被邱壑抢走一般。

邱壑面色发红，不知是急是怒，百官在此，还有三国来使，他不可逾矩，但……璋华就此承认祁燕的存在，今后，何以在皇宫立足？邱家何以在祁国立足？

"太后！"邱壑郑重地唤了一声，躬身作揖："太后请看清眼前之人，莫要被妖孽迷了心智！求太后下旨铲除孽障，方可保我祁国国泰民安！"

方可保邱家百年基业！

璋华失了魂般，抿唇不语，眼里的泪却是不停滑下。

"不知哪里来的妖孽！迷惑皇上，使得皇上中途折走，如今又来迷惑太后心智！还不快快押下去！"邱壑大喝一声。

虽是在祁皇殿，皇帝不在，太后不语，邱壑身为丞相，又是太后的父亲，有权有势也有那个胆魄敢在这个时候直接命令宫人！

"呵呵……"祁燕突然笑起来，推开璋华，自行站起身，冷眼睨着她，讥诮道："母后，您又要杀女儿一次吗？您害了女儿几次呢？要杀，为何不早些杀呢？"

祁燕嘴角含笑，却是泪水盈眶。已经有几名太监上前欲押她出去，她让开身子，自行出殿，裙裾却冷不防被人抓住。

"不……你不会死！燕儿你不会死！"璋华起身，将祁燕护在身后，豆大的眼泪滑开厚重的妆容，她大吼道："哀家说过，谁都不许动她！她……她……"璋华侧身，一手抚上祁燕的侧脸，哽咽道："这是我的女儿……我的女儿……"

祁燕眼里蓄起的泪水终是滑下，滑过璋华指尖的金指甲，滑落殿内冰冷的暗黑地面，仿佛还能听见落地之声。

"爹……"璋华凝视邱壑，用了一声几十年来未曾用过的称呼："爹，她也是您的外孙女，您看看，她和娘长得多像？我们欠了她十八年……十八年，我十八岁的时候已登后位，享尽荣华富贵，可是她……"

璋华泣不成声，宝贝地抱着祁燕。

邱壑神情未变，拱手作揖道："来者身份可疑，请太后明察！"

祁燕一声冷笑，用力推开璋华，踱步到邱壑身边，笑道："身份可疑？丞相大人？外祖父？身为宫女，奴婢因为太后宠爱，三岁便养在兴华宫！正巧三岁那年，先皇在太后宫中大发雷霆，先后传唤大人及大人的长子入宫，随后皇长子病死，太后被禁足半年。半年后皇上出世，先皇将皇上交给太后抚养，七年，燕儿几乎寸步不离！八年前，皇上状告先皇，遭太后毒打……"

"够了！"

"够了！"

邱壑与璋华同时出声，邱壑那一声显然底气不足。

"母后，燕儿从小到大不曾求过母后一件事情，今日燕儿恳求母后，当着文武百官的面，清清楚楚地告诉他们，我是谁？我为何会做宫女？为何会出现在此？"祁燕眼眶微红，字字铿锵。

璋华从未当着百官的面如此失态，但眼泪完全不受控制地流下，刚刚得知沣水湖火光漫天时她还能理智地分析，即便是再牺牲祁燕一次，也不可让自己这么多年的努力白白浪费！但此刻，看着她面色苍白，满身是伤地出现在自己眼前，听着她一声又一声的"母后"，想到沣水湖面上那名被人生生掐死的死婴……

璋华只觉得面对祁燕的每一刻都是凌迟！多年来她的点点滴滴，如今一分一寸地凌迟她的心，她怎么能，再亏欠她半分？怎么可以，再将她丢弃？

璋华拥住祁燕，哽咽道："好……好……都听你的。让他们都知道你是谁，谁也不敢再……再欺负你。"

璋华擦去眼泪，平静下来。邱壑突然跪地，对着璋华重重地磕了一个头，老泪纵横。

祁燕同样跪下，磕头。

璋华硬逼回去的眼泪又流了出来，脚下一软，瘫坐在地上，哭着，对邱壑道："我为邱家做的……够多了！爹，我这一生都在为他人而活……邱家需要一个皇子巩固地位，我听您的话，偷龙转凤，让燕儿做了下作的宫女。姐姐死前传来信笺让我务必尽力照顾好她刚出生的孩子，我大权在手第一日便想办法将晏卿要了回来。您说我不可去看燕儿，以免露了破绽，八年来我一步都未近过沣水湖……"

她求了先皇三个日夜才求来祁燕的一条生路，却只能借着祁天佑的嘴知道她过得如何，甚至在知晓死婴的存在之后，都不敢踏上孤岛一步……只敢在兴华宫内一遍又一遍地威胁祁天佑……

铁锁，凌辱，孩子……

"我不能再让她受苦……"璋华眼角的皱纹不知何时如沟壑一般横亘，她满是疼惜地凝望祁燕，只有公布她的身份，只有让全天下都知道她这位长公主的存在，今后，她才不用再被藏在孤岛上，不用一个人孤苦伶仃，不会……被那禽兽不如的畜生欺负！

邱壑布满皱纹的脸已经看不出任何表情，颓然跪着，他明白，这一跪，再也起不来了。他再也起不来了，邱家，再也起不来了。

宫里的喜乐早已停下，邱婉亦是早便站在祁皇殿外，临门一脚，却终是跨不过来。

璋华站起身，扶起祁燕，面向百官，神色凛然："她……是我祁国的长公主祁燕！"

满堂静谧。

晏倾君看了看渐渐暗沉的密道，不到房间入口处，不知会踩中几次暗器，运气好躲过两三次，可七次八次的，必死无疑！

怎样出逃？

晏倾君的一颗心几乎快从嗓子眼蹦出来，呼吸不畅带来的连连咳嗽并未影响她的思绪。事到如今，只有拼死一搏了！

她借着最近的稀薄烟雾，小心翼翼地往前走。越往前，烟雾越浓，光线也就越暗，她无须走完全程，只需走到一半便可！

孤岛虽说不在湖心，可也未与任何地方有交接。所以，这密道必然有一部分是建在水中，如果她能打破密道的墙壁……只需凿出半身宽的距离，她便能挤出去！

晏倾君一面思酌着，一面快速前行，直至实在看不清前路，两眼都呛出泪来。

抽出袖中的匕首。凭她一人之力，要短时间内将这铜墙铁壁般的密道凿开，几乎是不可能！她再次暗骂自己不会武，毫不犹豫地踩上一块砖！

寒气四面而来，破空之声响在耳边，晏倾君极力地压低了身子，暗器还是划过后背，还有一支正好嵌在她左脚的脚踝处。她忍住疼痛，摸索到刚刚暗器发出的地方。

既然藏有暗器，不可能一次只藏几枚。既然藏了许多枚，石壁必然比其他地方空薄，凿起来，也容易得多。

匕首是晏卿给她的，据说利可断金，晏倾君一刀一刀地砸在暗器所在的那块地方，这是……唯一的出路了！

祁皇殿内一个个瞠目结舌。

祁燕说的话，他们听得清清楚楚。璋华与邱壑说的话，他们也听得清清楚楚。于是，掩藏了十八年之久的秘密被璋华亲自公布了出来。

所有人都明白这代表的是什么，但……戏到如今，如何落幕？

封后大典变成了认亲大典、揭秘大典、自毁前路大典？

没有一个人愿意主动出声，只静观还会有何变故。晏卿却在此时突然站出来，拱手恭声道："太后，卿儿还有几处不太明白。"

晏卿一副极其苦恼的模样，未等璋华回话便问道："太后的意思，是十八年前，您找来一名男婴将长公主调换？十五年前病故的皇长子并非皇室血统？八年前'宫女燕儿'投湖自尽，实则是为了掩人耳目？"

璋华双目无神，只怔怔地回答："是。"

累了，她累了。斗了大半生，争了大半生，她得到了什吗？被夫君厌恶，被家族利用，一次又一次牺牲唯一的女儿，被她怨恨……

晏卿深深地看了她一眼，未再多语。璋华拉着祁燕，面色决然，再次强调道："她年满十八，她才是我的女儿，是祁国的长公主，是皇上的亲姐姐！"

"谁说她是朕的亲姐姐？"祁天佑的声音突然传到大殿内，带着浓重的讥讽与无情的冰冷。

璋华怔住。

"绍风郡主助朕查案有功，加封公主！"祁天佑不知何时回来，从偏殿走入，不疾不徐地走上台阶，坐回龙椅，悠悠道。

"静疏叩谢皇恩！"祁燕甩脱璋华的手臂，跪下谢恩。

祁天佑示意眼前女子起身，目光死寂，冷声道："祁燕在所居孤岛纵火，自焚……身亡！邱家蓄谋混淆皇室血统，虽事过多年，却是不争之事实……"

璋华不敢置信地摇头，不可能不可能！沣水湖……自焚……身亡……

未等祁天佑的话说完，她急步奔出殿外，远远地瞧见沣水湖的方向浓烟冲天……

众人只见得她面色煞白地眺望远处，随即晕倒在殿外。

究竟是……怎么回事？

在场除了祁天佑，除了晏卿，除了祁燕，无不面面相觑。

三代繁盛的邱家私换龙种，混淆皇室血统，其罪当诛。十八年前的重罪因为绍风郡主惟妙惟肖地扮演祁燕，使得璋华太后近乎崩溃，自招其罪，重病卧榻，邱家以摧枯拉朽之势迅速崩塌。而立功后被封为绍风公主的"封静疏"就此名扬五国，民间纷纷传言，唯有当年白子洲白氏儿女方可模仿他人一言一行到难辨真假的程度，以至于璋华太后连自己的亲生女儿都未能认出。

半月后，更有人放出消息，确定封静疏为当年白子洲族长的外孙女，再半月，五国内几乎无人不晓，当年声名鹊起的白氏传人，便是祁国的绍风公主——封静疏。

故而，有仰慕者纷纷到祁国皇宫求亲，祁国内的佳公子便不多说，求亲者中，最为抢眼的当数三人：商洛曾经的大将军、如今的睿王爷商阙；与世无争的南临第一大家殊家公子殊言和五国中国力最强的东昭太子——晏珣。

深秋时节，冷风瑟瑟，枯叶飘零。

在祁国度过的第一个秋日，寒冷非常，这让在天气温和的东昭待了十几年的晏倾君非常不适，再加上一个多月前又是受伤又是中毒又是落水，身子显得格外怕冷，她几乎日日闭门不出。宜沣殿少见宫人出入，连思甜都只在送饭的时候入殿，接着被她打发出来，说是困顿，要休息。

待到一日秋阳明媚时，宜沣殿的窗终于被打开。

晏倾君斜倚在窗口，习惯性地眺望沣水湖面。

就在一个月前，那里一场大火，烧掉了皇宫里最大的秘密，烧掉了祁天佑满面的稚气，烧掉了一个女子惨然的前半生。

当日她好不容易从密道里钻了出来，身上中的暗器却是有毒的，几乎去了大半条性命才游回岸边，上了岸便晕得不省人事。中毒、落水、受凉，她大病一场，还不敢明目张胆地宣御医，靠着晏卿的药养了一个多月身子才渐渐痊愈。

一阵风吹来，晏倾君还是觉得冷，伸手正要关窗，一道黑影遮住阳光，木窗自行关上，随即眼前多了一个人。

"白日里都敢来，胆子越来越大了。"晏倾君睨了晏卿一眼，伸着脑袋看了看殿门，确定她之前是关上的，起身缓步往桌边走去。

"哥哥这不是关心妹妹吗？见你晚上精神欠佳，便挑了白日里过来。"比起晏倾君苍白的面色，晏卿显得尤为精神，灵韵的双眼里蕴藏着无限生气。

晏倾君随手拿了桌上的一只梨，咬了一口，等着晏卿的后话。

晏卿见她满不在乎的神情，眯了眯眼，笑道："妹妹没什么想问我的？"

"有。"晏倾君干脆而肯定地回答。

"那怎么不问？"晏卿打量着她啃梨的模样，笑。

"没好处给你。"晏倾君理所当然道："干脆不问了。"

晏卿低笑一声："今日不要你的好处。"

晏倾君放下梨，狐疑地瞟了他一眼："当真？"

"当真！"晏卿一副谦谦君子的表情，回答得极为肯定。

"听说璋华最近病得糊里糊涂，在梦里大骂先皇？"晏倾君也不扭捏，直接问道。自封后大典那日，璋华一直重病，到了这几日，听闻兴华宫日日鸡飞狗跳，她好像……疯了？

晏卿嗤笑道："她骂先皇懦弱无能，明知扶汝给他下毒，却不给越家定罪，还骂先皇伪善狡猾，知道祁燕活着是对她最大的惩罚，便假意成全她，将祁燕关在孤岛，再骂先皇只知吟诗作乐，任由邱家坐大，野心猖狂……"

"看来她是真疯了……"晏倾君摇头，即便她是太后，这种辱骂先皇的话，若不是疯了，怎么会说出口来……

"疯癫之人，才敢讲真话。"晏卿讥诮道："虽说皇宫之事向来肮脏，可是，能乱到这个地步……祁国皇宫，怕是其中翘楚。"

晏倾君当然明白，凡事皆有因果，祁国皇宫的"因"，很大一部分就在那位"宽厚""仁善""赋才"的先皇身上。若是换作晏玺，被冤枉的越贵妃得死，真正下毒的扶汝同样得死，再趁势削越家大权，而祁燕与璋华，一样是死，还能借机收邱家权势……不过，再往前推一点，如果是晏玺，根本不会给越家与邱家猖狂的机会。

晏卿翻开茶杯，两眼注视着慢慢倒下的茶水，低笑道："其实也多亏璋华，这几年若非她一心辅政，祁国……恐怕更乱。真是可惜，这样一个英明一生的女人，被你整得疯了。"

晏卿一脸的惋惜与同情，晏倾君鄙视地白了他一眼，也不知是谁顶着"晏卿"的名头骗了她这么些年。

"祁燕呢？"晏倾君转了话头。璋华是疯是病是死，她不在乎，皇宫里的女子，哪个没有故事？哪个不可怜？她还没有闲情去同情一个扇过她一耳光的女人。

"好好的在宫外。"

晏倾君满意地颔首，当初她所说的让晏卿捏到祁天佑的"把柄"，当然就是指祁燕。

她与祁燕二人互换身份，一人对付璋华，一人对付祁天佑。璋华面前的祁燕是真，所以只需少量的迷心散，让璋华情绪更加激动而已，也不容易引人怀疑。而祁天佑面前的"祁燕"是假，用量自然要大得多，晏倾君再将脸上的妆容稍作修饰，在中了迷心散的祁天佑面前，不容易露出破绽。

两个人都事先服下解药，再将迷心散撒在衣物上，只要璋华和祁天佑接近二人，就不怕不中毒。

除了迷心散，那日晏倾君的颈窝里还有让人浑身无力的毒。祁燕说祁天佑最喜靠在她颈窝，只要她不反抗，他必定会老实安静地靠在她身侧。是以，那毒下得不着痕迹。

拐了这么多弯，无非是想让"祁燕"死在祁天佑眼前。对祁燕而言，唯有如此，她才能真正自由。对晏卿而言，有祁燕在，就是拿着祁天佑最大的弱点。对她晏倾君而言嘛……

让她去扮"祁燕"，绝不可能扮得毫无破绽，她借着祁燕名扬五国，而且……

"祁天佑选的人，是晏珣吧？"晏倾君笑眯眯地问。

晏卿学着晏倾君的模样对着她撇嘴笑了笑，优雅地拿过她手里的梨，咬了一口，挑着眼皮懒懒地道："你早便估算好了，多此一问。"

商洛的商阙，南临的殊言，东昭的晏珣，对祁天佑而言："封静疏"的出嫁，便是他置于他国的一颗棋子，东昭国力最为强盛，晏珣又是太子："封静疏"日后或许就是东昭的皇后，这比去商洛或是南临，好处自然是多得多。

"你确定……要嫁给晏珣？"这会儿换作晏卿凑近晏倾君，眯眼问道。

晏倾君又拿了桌上一只梨，咬下一口，随意道："不嫁他，我如何回东昭？"

"南临殊家呢？"晏卿注视着晏倾君，眼神突然深邃起来，几点光亮在眸中似明似暗："南临向来不参与其他四国的任何争斗，明哲保身也好，养精蓄锐也好，实力不容小觑，或许……还在东昭之上。妹妹可知，这南临殊家的殊言，是什么人物？"

"上次祁天佑说过了。"晏倾君一边吃着梨，一边漫不经心地道："南临殊家，短短十年内在南临迅速崛起，根基不够牢靠，潜力却是惊人。那殊言，就是殊家的当家人，据闻年轻貌美多才，可惜外人从不曾见过。"

"哥哥以为，这般神秘的人物，有挑战性的南临，会更合妹妹胃口。"晏卿笑似春风。

晏倾君剜了他一眼，嗤笑道："未有人见过就说他貌美，年纪轻轻身为当家人……莫非还是八九岁的黄口小儿时便打理殊家？民间这种以讹传讹的谣言多了去了，我可不信。更何况，我的目标向来是东昭。"

晏卿恍然地颔首，笑着用他滑腻腻的眼神将她从头到脚打量了一遍，才缓缓开口道："原来如此。不过……你为何一定要回东昭？"

"那你又为何要回东昭？"晏倾君反问。

晏卿不语，晏倾君亦不再问，两人突然沉默下来。

他二人之间，本就是互相利用，没有谁必须对谁坦诚。这种利用关系，或许仅限于祁国皇宫之内，或许在东昭还有机会延续，即便是延续下去，他们之间，也仍旧是利用，只是利用而已。

"倾君，既然你执意要回东昭，有些话，哥哥便不得不与你说。"

这是晏卿第二次这么正经地唤她"倾君"，晏倾君不由得也正经起来，问道："什吗？"

"你行事，有两大硬伤。"晏卿一笑，刚刚的正经烟消云散，又是一副玩世不恭的模样："第一，自负。第二，急于求成。"

晏倾君的眼睫颤了颤，等着他继续。

"封后大典当日一计，虽说一举数得，可环环紧扣，无论哪个细节出了问题，你的结果——只有一个'死'字！"晏卿看着她，面上是揶揄的笑，眸子里的神色却是从未有过的认真："单说最后，若非我及时到湖边把你捞了回去，被人发现你晕倒在沣水湖边，会是什么下场？若非邱鳌刺杀祁燕未果，几次要求璋华灭口未果，有自知之明地暗中疏散邱家势力，邱家要倒，也非一夜之间的事。若璋华没有病重，手握邱家余力，她要捏死你，轻而易举。"

晏倾君垂眼，上次被奕子轩除去的三名杀手是邱鳌的人，她一直以为是璋华的人。而邱家的动态，晏倾君是之后才想到，当时她只是想当然地觉得祁燕暴露，邱家必倒，却未想过时间长短的问题。她有些心虚，晏卿说的，不无道理。错她知道，但面上还是不肯服输，笑道："但是我成功了。"

"留着性命，想回东昭，你的脑袋能想出的法子多得是，无须急于冒险。东昭皇宫……"晏卿一声低笑："你该是比我清楚。这祁国只有两个不太精明的太后和一个刚刚长成的小皇帝，可东昭……单单一个晏玺就不易应付，还有六名皇子，两名公主，三大家族，你不可能每次都那么幸运……"

"你这是在担心我？"晏倾君眉眼一挑，打断了晏卿的话。

晏卿面上的笑容突然明媚起来："妹妹知道就好。哥哥可不想下次再见，见到的是一具尸体。"

是怕在东昭少了个得力的利用对象吧？

晏倾君白他一眼，手里却是一空，刚刚咬下几口的梨又被晏卿抢了过去。

"你手里不是有吗？为何要抢我的？"晏倾君自知抢不过他，只能不满地瞪着他。

晏卿不语，笑意盈盈地对着晏倾君刚刚咬下的地方咬了一口。

晏倾君一句"无耻"正要骂出口，突然想到什么，面上的怒气化作温柔的笑，往晏卿身边挪了挪，诺诺道："哥哥啊，说到东昭，妹妹一直忘了一件事。"

"什吗？"晏卿惬意地尝着梨。

"英明神武的哥哥，使了什么法子让奕子轩居然没有怀疑我的身份呢？"晏倾君脸上是天真而好奇的表情。

"其实很简单……"晏卿笑得莫测，将刚刚咬过的梨递到晏倾君嘴边。

晏倾君怒火中烧，又想知道下文，极不情愿、却是面带笑容地咬了一口梨，晏卿才缓缓地开口道："若你是晏倾君……正常女子，谁会嫁给自己的亲哥哥？"

拐着弯说她不正常？

不对！

晏倾君突然站起身，怒瞪着晏卿。她是在知晓祁燕的存在之后才想出这一策略的，可奕子轩早在封后大典前半个月便到了东昭，还见过她。也就是说，早在她之前，晏卿便与奕子轩商量，说她会嫁回东昭！

也就是说，即便她没有冒着生命危险救出祁燕，想方设法名扬五国引来晏珣求亲，晏卿也已经想好了让她嫁回去的办法！

又被他愚弄了！

晏倾君气得捏紧了拳头，面上表情却是不变，反倒温柔地笑起来，坐回晏卿身边："妹妹还有一个问题，最后一个问题。"

"嗯？"

"既然哥哥早便打算让我嫁回东昭，想的法子，也是对外宣称我是白子洲族长的外孙女对吧？可是，即便如此，哥哥如何可以确信，晏珣会来求亲呢？"

白子洲族长的外孙女，代表的是夜行军的敬让。倘若如晏卿所说，除了祁国、贡月、商洛、南临、东昭四国的夜行军都已经游离皇族的掌控，那么，谁能娶得白子洲族长的外孙女，便极有可能聚拢夜行军这一强大而神秘的力量，这股力量，想要的人会很多。但是，想聚拢夜行军，娶了"封静疏"，是极有可能，却不是绝对肯定。东昭三大家族，六位成年皇子，晏卿凭什么认为会是晏珣来求亲？凭什么认为晏珣会冒着危险把太子妃的位置给一个邻国公主？

她使出这一计的时候只能估算到东昭必定会有人来求亲，具体是谁可是想不到……

"其实原因很简单……"晏卿又将刚刚咬过的梨放在晏倾君嘴边。

晏倾君毫不犹豫地咬了一口。晏卿笑眯眯地道："告诉你的话……好处？"

晏倾君的嘴角抽了抽："你刚刚说今日不讨好处。"

"嗯，对，我刚刚说过。"晏卿诚恳而正经地点头，咬重了"刚刚"二字，脸上浮起无赖的笑。

晏倾君恨得牙痒，趁着晏卿还未行着轻功走人，一脚踩上他的脚背，用尽全力绝不放开地踩。

踩死你踩死你踩死你！踩死五国内最卑鄙最无耻最无赖的禽兽！

名扬五国的绍风公主，最终决意嫁与东昭太子晏珣。祁国皇帝为表歉意，送南临殊家、商洛睿王各十名美人。

十月十八，冬雪初落，公主出嫁，十里红妆铺都城。

从开始上妆，晏倾君嘴边便是掩不住的笑意，人生苦短，她何其有幸，竟能风风光光地出嫁两次。

不过这次与上次略有不同，祁国去东昭，最快最方便的是走水路，一条坞溪横穿两国。晏倾君只需坐船，从上游行至下游，到了营城再转马车，最快七日便可到东昭都城。

此刻晏倾君拿出一套衣物，转身递给身侧的女子，眉宇间尽是欢愉之色，乐道："燕儿果然好身手，只是天气阴冷，快些换身衣物为好。"

祁燕面上一片淡漠，接过衣物，转身到了屏风后。

"将我扮作宫女？"屏风后，祁燕的声音轻轻地传过来。

晏倾君颔首道："是。届时我会说是特地找晏卿要了名熟悉东昭的女子做贴身丫鬟，因为来自民间，事后才上船。你出逃一事，晏卿可有察觉？"

"现在应该是知道了。"祁燕淡淡地道。

晏倾君满意地点头。当初在孤岛上，祁燕既然主动说骗祁天佑说那十二名夜行军是她杀的，可见她武功也不差。只要晏卿不在，应该是没人可以拦住她。

至于她为何带走祁燕，一来自己身边缺一个会武的人，二来，祁天佑这个弱点拿在自己手中，可比拿在晏卿手中让她安心。因此最初与祁燕谈条件时，她便与她说好，不仅救她出宫，还救她出祁国。

"燕儿，你今后留在我身边，如何？"晏倾君说出自己盘算已久的话来。

"燕儿只喜自由。"

"我会给你最大的自由，你只需用你的武力保我平安，我保你不被祁天佑找到。"

"他亲眼看着我死，怎么可能会找我？"祁燕冷笑。

晏倾君悠悠道："当初我从孤岛出逃，想必你也听说了，中毒、大病，因为在出逃途中出了意外，破坏了密道才危险地逃了出来。"

自从封后大典之后，祁天佑几乎半步不近沣水湖。但谁都说不准他日后会不会突发奇想地到孤岛上去看看，若是发现密道被毁，必然会心有疑虑……

祁燕也听懂了晏倾君的弦外之音，顿了顿，道："既然如此，你让我从晏卿身边逃走，岂非陷晏卿于不义？"

一旦祁天佑生疑，必然找到当初策划一切的晏卿，若能交出她便罢了，若交不出……

晏倾君嗤笑一声："与他那种老奸巨猾之人讲义气？燕儿，我现在遗憾的可是没法看到晏卿知晓你出逃时脸上的表情。"被他算计了那么多次，也该轮到他被算计一次了，祁国的烂摊子，就算她送他的临别礼好了。

祁燕没有回应，晏倾君又道："我既然有能力将你从孤岛上救出，再从皇宫带你出祁国，必然有能力保你不被祁天佑找到。即便是找到了，也能保你不被他抓回去！"

"好。"祁燕坚定道："日后奴婢便是公主身边的落霞。"

晏倾君托腮，看向船坊外奔流不息的河水，笑得两眼弯弯。

一个武功高强、脑袋不笨、忠心耿耿的丫鬟，可遇不可求。

东昭啊，越来越近了，比起晏卿发现被她算计后的表情，她更加迫切地想知道，她的太子哥哥，掀起盖头的那一瞬，脸上会是什么表情呢？

第十三章
再次遇害

　　你说，如果没有欺骗，如果没有背叛，如果没有阴谋，如果没有家族，如果没有利益，如果没有爱情，我们还是我们。

　　我说，这世上，从来没有如果。

——晏倾君

冬季坞溪水量涸少，水流却是湍急，再加上雨雪之后狂风大作，船又刚好是顺风而行，从祁国上游到东昭下游，行船速度比料想中快了许多。但是也因为偶尔的风雨使得船只搁浅，如此算来，还是耽误了回东昭的日子。

　　晏倾君并未带着思甜，虽说那丫头也算机警聪慧，可自己在她面前一直是懵懂柔弱的"封静疏"，东昭一行，她是不打算再装下去了，留着一个什么都不清楚的贴身丫头，还是略有麻烦。

　　祁燕无从知晓她的真实身份，每每对她说到东昭的风土人情，可以看到她眼底闪过的狐疑，但她从不多问。

　　晏倾君对她这个习惯很是满意，免了她又捏造些原因来欺这瞒那，毕竟目前为止，她还不打算让祁燕知晓她的真实身份。

　　船行至第五日，再次遇到狂风，临岸停下。晏倾君不曾走过水路，久在船上还是有些许不适，本想趁夜让祁燕带着她到岸边的小镇上玩转一圈，哪知船上来了个意料之外的客人。

　　商阙一身黑衣，发髻高束，精神抖擞，坐在桌边悠然地给自己倒了杯茶水。

　　祁燕早便察觉到了来人，本欲起身将晏倾君护在身后，哪知被她用力一推，到了屏风之后。

　　"落霞，去厨房拿几样小菜，再拿一壶好酒来。"晏倾君那一推，动作很是随意，顺势起身，话是对祁燕说的，双眼却是含着笑意看着商阙。

　　"是。"祁燕心有疑虑，转念一想，来人恐怕是在封后大典上见过自己，便淡淡地回答，恭顺地垂首出门。

　　商阙垂着眼眸不知在沉思什么，并未注意悄然离去的祁燕。

晏倾君淡淡地笑着，在商阙对面坐下。商阙倒出的茶水热气腾腾，映得他的眸色都带着水漾的暗纹。他并未喝茶，沉默半晌后，从腰间取出一件物什，五指摩挲着，沉声道："倾君公主……果然好胆识。"

晏倾君的眼睫颤了颤，不露声色地柔笑道："不知王爷今日到我船上做客，有何指教？"

"商阙前来，有一事相求。"商阙直截了当道。

晏倾君敛目，笑道："倾君与王爷之间，何需用上一个'求'字。倾君借用了王爷心爱之人的身份，王爷非但没有揭穿，还很是配合地去祁国求亲，倾君感激还来不及，哪里受得起王爷的'求'。"

商阙轻轻一笑，面上的表情却并未柔和，笑意也未达眼底，他将右手放在桌上，摊开五指。

晏倾君抬眼，见他刚刚捏在手中摩挲之物，是一块羊脂玉。

玉色温润，凝白如脂，在烛光下发出微微荧光。

晏倾君摸了摸自己挂在腰间的"封"字玉佩，虽说是不同的玉种，可乍一看去，竟是与这个极为相似的，连"封"字的字迹都几乎一模一样。

她不解地看向商阙。她记得思甜说过自己身上的是封家的祖传之物，那商阙手里的，又是什么吗？

商阙将那玉块放在桌上，笑容涩涩，道："封佐从来不肯承认静疏是封家的女儿，静疏自小的愿望便是得到父亲的认可。祁洛山一战，正是她十五岁的生辰。她去找我，我以为……"商阙低笑一声，带着三分自嘲，三分酸楚，继续道："这块玉，本是我做来哄她开心的。那块真正的'封'字玉，在你身上吧？"

晏倾君想了想，点头称是。

"今夜我来，想让公主割爱。"商阙垂下眼帘，眸中的哀色被掩了去，低声道："公主想用静疏的身份完成心愿，商阙不愿多问。但那'封'字玉，是静疏毕生所求之物，我只是不希望落在他人手里，成为争权夺势的工具……"

"很肮脏是吧？"晏倾君嗤笑，打断他的话，利落地从腰间抽下玉佩放在桌上："还你。"

不伤利益之事，让一让，无所谓，更何况，这的确不是她的东西。只是，商阙今夜过来，目的不会这么简单吧？

"还有什么话，王爷直说便是。"晏倾君看了看天色，她可不是坐在这里听他怀念封静疏的，人都死了，拿块玉回去又能如何。

商阙自嘲一笑："公主如此干脆，我直说便是。"他抬起眼来，直视晏倾君："既然倾君公主

已回东昭，是不是……该把静疏还给商阙了？"

晏倾君心下一惊，他这是何意？

"王爷自可说得直白些。"

"静疏毕生心愿是得到封佐的认可，做回祁国人。她的尸身，怎可留在东昭？"商阙的声调平平，却带着不容置疑的诘问。

晏倾君突然觉得，自己又碰上了一个疯子。

第一个是祁天佑。将祁燕禁锢、伤害，却又口口声声说着爱，说听她的话，为了她几乎将半个江山都丢下。可是，既然爱，又为何要伤害？折断她的翅膀将她锁在身边，不顾伦理不惜让她怀上自己的孩子，逼得好生生的女子亲手掐死自己的孩子，最后为了自由连幼时拼命袒护的璋华都背叛。

第二个就是眼前的商阙。明知封静疏的毕生心愿是得到封佐的认可，封佐在她心目中的地位可想而知，他既然爱她，何以当着她的面，亲手杀了封佐？待到她死了，再来讨回她的心爱之物，甚至连尸身都想要回去。

是她太愚蠢还是世人太疯狂？他们所谓的"爱"，或许穷其一生她都无法理解。

"好。"晏倾君不过沉吟片刻，便答应了。

商阙爱也好不爱也罢，要求合理也好无理也罢，暂时她还需要用封静疏的身份，当然得答应。至于能否将封静疏的尸身还给他，要看日后"封静疏"这个身份，能带给她多少好处。

商阙许是未料到晏倾君会回答得如此干脆，深深地看了她一眼，收起晏倾君放下的"封"字玉："公主行事，果然干净利落，商阙静待佳音。"

晏倾君看着他毫不犹豫地投身于坞溪中，打了个寒战，随手拿了件披风便往外走。

祁燕自然是知晓晏倾君的备菜拿酒只是想打发她走开，因此见晏倾君一人出门，便跟了上去。

"你为何会背叛璋华呢？"晏倾君正走向船头，寒风凛冽，吹乱她的发髻，她突然回头问祁燕，眼底是孩子般的单纯不解。

祁燕苍白的脸上看不出表情，淡淡地看了一眼晏倾君，冷声道："即便不是我，她亦只有死路一条。孤岛上，那么多次刺客，全是邱壑派来的，可见他想除掉我，她却不肯。长此以往，邱壑必然会想办法架空她的权力，说不定会直接倒向祁天佑，以求自保。"

说到"祁天佑"，祁燕的声音颤了颤。晏倾君只装作未发现，缓步到了船头。

祁燕所估无误，邱鏊的势力倾斜，晏卿也与她说过。

"落霞也想问一句，若公主认为我不会背叛母亲，也就不会有此一计，既然一切都在公主的算计中，为何还要多此一问？"祁燕走到晏倾君身侧，侧首看着她。

晏倾君对上她的眼，想了半晌，摇头道："有时候，推理是一回事，感情是另一回事。很多事情掺杂了感情，便不可用常理来推断。所以，我是不确定的，只是在赌而已。"

所以晏卿说她急于求成，用她的一条命去赌回到东昭的机会。

祁燕微微一笑："其实是因为，此事若放在公主身上，公主未必会背叛自己的母亲吧。"

她看着晏倾君，被大风吹得眯起的眼底微光闪烁。

晏倾君闻言，弯起眼角，对着她干笑了两声。她突然发现，身边有个聪明的丫鬟也是件令人讨厌的事。

"你看，我已经看到都城的灯火了。"晏倾君避开祁燕的话题，转首看向东面，笑容坚定。

"落霞不明白，为何公主急切回到东昭，嫁人……未必是件好事。"八年的囚禁，在她看来，没有什么比自由更重要。眼前的女子却显然期待着快点到都城。嫁了人，换了座牢笼罢了。

"走吧。"晏倾君未回答，拢了拢披风："天冷，这么关键的时候，你我可不要倒下了。"

祁燕见她转身就走，服顺地跟上。

大船暂时在岸边停靠一晚，明早便重新起程，难得一个安静的夜晚，清冷净凉，却注定热闹非凡。

晏倾君才抬脚走了几步，便被祁燕的一股大力拉了回去，听她高喊道："公主小心！"

晏倾君身子一歪，险险地躲过几枚暗器，随即暗夜里蹿出几个黑衣人。祁燕一把将她推回船头的栏杆边，横在腰间的软剑出鞘，大喊一声"刺客"便与那几人争斗起来。

那一声叫喊中气十足，刺破夜空，却并未起到晏倾君预料中的作用，四周仍旧是静悄悄的一片。

难怪今晚格外安静！恐怕是有人给船上的人下药了！

祁燕并不远离晏倾君，如暗夜流光一般在几人之中穿梭。

晏倾君数了数黑衣人的数目，握紧了袖间的匕首，是谁，要杀她？

身为晏倾君有人要杀不足为奇，可是身为绍风公主，祁国不会杀，要嫁去的东昭不会杀，刚刚来访的商阙不会杀，贡月与南临更与"绍风公主"素无瓜葛，是谁想在她嫁往东昭的途中

杀她？

祁燕被铁锁锁了近一年，刚开始动作有些生涩，十几招后显然灵活许多，一人对上五人也未见吃力，反倒是那几名黑衣人先后受伤。祁燕不忘手上的招式，一面沉声问道："死还是活口？"

当然留活口！

晏倾君的话未说出口，五名黑衣人已经察觉到打不过祁燕，齐齐撤退。

祁燕手持软剑，倾身欲追过去，就在这个空当，其中一人突然折回，蹿到晏倾君身边，抓住她的手臂便要拉她走。好在晏倾君早有准备，抽出匕首对着他的手臂便是一刀。

这匕首仍是晏卿给她的那把，上次便是凭着它从密道里凿出空洞，钻了出来："其利断金"，还真不是假话。

那刺客的手臂随着晏倾君的动作滚落在地上，他另一只手捂着手臂痛苦地倒在地上。剩余的四人见情况不妙，两人与祁燕继续打斗，两人抽出身来带着受伤那人便跳入坞溪。

"算了。"晏倾君见祁燕对剩下二人穷追不舍，唤了一句。

祁燕动作一滞，那两人也见势逃走。

祁燕不解地看着晏倾君，再给她少许时间，定能将这二人擒下。晏倾君看着地上的断臂，面色有些发白。她拿出帕子，擦了擦染了血的匕首，塞回袖间。

"回去吧。"晏倾君无视祁燕的疑惑眼神，垂首，绕过断臂，自顾向前走。

活捉刺客的目的是想问出他们是谁派来的，可刚刚打算抓住她的那名黑衣人，她在他身上嗅到一股味道。

淡淡的兰花香。

与兰花有关的东西，便是与奕家有关。奕子轩为了方便与她暗中联系，曾经这样对她说过。

所以，现在，曾经结伴出宫玩闹的讯号，变成了杀她的讯号。曾经护她在身后的太子哥哥，就要娶她为妻。而曾经许诺要娶她的奕子轩，要杀她。

关于刺客一事，晏倾君没有多说，祁燕也不再多问。

翌日，送亲的船只继续前行，那队人马竟也未发现自己夜间被人下过迷药，好似什么事情都未发生过地朝着东昭的方向行进。

祁燕自那夜起便与晏倾君同卧一榻，以免又有人暗中来袭。

晏倾君倒不是那般在意。奕子轩既然只派了五人过来，显然是未料到她身边有祁燕这样一个高手，而且，那些人能退则退，应该是未得到必杀令。趁夜来袭，下的迷药也不是太重，第二日便完全察觉不到，说明即使成功，他也不想留下太重的痕迹，可是既然失败，已经打草惊蛇，未必会再来第二次。

最重要的，从这次刺杀中，晏倾君捕捉到一条信息。

她与晏珣几乎从小一起长大，与奕子轩亦是相处多年，晏珣与奕子轩，无论公事还是私事，从来都是站在同一边，说白了，就是奕家看好的储君人选是晏珣，又因为有个晏倾君，奕子轩与晏珣便走得更近了。

然而，如今，晏珣要娶她，奕子轩却要杀她？

这在从前是绝对不可能的事情。其他皇子来杀她，而奕子轩的人前来救她，这才是正常现象。

晏倾君能想到的唯一解释便是，晏珣与奕子轩，闹翻了！

所以奕子轩明明知道她或许是晏卿安插在祁国皇宫的一枚棋子，要嫁给晏珣也未出面阻止。当初他问晏卿，何以确定晏珣会来提亲，晏卿说原因很简单。的确是很简单，一旦晏珣与奕子轩闹翻，晏珣失去了奕家的支持，等于少了半条手臂，求权心切，见南临殊言和商洛商阙都来亲于她，便信了市井谣言，把那么重要的一个攀拉关系的太子妃位给了她吧？

不管晏珣与奕子轩之间发生了什么，即便是他与晏珣作对，早在祁国时便已经知晓她是要嫁到东昭的，为何这时才要杀她？

"落霞，你习武几年了？"晏倾君发现祁燕似乎很抗拒"燕儿"这个称呼，便依着她的自称，即便是四下无人时仍旧唤她落霞。

"八年。"祁燕熟练地给晏倾君布好饭菜，放好碗筷，未有停顿道："我以为会武，日后便有机会逃出皇宫，所以求着祁天佑找人教我习武。"

祁燕的声音仍旧是冷冷的，连说到"祁天佑"时的一丝波动都消失了。晏倾君见她立在一侧，看了一眼旁边给下人准备的简陋吃食，起身一并端到桌上，随口道："我是公主，你也是公主，身份本无贵贱之分。你用武力保我平安，换我保你不被人发现，更无高低之分。扮作丫鬟不过是掩人耳目，你不必委屈了自己。"

祁燕敛目，未多犹豫便坐下，与晏倾君一并用膳。

"那些刺客，到什么程度会让你有所忌讳？"晏倾君想知道祁燕的武功厉害到什么程度。

祁燕咽下一口米饭，淡淡地道："东昭皇宫内，不出意外，除了夜行军，无人能出我之右。"

晏倾君惊讶地看着她，才学了八年，她居然敢放此厥词。

"夜行军的武功，招数诡异，一般人，即便功力与我相当，也输在招式上。教我的那十二人，各专一项，我承袭下来，普通的夜行军，也未必是我的对手。"祁燕仍旧淡淡地，夹了一口菜。

"佩服。"晏倾君一手托腮，毫不掩饰羡慕之色，再次懊恼了一把自己的手无缚鸡之力，同时不太情愿地发现挽月夫人没教过她，若无其事淡定非常地说出一件惊诧旁人的事来，更具震慑效果。

接下来的几日总算平顺下来，东昭境内的天气比祁国好得多，未见风雨，日日阳光灿烂，行船未受阻碍，那些刺客也未再出现。一切都顺风顺水，船到了营城，声势浩大的迎亲队伍由码头整整齐齐地列到一里开外，满目的银白大红交替，在阳光下格外耀眼。

祁国风俗，女子出嫁前三日不可面见生人，晏倾君身为准太子妃，从上到下几乎是裹得严严实实的，只露出一双眼，也就是因着这个风俗，晏倾君才有了"嫁"回东昭的想法。

她在祁燕的搀扶下缓缓下船，眯着眼看了看长龙般的迎亲队伍，眼角轻泄出笑意来。

熟悉的温度熟悉的土地熟悉的东昭军，她终于，回来了。

两日后，东昭都城。

晏倾君未曾想过，回到东昭，第一个遇见的熟人，不是晏珣，不是奕子轩，亦不是晏玺，而是晏倾云。

她一身五彩丝缎，发髻上的金凤簪子在阳光下熠熠生辉。

"久仰绍风公主大名，今日终是见着了。"晏倾云在宫门口，迎上刚刚下了马车的晏倾君，容颜娇俏，声音清韵，拉过晏倾君的手，柔笑道："公主舟车劳顿，且随倾云去栖云殿里休整一番。"

晏倾君一直羞涩地垂着头，服顺地任由晏倾云拉着她的手，缓缓地向她的栖云殿走去。

离开祁国时，她自恃在东昭皇宫十几年，对东昭的局势再了解不过，更是想到晏卿带着欠抽笑容的愚弄，不想在他那里继续吃瘪，于是忍住没问他半年来东昭的情况。

小不忍则乱大谋！现在看来，还真是至理名言。

且不说奕子轩与晏珣闹翻她不知情，眼前这晏倾云，明明在半年前应该嫁给奕子轩，如今却仍是一副少女装扮，住在皇宫的栖云殿，说明她还未出嫁。半年前发生过何事？晏玺亲自下旨赐的婚怎会到此时晏倾云还未出嫁？

当时她若厚着脸皮软磨硬泡地问晏卿，他必然会告诉她。可现在，只能靠自己慢慢摸索了。

"公主先在此处稍作整顿，稍后……"晏倾云掩嘴一笑，美目流光溢彩："父皇会召见公主。刚刚入宫父皇便急着召见，可见父皇对公主是喜欢得紧。"

见眼前女子眼神一乱，晏倾云忙道："公主莫要紧张。公主身怀绝技，名扬天下，倾云也想见识一番呢，想必父皇也是好奇得紧，才会这么急着见公主。公主可是近日来父皇主动召见的唯一一人呢。"

"静疏听闻皇上卧病在榻，所以……"晏倾君故作迟疑地开口。晏珣与奕子轩之间的事她不知情，可晏玺的情况她还是清楚的。早在她出嫁贡月国时晏玺的身体就不怎么好了，而晏珣之所以急着纳太子妃，一方面便是为了"冲喜"。

"所以公主今日只需讨得父皇开心便好，父皇必不会为难于你，公主放心。"晏倾云极为得体地安慰眼前女子。

晏倾君微笑着颔首，沉默半晌，见晏倾云没有离开的意思，便给祁燕使了个眼色。

祁燕上前，屈膝行礼道："祁国风俗，新嫁娘出嫁前三日不可见生人，还请倾云公主屈尊先行离开一会。"

晏倾云这才恍然大悟的模样，笑着又说了几句便离开。

晏倾君见她离开，整个脸便沉了下来。

她敢堂而皇之地嫁回东昭，很重要的原因之一便是晏玺重病。晏玺对几位皇子的婚事向来不多插手，任由他们凭着自己的手段揽获势力的支持，或许在他看来，真正的胜者，才有资格承袭他的皇位。因此，晏珣虽是太子，却比任何人都明白，除了成为众矢之的，这个"太子"之位并未给他更多的好处。

晏玺以前都不关心皇子的婚事，如今重病，按着晏倾君的推测，更加是不闻不问了，最多在婚礼现场出现一瞬。只要顺利嫁入太子府，给她一晚与晏珣相处的机会，她自然是有法子暂时瞒住自己的身份。

可是，婚礼还在三日后，晏玺却要见她！

这让晏倾君有点乱了阵脚，因为完全猜不到晏玺为何要见她，也不知接下来的事情可否按照自己计划中的来处理。

"不必担心，大不了我带着你杀出皇宫。"祁燕突然开口，仍是淡淡的声音，还带着点冷然。

晏倾君抬首看着她，突然明白为何祁天佑会爱上自己的姐姐。这姐姐还真是……可爱。

晏倾君稍作休整，沐浴后换了身衣物，再次把自己从头到脚裹得严严实实的，问了祁燕几

次，确定没有破绽了，才随着一众人等到了昭华宫。

祁燕被晏玺的贴身太监刘总管拦在了殿门外，对着晏倾君客客气气地道："皇上病体，不宜人多喧闹，只召见绍风公主一人。"

刘总管不愧是久在晏玺身边的宫人，一句话说来气定神闲，让人连反驳的力气都提不上来。

晏倾君对祁燕点了点头，便自行入殿。

昭华宫是晏玺的寝宫，从他重病开始，几乎未出宫门一步，近一个月都未早朝，朝廷仍旧井井有条，可见晏玺处事手段非常。

晏倾君垂着眼，默默地告诉自己，在比自己强上百倍的晏玺面前，无论如何都不可泄露情绪，无论发生什么事，谨记将母亲教她的那些东西发挥得淋漓尽致！一定可以过这一关！

昭华宫的殿门随着晏倾君入内，缓缓关上。晏倾君可以瞥见自己被夕阳拉长的影子随着殿门的关闭渐渐消失不见，加速的心跳，在某个瞬间几乎停滞下来，她快速地后退，侧身，险险地躲过突然从侧面刺来的一剑。

若非瞥见阳光下的剑尖投在地上的阴影，此时她已经被削掉了半个脑袋！

凛冽的杀气只一瞬间便在殿内肆意，晏倾君还未来得及看清眼前人的模样，便见到银白色的剑光向着自己劈过来，本能地紧紧闭眼，抽出袖间的匕首挡在眼前："叮"的一声，晏倾君微微睁眼，见到长剑竟被匕首砍得断成两半！

晏倾君心下明白，这人不是要杀她，否则即便这匕首锋利到可以将剑折断，剑身所带的内力也会将她震飞！

"皇上，静疏不知东昭皇宫的规矩，若有不合礼数之处，请皇上责罚。"晏倾君并未看见晏玺在何方，却只能出此下策，瑟瑟发抖地跪在地上，声音里带了哽咽。

殿内的杀气来得快去得也快，晏倾君未见到刺她之人的身影，殿内便迅速恢复平静，若非躺在地上的半截剑尖，晏倾君都要怀疑刚刚的惊险是自己的错觉。

"白子洲族长的外孙女？"晏玺略显苍老的声音终于响在殿内，晏倾君垂首，只能判断出这声音来自里间，她隐隐啜泣着，并不回答。

"朕倒是知道白子洲的族长有个儿子……咳咳……"晏玺咳嗽了几声，带着讥诮："还未听说有个女儿能给他生个外孙女……"

晏玺的声音越来越近，晏倾君能察觉到他从里间慢慢走了出来，心头紧了紧，更努力地挤出几串眼泪来："这是民间传言，静疏也不明白我与白子洲的族长有何关系，为何民间会有这种传言……请皇上明察！"

"哦? 惟妙惟肖地模仿他人，到了真假难辨的地步，连璋华太后都因为你而放弃多年的苦心经营……民间因此传言你是白子洲族长的后人，也不足为奇。"晏玺苍老的声音带着戏谑的笑意，突然音调一转，冷然道："有胆子当着百官的面冒充他人质问当朝太后，怎么到了朕面前，受了轻微的惊吓就哭成这样?"

晏倾君心中重重一颤，几乎身形不稳，晏玺果然是晏玺，对付普通人的手段在他这里是行不通。只是戏已经开演，容不得她中途变脸。

"皇上明察！静疏未上过什么大场面，得我皇青睐照拂，才有机会为国效力。静疏自知所为无愧于心，当然无须惧怕。但初到东昭……往日静疏花了好些时日才弄清我祁国皇宫的规矩，今日初入宫中便见圣驾，是以……是以……"晏倾君带着哭腔，小心措辞，一眼扫见明黄色的龙袍在眼皮底下晃荡，无形的压力由上至下，迫得她又将脑袋往下埋了几分。

"逆天刀?"晏玺举着的手，本是要抬起晏倾君的下巴，突然被她手中的匕首吸引了注意力，转移了方向，拿过晏倾君手里的匕首。

如此好用的匕首，晏倾君虽是不舍，却也不得不给。而且，逆天刀?

"说，你和白玄景是何关系?"晏玺的声音突然冷冽起来。

晏倾君心中一顿，蓦然想起曾经看过的白子洲的文献。逆天刀，好似是白子洲族长的随身宝器之一? 这名字如此气魄，晏倾君从未想过，这把小小的匕首会与那宝器扯上关系。

白玄景又是谁? 她所知晓的，白子洲最后一名记录在册的族长，名白炼，也就是谣传中她的外祖父，早在白子洲覆灭之时殒命。晏玺刚刚说白子洲族长没有女儿，反倒是有个儿子，莫非白玄景，便是那白炼的儿子?

"皇上，静疏在一次重伤中记忆受损，前尘往事，许多都不记得了。皇上所说的白玄景，静疏并未听说过。"晏倾君心中猜测，并未在面上流露出半分怀疑，啜泣着低声道。

"那这匕首，哪里来的?"晏玺沉声逼问。

匕首是晏卿给她的，可是显然，这是证明她与那族长有关系的有力佐证，此时当然不能实话实说。

"从静疏醒来便一直在身边，静疏也不知何人给我的。"晏倾君诺诺道。

晏玺看着外表并不起眼，刀刃却是利光闪烁的匕首，眯了眯眼："你不会武?"

"听身边的丫头说从前是会的，重伤后内力尽失，又伤了手腕，便用不得了。"

"咳咳……"晏玺咳嗽，带着突然温软下来的笑意："朕就说，白子洲的传人，怎么可能不会武？"

晏倾君心中默默松了口气，不再咄咄逼人，说明她的话，晏玺是信了几分的。

"失忆之症，可有看过大夫？"晏玺突然关心起"封静疏"的身体了，俨然一副慈祥模样。

晏倾君一直垂着脑袋，此时细声道："传过的。御医说记忆能否恢复，要随机缘。静疏只对曾经的贴身婢女楚月有些许印象，其他是不记得了……"

"商阙呢？"

晏倾君心中一颤，封静疏和商阙青梅竹马，晏玺必然是查过的。

"皇上可是说商洛的睿王爷商阙？"晏倾君一面问着，一面寻思着该如何作答，若说记不得这个情人，反倒记得个小丫鬟，好似有些不合常理，便缓缓开口道："上次在封后大典，静疏是见过他一眼，可能……以前认识吧，看起来很是面善。"

晏玺沉沉地应了一声，又咳嗽起来。

"退下吧，朕乏了。咳咳……"

晏玺的咳嗽声渐渐远去，晏倾君闭了闭眼，阴冷的冬日，她背后却是大片濡湿，连手心都是冷汗。

看来："白子洲族长外孙女"的身份，晏玺知道是假，但因着她手里的"逆天刀"，怀疑她与白玄景关系匪浅。那么，与白玄景有关的人，是晏卿吧？否则他哪里来的逆天刀。

晏卿啊晏卿……待他回来再细细查证。现在她要面对的，是即将到来的大婚！

绍风公主受皇上单独召见，之后昭华宫里便传出话来："绍风公主温柔可人，朕甚喜，吾儿好福气。"

只这一句话，给这个本就引得无数人好奇的"绍风公主"平添了一道光环。自从昭明十四年挽月夫人过世，这是皇上第一次对一名女子毫不掩饰地褒奖。

宫中人对太子的大婚更是不敢怠慢，一切有条不紊地进行着，皇宫、乃至整个东昭都热闹起来。无人不知太子晏珣娶了一位名扬五国、且深得皇帝喜爱的太子妃。

婚礼当日，太子府被达官贵人围得水泄不通，太子府外的流水席更是聚集了不少欣喜的百姓。

深觉自己冒险娶了"封静疏"是再正确不过的选择，连父皇都称好，这"封静疏"是白子洲嫡传血脉的谣传恐怕是千真万确。

婚礼从迎新娘，到成礼，到酒筵，顺顺利利，使得近来诸事不顺的晏珣心中尤为舒坦。此刻他一身喜服，满面红光，高举酒杯正与人欢言，瞥见对面桌上奕子轩冷然的脸，嘴角撇出一抹冷笑，拿着酒杯走了过去。

若说此前他对娶封静疏为太子妃，心中还略有忧虑，那么在晏玺见过封静疏，并传出那么一句话来之后，种种担心一扫而光。若封静疏系白子洲嫡传血脉的谣传有误，怎么可能骗过晏玺的眼？再好不过的就是晏玺对他这位太子妃很是满意，无形中又给他添了些筹码。

"子轩，你我二人好久未曾共饮一杯，今日是我大婚，你是否该敬我一杯？"晏珣一过去，那桌众人便齐齐起了身。

奕子轩举杯，透亮的眼底浮起笑意，答道："殿下保重。"

晏珣面上的笑容僵住，本来高昂的兴致被他莫名其妙的四个字压去大半。保重？保重什吗？太子妃就要娶进门，还能有何变故不成？

奕子轩率先喝下酒，晏珣则是拿着酒杯狐疑地盯着他。一旁官员见二人之间气氛微妙，忙举杯道喜，将话题岔开。

晏珣面上喜色未褪，心中却是隐隐不安起来，想要问清楚奕子轩那四个字的意思，却知道不合时宜，且，他未必会告诉自己。

待到宾客散尽，晏珣被人搀扶着到了新房，昏昏沉沉的脑袋里仍在斟酌。

封静疏的身份，即便不是白子洲的嫡传血脉，能讨得父皇欢心，也不算他失策。封静疏的模样，他之前寻人找来画像看过，虽说不上倾国倾城，却也是算得上小家碧玉，给他做太子妃，不会让他面上无光。封静疏的性子，从她在祁洛山立了大功被封为"绍风郡主"，随后又助祁国皇帝除去璋华太后便可知晓，定不是普通女子。无论从哪一方面来看，他娶封静疏，定不会吃亏。

可是，奕子轩那句"保重"，犹如冬日在他心头泼了一盆凉水，之前笃定的一切突然变得虚浮起来……

晏珣抚了抚因为喝了太多酒而犯疼的额头，抬头，正好看见安顺地坐在床榻边、一身喜服盖着大红盖头的女子，他皱了皱眉头，推开身边的婢女，支起身子一步步走了过去。

第十四章
真假倾君

　　曾经有人在我生辰的时候问我，若非生在皇宫，我想要怎样的生活。彼时我放下一切算计，倚靠在那人肩头，眯眼看着缓缓下沉的落日，说我若非公主，希望生在平静安定的小村，有属于自己的小竹屋，我喜爱竹香。竹屋前有母亲最爱的蔷薇花，有我最爱的杏树，有灿烂的凌霄花……

　　　　　　　　　　　　　　　　——晏倾君

　　红烛融泪，滴滴滑落烛台。

　　热闹的太子府丝竹声散尽，喜庆的气氛却在满室的大红映衬下愈演愈烈。

　　晏珣大手一挥，散去扶着他的丫鬟，对着房内准备服侍完礼的婢女沉声唤道："都退下！"

　　几名婢女见太子大醉，面上还隐隐有不悦的怒气，匆匆放下手里的东西便恭敬地退下了。

　　晏珣双颊酡红，眸子里像是有迷醉的雾气。他眯着眼，蹒跚着靠近安静地坐在榻边的女子。保重？这太子妃，能将他晏珣吃了不成？

　　想到这里，晏珣加快了步子，踉跄着到了晏倾君身边，猛地扯开她的大红盖头。

　　灯芯恰好在此时爆破，轻轻一声响，在房内却分外清晰。晏珣再次抚了抚疼痛的额头，这新娘的喜冠下，串串珠帘掩住了面容，可他依稀能看到她的模样，好似……有些……眼熟？

　　晏倾君一直低眉顺眼，听到晏珣入屋的脚步声，听到他遣走几名婢女，听到他离自己越来越近，然而，他只是掀开了盖头，便迷惑地站在原地，低头眯眼看着她，不动了。

　　窗外落起了东昭冬日的第一场雪，雪花纷飞，灰黑色的光影纷纷投在贴着大红"囍"字的纸窗上。房内温暖如春，甚至随着灯烛的燃尽，让人有些燥热。沉默的两人，使得气氛莫名地压抑起来。

　　晏倾君等了半晌，见他仍不打算有所动作，干脆自己动手，掀起了珠帘，抬眸笑看晏珣。

　　晏珣本就一动不动地站着打量晏倾君，她这一动作，使得他对上她的眼。晏珣背脊一僵，眼中的迷离之气尽数散尽，手里握着的大红盖头飘然落地。

　　"你……你……"晏珣不可置信地睁大了眼，指着晏倾君，往后退了几步。

"太子殿下……"晏倾君一脸懵懂地看着惊得面色煞白的晏珣，无辜地抚着双颊："可是……可是静疏脸上有什么东西吓到太子殿下了？"

自从回了东昭，晏倾君在旁人面前、特别是在熟人面前说话，声音总是压着些许的，此时她却不想了，特地扬高了声音，还带了股媚气。

晏珣怕是自己酒气未醒才看错了人，努力眨眼，再使劲摇了摇头，重新看向眼前之人，面色又白了几分。片刻，他恍然想到什么，一个箭步上前拉起晏倾君到了桌边，低吼道："洗脸！洗干净了！"

他明明见过"封静疏"的画像，怎么可能弄错！她不是也冒充过璋华太后的女儿吗？这副模样，定然是她故意的！

晏倾君掩住眸中的暗笑，无辜地摘下喜冠，掬起清水慢慢洗面。

随着晏倾君面上的脂粉一层层洗去，晏珣的气息越发不稳，待到晏倾君干净的脸上还挂着水珠，抬首，用清澈灵透的眸子看着他，还对着他扯出一个温柔而略带羞意的笑容，晏珣只觉得那笑容生生将自己的脖子掐住，呼吸都凝滞了片刻，一个转身间连桌上的水盆都被他打翻。

"太子殿下，这……这……"

晏倾君无措地看着洒了满地的水，晏珣面色苍白地再看了她一眼，握紧了拳头匆匆离开。

晏倾君眼见他气急败坏地跑了出去，还不忘把门紧紧地带上，好似还上了锁，挂在面上的懵懂表情瞬间收敛了起来，憋了半晚的大笑从喉咙里低低地溢出来。她脱去喜服，躺到柔软的榻上，想着刚刚晏珣的表情，捂着被子便忍不住大笑起来。

笑着笑着，不知怎的眼角竟有些湿润。晏倾君默默地鄙视了自己一番，高兴过头而已。满足了自己的恶趣味，接下来，该好好想一想，在东昭的第一步棋，到底该往哪里下了。

翌日，太子府中几乎无人不知，那位传说中的绍风公主新婚当夜便将太子殿下吓得出了新房，随后失宠于后院。于是猜测迭起，其中多数人认为靠谱的就是，这位有着白氏嫡传血脉的绍风公主，虽说擅长于模仿他人假扮他人，换多少张脸都随着自己意愿，可自己原本的面貌，恐怕是极其"惊"人，以至于向来稳重的太子殿下被吓出了新房。

而三日后，晏珣传出话来，太子妃水土不服，面上起了大片红疹，可能传染他人，未得他允许，任何人等，不得靠近太子妃所居的清轩阁。

清轩阁内，晏倾君百无聊赖地左手执黑子，右手执白子，自己和自己下棋。

晏珣入房时，带来房外的一阵冷风。晏倾君略略抬眼，瞥到他手上的一筒画卷，随即敛目，装作未发现他入房的模样。

"你是何人?"晏珣面色阴冷,猛地将手里的画卷朝晏倾君砸了过去。

晏倾君一个侧身,险险地躲过,双目含泪:"小女封静疏,太子若是……若是不喜便罢了,何故……何故如此待我?"

晏珣狐疑地扫了她一眼,冷笑道:"封静疏?你不妨看看那画卷!"

晏倾君这才弯腰捡起地上的画卷,慢慢展开来,看清那画上的女子,笑意由心头腾起,差点"扑哧"笑了出来。

署名"封静疏"的画像,画上的女子赫然是她留在祁国皇宫的思甜,不过将思甜的模样画得秀美了一些,穿了一身迤逦华服,让晏倾君想笑的不是画中女子的长相,而是她发上戴的簪子和手里抱的东西。

画中的"封静疏"头上戴了一支金簪,是一只灵雀的形状。而她手里,抱着一只乖巧的小兔子。这在旁人看来,是再正常不过。可在晏倾君眼里,那灵雀,是为"禽",兔子,不就是"兽"吗?画像无疑是被晏卿做过手脚,可他这么画出来,是大大方方地承认自己是禽兽了?还真是无耻!

"这画卷……不知太子殿下从何处得来?画下是小女的名字,可画中人……的确不是静疏。这是静疏在祁国的贴身婢女,若太子殿下不信,自可再去调查一番。"晏倾君佯装微怒,转过身子背对晏珣,面上已经是绷不住,笑了起来。

"画卷是我千金购得,还能有假不成?"晏珣沉声低斥。

晏倾君敛住笑,倏然转身,面露怒色,冷声道:"太子殿下!小女再不济,也是皇上亲口御封的绍风公主,身后是我封家数十位将军,是祁国帝王之尊!静疏区区小女子,颜面事小,可静疏嫁去东昭,代表的是整个祁国!太子殿下若是不喜静疏,冷落在侧静疏定不会有半句怨言,但,太子殿下现在怀疑静疏的身份,是否亦在怀疑祁国将公主的婚嫁之事当做儿戏?怀疑祁国不顾体统,只为戏弄殿下一番?"

晏珣被晏倾君突如其来的严肃怔住。

"静疏自嫁入太子府,便终日自闭在房内,太子殿下命静疏不可出门,静疏便足不出户,太子殿下说静疏面上染了红疹,静疏便配合您的谎言常戴锦布掩面,今后太子殿下的话,静疏也会尽量照做。静疏退让,是顾及两国颜面,不代表没有底线!太子殿下若是怀疑静疏的身份,自可传书我祁国陛下,请他来一验真假!"晏倾君一番话,说得双目泪光闪闪,一脸委屈。

晏珣敛了敛气焰。这几日是他太过心焦,可是谁人能想到,自己千辛万苦娶进门的太子妃,会与自家亲妹妹长得一模一样?这"封静疏",除了少一颗眼角的泪痣,神态表情皆与晏倾君一无二致！而且看奕子轩那反应，定然是知晓的，否则不会在婚礼当日说出那么幸灾乐祸的"保重"两个字！那么，从奕子轩的态度推测，眼前之人不可能是晏倾君才是……

可是他还是忍不住怀疑，这世上竟能有长得如此相似的两个人？

先不论这女子的身份，只凭她这长相……他晏珣，娶了一名与自己亲妹妹长得一模一样的太子妃！这件事若是传出去，外人会怎样看待当初他对晏倾君的感情？岂不是都以为他对自己亲妹妹怀了什么龌龊心思！

她是祁国公主，还因着白子洲嫡传血脉名扬五国，若是刚刚娶回府上便出了意外，他很难全身而退。可是"水土不服"只能是暂时的说法，日后她的真面目必要示人，且待父皇身体好些，必定会传召，见到与晏倾君一模一样的太子妃，会作何反应？他想都不敢想。这太子妃到底该如何处置，亦是找不到好的法子，偏偏他与奕子轩闹僵，此事连个商量的对象都找不到。

"你刚刚说……我的话，你会尽量照做？"晏珣脑中灵光一闪，若是封静疏配合，此事还是有法可解……

"只要不累及无辜，伤及祁国国体，出嫁从夫，静疏当然听从夫君的话。"

听到"夫君"二字，晏珣的嘴角抽了抽。

"夫君有何要求，尽管提出便是。"晏倾君一脸正经地继续道。

晏珣敛了敛神色，施施然坐到晏倾君对面，声音软下来："你入祁国以来，还未有人见过你如今的相貌。既然你会假扮他人，今后，这张脸，你便忘了，如何？"

晏倾君故作沉吟，道："奕公子出使祁国时，是见过静疏的。"

"这个我来处理。"晏珣见她没有反对的意思，又恢复了几分平日里的温文之色："至于那个你从祁国带来的丫鬟……"

"殿下放心，她必会替静疏保密。"晏倾君插话，转而不解地看着晏珣道："可是太子殿下隐瞒静疏的相貌，静疏想要知晓原因，毕竟常年易容，对静疏的身体也是大大不利。"

晏珣的面色沉了沉，睨了晏倾君一眼："你刚刚不是说会听我的话？"

"是。"晏倾君低眉顺眼。

"那便无须知道原因。"晏珣沉声道。

晏倾君故作委屈地咬了咬唇，沉重地点头。

"那好！公主若有什么需要的，尽管与晏珣道明。"晏珣的话客气起来，微笑着起身欲离开。

晏倾君仍是低垂着头，问了一句："不知太子殿下想要什么样的脸？"

"不管什么脸，只要不是现在这张！"晏珣恨声道，径直出门。

听到房门关上的声音，晏倾君坐回棋盘边，刚刚默然的委屈神色一扫而尽，带着笑意挑眉看着井井有条的棋局。最为艰难、最为危险的第一步，成功了。

身为太子妃，在东昭顶着一张她人的脸面，不可能瞒过日夜相对的太子。但是若一切都是太子授意，情况便截然不同了。

绍风公主嫁作太子妃第七日，照东昭皇族礼俗，需东去雪海边的迎阳寺祈福，受东方海平线上第一抹阳光的洗礼。

由东昭都城到迎阳寺，往返十日路程，冬季雪大路滑，恐怕要半月才能再回都城。皇上病在榻上，朝中许多事都是晏珣处理，自不会离开都城半月之久。是以，这一路以皇后为首："封静疏"为主，倾云公主相随。

皇后向来端庄，不喜与人争，也没有多少皇后架子，一人独乘一辆马车，在前方走得安安静静。

晏倾君本是与祁燕一辆马车，可中途晏倾云挤到她的马车上，很是熟络地与她扯东扯西。

虽是姐妹，晏倾君与晏倾云却向来不和，无论是在她得宠时还是失宠后，两人都是对不上眼的。对于她突然的热络，晏倾君很是不适，却仍是要装出温柔贤淑的模样，听着她的话，不时地捂嘴巧笑。

"子轩上次去祁国，给我带了这个，你看，祁国民间的工艺，比东昭皇宫的工匠还要好呢。"晏倾云举起手里的一串银制手镯："叮叮"直响，对着晏倾君笑得甜蜜。

晏倾君随意地扫了一眼，附和着点头。

"子轩说祁国风景奇好，有许多东昭见不到的花树，有机会真想过去看看。"晏倾云一脸天真单纯地笑着，羡慕道："他说祁国西南方向，可以看到蓝花楹呢，子轩最喜欢蓝紫色了……"

"子轩去祁国时你见过的吧？宫中那么多人，或许你未注意到，这次若非他太忙，定会随我们一起的……"

子轩子轩子轩……

晏倾君觉得自己左耳右耳全是晏倾云一句又一句的"子轩"，心头平静的温煦有了沸腾的迹象，烦躁不已。

"不知公主为何还未与奕公子成亲？"

对于"封静疏"而言，这是一句不合时宜亦不合身份甚至有些逾礼的问话，但是晏倾君实在受不住晏倾云继续在耳边聒噪着"子轩"，一个没忍住便脱口而出。

这一问，晏倾云果然安静下来，漂亮的眸子里浮起淡淡的惆怅，长叹口气道："若非奕大人突然过世……"

晏倾君瞬时明了，原来是奕子轩的爹过世，才将婚事拖了下来。这么看，他爹过世，也就是在自己出嫁途中了。

她没再说些安慰晏倾云的话，本来她在外人面前就是沉默寡言的人，更不想安慰她后她又开始说她的"子轩"如何如何，干脆一路保持沉默。

一行人到迎阳寺时，已经是五日后的夜晚。

白色的雪覆盖了大半个山头，他们在山脚停下，打算第二日一早再上山。

冷月当空，晏倾君摸了摸脸上的人皮面具，为了从晏卿那里蹭下这个，她可没少吃亏！她遵守与晏珣的约定，换了张脸，平淡无奇的长相，不容易让人记住，更不容易引人注意。人皮面具戴久了，多少有些不舒服，可现在还不可摘下。

她推开窗，顶着寒气伸出脑袋，看了看迷蒙的夜色。她遣祁燕出去，此时已近后半夜，居然还未回来。

正想着，房门被人推开，祁燕身上沾满了雪花。

"她果真出去了。"祁燕入门便低声道。

晏倾君忙起身，给自己加了件衣物，正色道："走。带我跟上她！"

祁燕点头，拉着晏倾君便行起轻功。

寒风凛冽，祁燕动作极快，更使得风如刀割，晏倾君咬牙，眯眼注视着前方的身影。

晏倾云生来养尊处优，好逸恶劳，平日里，只要出她的栖云殿，即便是几步路程，也要人抬轿的。这次她明明可以不来，却不怕辛苦地跟着，必然是有所图！所以她让祁燕盯着她，居然真有了发现！

晏倾云披着厚重的狐裘，白色的身影在夜色中并不隐蔽，显然是未想到深更半夜，这么冷的天里会有人跟踪她。

山路越走越窄，亦愈加崎岖，晏倾云并无退意。晏倾君跟着祁燕，踏步如猫，没有半点多余的声音。

如此一前一后地行了半个时辰，祁燕突然道："前方有灯光。"

习武人的五感自然是优于常人的，晏倾君颔首，示意她继续跟上。

　　晏倾云似乎感觉不到累，一直向前，还加快了步子。晏倾君也随之慢慢见到漆黑的山林里隐隐透出的光亮。前方的晏倾云突然身形一顿，停了下来，祁燕亦迅速停下。

　　晏倾云的身形顿了半晌，突然转头，往晏倾君所在的方向走来。晏倾君心下一跳，祁燕拉着她向上飞起，停在一处陡崖上。直至晏倾云面色雪白地路过两人，祁燕欲再次跟上，晏倾君及时地拉了拉她的袖角："去刚刚晏倾云所在的地方，看看她到底看到什么了。"

　　是什么让她不惧劳顿跟来了迎阳寺？是什么让她不顾危险，趁夜冒雪独自一人上山？又是什么让她在花费了那么多精力之后，只看了一眼便面色苍白地匆匆离开？这山上有什吗？她刚刚又看到了什吗？

　　祁燕随着晏倾君的意思，搂着她跳下陡崖，安稳落地，随即迅速向前。

　　前方有一处庭院，院落中有一间小竹屋，屋前是大片枯萎的蔷薇花丛，蔷薇花丛边有一棵杏树。寒风瑟瑟，漆黑的夜里，前方庭院一片雪白。

　　祁燕察觉到晏倾君浑身一僵，忙低声问道："怎么了？"

　　晏倾君笑，摇头。

　　没什么。

　　不过是想到一些事情罢了。

　　譬如曾经有人在她生辰的时候问她，若非生在皇宫，她想要怎样的生活。彼时她放下一切算计，倚靠在那人肩头，眯眼看着缓缓下沉的落日，说她若非公主，希望生在平静安定的小村，有属于自己的小竹屋，她喜爱竹香。竹屋前有母亲最爱的蔷薇花，有她最爱的杏树，有灿烂的凌霄花……

　　晏倾君揉了揉眼，这寒风不仅使人双眼刺痛，还会酸涩呢。

　　"再近些！"

　　祁燕颔首，又近了几步，低声道："屋内有人，若再近，恐会被发现。"

　　晏倾君点头，眯眼仔细看着前方竹屋。

　　莹白的纸窗上，投着两个人的身影。一人端坐，一人拿碗执勺，从碗中舀了一勺什么，动作温柔地递到对面那人嘴里。

　　女子的投影娇小柔弱，男子的投影高大挺拔。只是看着投影，也不难察觉男子动作里的小心翼翼，不难感受到竹屋里的迤逦甜蜜。

　　晏倾君失笑，真是……温馨到令人艳羡的一幕。

　　"谁？"

不过是冷笑的声音大了些,屋内马上传来一声冷斥。

晏倾君忙道:"快走!"

祁燕身形如电,飞快地蹿出幽黑的山林。竹屋内的冷喝之后,一个身影飞蹿出来,毫不迟疑地追上祁燕的身影。

晏倾君捂住口鼻,直至肉眼所见处已经看不到两人踪影,她才放开手大口喘气,一面还不敢松懈,加紧了步子,连走带跑地往小屋行去。

刚刚她一把将祁燕推开,让她"快走",祁燕应该马上便明白自己是让她引开奕子轩,未有迟疑便飞身融入夜中。而她隐住呼吸,奕子轩被祁燕分散了注意力,应该察觉不到附近还会有人。只有趁他离开,她才能进那小屋一探究竟。

竹屋的窗上女子的投影已经消失,灯烛也暗了几分,但越往前走,越能清晰地看到庭院里的布局,万物凋零,枯叶残雪,晏倾君只觉得一片萧条,未多看一眼,便急急走向大门。

门是虚掩着的,晏倾君不欲耽误时间,一把推了进去。

温暖的气息扑面而来,昏黄的烛光更显得屋内暖意十足,晏倾君几乎以为自己在一个跨步间便由冬入夏,长睫上凝起水汽,入眼所见,躺在榻上的女子却是裹着厚重的裘衣,背对着她,听见动静也未转过身来。

晏倾君眯眼看着她的身形,心中刚刚平息的波澜犹如重新被狂风推起,一波波荡开。这个答案,她不知自己该以何表情,以何心态来面对。

可以肯定的是,只有榻上的女子在这里,此前的许多疑问才有了合理的解释。

譬如当初在祁国皇宫,奕子轩见到与"晏倾君"一模一样的自己,会轻易觉得晏卿是在骗他;譬如商阙明知"公主"的尸身会入皇陵,却无礼地要求她送出封静疏的尸身;譬如晏珣见过她的相貌之后,根本未曾试探过她是否是"晏倾君"。

只因为:"倾君公主"未死!

"封静疏?"晏倾君自觉时间不多,直入主题。

榻上女子的身子颤了颤,静谧的空气中,可以听到她猝然紊乱的呼吸声,可她并未起身,也未有回答晏倾君的趋势。

"你毁容了。"晏倾君瞥了一眼她的背影,淡淡地道,用的不是疑问的语气,而是肯定。

这竹屋完全是照着"晏倾君"的喜好做出来的,可以断定刚刚喂她喝药、追着祁燕离开的男

子是奕子轩。奕子轩悉心照料，晏倾云气急而去，只能说明旁人都将她当做了"晏倾君"。当日战场上她二人换了衣物，她在祁国能用"封静疏"的身份，因为无人见过真正的封静疏。但她封静疏要在东昭用"晏倾君"的身份，只有一种可能性——容颜尽毁。

她记得当初东昭对外宣称倾君公主的尸身面目全非……

面目全非的当然不可能是她晏倾君，只可能是眼前的封静疏，所以奕子轩才会将她当做"晏倾君"安置在这里。

"你不想看看我是谁？为何会知道你的身份？"晏倾君扬声问道。

榻上的女子终于有了动静，却仍是未转过身来，嘶哑着声音缓缓道："我的身份，公主拿去用便是，还来找我作甚？"

死气沉沉的语气使得晏倾君的眼皮跳了跳，最难对付的人，是连求生欲望都没有的人。可眼前之人，当真一点活下去的想法都没有？晏倾君轻轻一笑。

"我来，是帮封姑娘完成心愿。"晏倾君关上门，踏着轻缓的步子慢慢靠近封静疏："当然，是有条件的。"

"生无所恋，姑娘请回。"

封静疏的声音再不如初见时的空灵动人，而是粗陋沙哑，晏倾君猜测着，或许是大火所致？那她的脸，莫非是烧毁……

"封姑娘何必自欺欺人，若是生无所恋，我相信以姑娘的性子，必定早便了结了自己，不会苟延残喘至今。"晏倾君淡笑。当日封静疏既然有胆子自己扑向刀口，可见她并非贪生怕死之人，若心中没有执念，没道理如今毁了容貌哑了声音几乎被人禁锢在此，仍旧活着。她若想死，只需说一句自己不是"晏倾君"，绝不会有人拦她！

封静疏裹着厚重裘衣的身子，如同缠绕了千万银丝的茧，卧在榻上一动不动。

灯烛明明暗暗，静下来的竹屋内，竹香四溢，太过暖人的温度使得晏倾君的背上渗出汗渍来，她静立半晌，见封静疏仍无动静，看了看天色，不知祁燕可以拖延奕子轩多久。

"看来是我所猜有误，打扰姑娘了，告辞！"晏倾君沉声告辞，转身便要走。

封静疏却突然道："你要什么条件？"

晏倾君回头，巧然一笑："对封姑娘而言，小事一桩。"

晏倾君回到住处时，满身是雪，浑身僵冷。山路走到一半时突然下起鹅毛大雪，虽说这样使得住处的守卫退了大半，方便她躲闪回房，却也将她冻得够呛。

入了房她便脱下披风，换了身干净衣物，给自己倒了杯热茶暖手。想了想，祁燕回来定然也是这副落魄模样，便从柜子里拿出一套衣物替她备好。

待到日初东升时，祁燕才在晏倾君心急火燎的等待中回来。

"燕儿……"晏倾君一时心急，唤了她的本名，又觉得自己不该情绪外露，稳了稳心神，才淡淡地道："落霞，可有受伤？"

祁燕苍白着脸，一语不发。

以前晏倾君是不知奕子轩的武功到底有多厉害，可在祁国皇宫，她是亲眼见着他以绝对的优势杀了三名黑衣人的，况且，他还是晏卿的师弟，同出一门，晏卿可以手刃十二名夜行军，奕子轩恐怕也不会差到哪里去……

祁燕身上的雪入了房便开始融作水滴，随着她的裙裾，一路蔓延到桌边。晏倾君想过去扶她，祁燕却突然撑在木桌上，对着桌上的木盆"哇"地吐出一大口血来。

晏倾君心中一紧，祁燕却是淡淡地道："无碍，不用担心。"她一眼瞥到榻上晏倾君替她备好的衣物，眸子里闪过一片涟漪，快步过去拿着衣物便闪到了屏风后。

"此人的武功套路，与夜行军同属一宗。"祁燕冷淡的声音从屏风后传来。

晏倾君一愣，这个消息倒不太让她惊诧。毕竟她早便相信晏卿与那白子洲族长脱不开关系，说不定就是白炼的孙子白玄景的儿子，奕子轩又是他师弟，武功承自夜行军也不足以为奇了。

"若非他中途想到自己可能中了调虎离山之计，心急岔气，我未必能顺利回来。"祁燕继续道。

晏倾君微蹙眉头，轻声道："稍后你莫要随我上山了，在此好好养伤。"

"那……"

"如今我已是举国皆知的太子妃，谁还能明目张胆地取我性命不成？且迎阳寺是皇家寺院，守卫森严，其中不乏高手。你若负伤随我前去，让人看出破绽反倒生疑。"

"那好。"祁燕刚好换了衣物从屏风内出来，到了榻边便无力地躺下："你自己保重。"

晏倾君从袖间拿出一瓶药："这是伤药，你用来试试看。"

匕首，画卷，人皮面具，各种伤药，各类毒药，临别祁国之前，晏卿倒是替她考虑得周全，只是，不知他何时会回东昭来，向她讨回"好处"？

冬日雪后的阳光，透亮得刺眼。雪地里折射出的莹润光芒更让人不由得眯起双眼，一行三辆马车，在车轮辘辘中缓缓上山，在雪地里留下细长的印迹。

沐浴，跪拜，念佛，一切皆在皇后的主持下有条不紊地进行，只差最后一日，太子妃在朝阳初升的时候面朝雪海中一尊巨石佛像跪拜，诵经，接受第一道阳光的洗礼，礼成之后一众人等马上回宫。

是夜，星月无光，唯有大片白雪在夜色中散发出幽幽荧光。

晏倾君推开窗，任由寒风吹入房内，打了个喷嚏。

"奕公子，可算是来了，再不来，静疏也不等了。"晏倾君又打了个喷嚏，看向几乎在眨眼间推门而入的奕子轩。

奕子轩面无表情地睨了她一眼，还未说话，晏倾君接着道："无须问我，昨日把你引开的，的确是我身边的丫鬟。至于奕公子的'竹屋藏娇'，静疏也的确是一个不小心发现了。"

当初在船上他派来的那批人被祁燕打了回去，他自是知晓她身边有个武功高强的丫鬟，昨夜再与祁燕交手，探出武功套路，也便能猜出来者就是自己身边那个丫鬟了。这件事，她瞒不住也不打算瞒。

"他让你们过来，目的。"奕子轩冷眼扫过晏倾君戴着人皮面具的脸。

晏倾君不解道："他？奕公子说的哪个他？静疏不太明白。"

"真正的封静疏早便不在人世了吧？否则怎么可能……"

"与倾君公主长得一模一样？"晏倾君接过话，低笑道："这个嘛……你去问那个'他'便是，静疏可是什么都不知道。"

看来奕子轩认为她是晏卿找来代替"封静疏"，安插在东昭的一枚棋子，还特地找了名与"晏倾君"长相相似的女子。既然他这么认为，她顺水推舟便是。

奕子轩凝视晏倾君，眸中闪过一抹戒备的怀疑。晏倾君又笑道："奕公子若是想要杀人灭口，可要慎重。静疏的那个丫鬟就在山下，若是我无法平安回去，那……奕公子觉得，凭她的身手，可否多找一条性命来给静疏陪葬？比如那竹屋里的……"

奕子轩眸中浮起怒气，冷声道："那还请太子妃注意言行，莫要做出什么出格之事，否则……"

"奕公子放心。"晏倾君关上在寒风中瑟瑟发抖的纸窗，回头轻笑道："其实，静疏是想帮公子一把的。"

奕子轩狐疑地扫了她一眼。

"静疏精通一些常人不会的本事，想必奕公子也有所耳闻。"晏倾君淡笑着看入奕子轩的眼里，缓缓道："听闻倾君公主回国之后便由公子安排在山脚处，悉心照料，想必公子对她是关心得很……可惜她不仅容颜尽毁，而且自闭心门，半年来一语不发。但是，昨夜她对我讲了讲她是如何到的战场……"

　　"你想说什吗？"奕子轩冷然地盯着晏倾君，打断她的话。

　　晏倾君捂嘴一笑，扬眉道："奕公子可想有朝一日，倾君公主恢复成原来那个晏倾君？"

　　奕子轩的长睫一颤，暗淡的眸子里突然亮起点点星光，闪烁起伏，却仍是沉默不语。

　　晏倾君漫不经心地悠悠道："听公主说，出征和亲前曾有人千里迢迢赶回都城为她庆生，且给了她误认为意在'求亲'的信物，结果呀……"

　　"你想要什吗？"奕子轩再次打断晏倾君的话，微微闭眼，淡淡问道。

　　晏倾君笑："对奕公子而言，小事一桩。"

　　迎阳寺一行，因为风雪阻路，耗时大半个月。太子妃还因为途中受寒，回了太子府便一病不起。倾云公主与太子妃相处甚欢，见她身体有恙，不时出宫探望。

　　这日晏倾云又来拉着晏倾君讲了半日的"梯己"话，不经意间提到她与奕子轩的"青梅竹马"，抓着晏倾君的手泪眼蒙眬地道："嫂嫂，你是知道子轩在守孝故而未能按时娶我，可外面不晓真相不明事理的人定然会取笑倾云，还以为……以为……"

　　"公主何必在乎他人看法？真相如何你心中有数便是。"晏倾君强忍住听到"真相"的不适，温柔地拿着帕子替晏倾云擦干眼泪。

　　"这些道理倾云也明白，只是苦于无人倾诉心中苦闷，如今见到嫂嫂这般亲切，才忍不住多说了几句……"

　　晏倾君扫过她微红的双眼，大半年不见，晏倾云的演技还真是进步不少啊，凭着她清高的性子，就算太子妃比她亲娘还亲切，恐怕也不会主动接近，她这么不遗余力地套近乎，恐怕是奕子轩授意的吧……

　　"嫂嫂，我看你这些日子都闷在房中，不若随我出去走走？不会太远，就送我回宫便可。"果然，晏倾云将话锋一转，便到了重点。

　　晏倾君正愁着没借口出去呢，她这么一说，当然是求之不得，但表面上，还是意思意思地犹豫了一下。

"嫂嫂放心，下午过来时我碰到太子哥哥，已经与他说过了。"晏倾云又添上一句。

晏倾君展眉一笑："这几日我的确是闷得慌，难为公主替我想得这么周到……"

"公主……"

这次出声的是静候在一边的祁燕，她给了晏倾君一个"小心"的眼色，犹犹豫豫道："公主大病初愈，出门受了寒风恐怕不好。"

"那你便在府上泡好参茶等着太子妃回来便是。"晏倾云略有不满地瞥了一眼祁燕，转而面向晏倾君，又是笑颜如花："嫂嫂莫要太随着下人，主子想做什么，哪里轮得上一个奴才来管教的？"

"落霞，既然公主如此说了，今日你就留在太子府吧，我去去就回。"

祁燕未料到晏倾君会顺着晏倾云的话说，微微蹙眉，她若不随着晏倾君走，那安全问题……

晏倾云喜上眉梢，瞪了一眼祁燕便拉着晏倾君走了。

直至上了马车，二人单独相处，晏倾云拉过晏倾君的手又要开始说些"梯己话"，晏倾君身子略动，与晏倾云靠得更近，先声夺人。

"公主，有些话，静疏不知该不该与你说……"

也让她得瑟好几天了，捡个时机打击打击她才是正道。

晏倾云果然好奇道："嫂嫂有什么话直说便是。"

晏倾君垂下眼睑，故作犹豫，扭捏了一番才缓缓开口："公主在宫中，有些事情必是入不了耳。静疏在太子府，偶尔也能听见下人嚼点舌根。听闻……好像……说奕公子接了一名女子回府上，百般殷情，日日流连后院……还搜集了民间的各种小玩意，只为讨那女子欢心……"

晏倾云一听，果然变了脸色，晏倾君忙道："这些也是静疏不经意听来的而已，公主莫要恼怒。公主与奕公子青梅竹马感情甚深，这传闻定然是假的。"

晏倾云忍了又忍，才勉强扯出一抹笑容来："其实这事倾云也略有耳闻，只是子轩向来善良多情，是见那女子孤苦无依才会接到后院照料的吧。"

"公主莫要嫌弃静疏多管闲事……"晏倾君反握住晏倾云的手，殷切道："静疏也是为公主担忧，那女子青纱掩面，下人们都说恐怕是貌似天仙，才把奕公子的魂魄给勾了去，公主还是多少放些在心上。"

"貌似天仙？"晏倾云嘴角的笑容抽了抽，眼神一凝，突然怒道："哼！丑八怪！还想跟我争子轩！"

晏倾君惊吓道："公主……"

晏倾云马上意识到自己的失态，正尴尬间，马车外的宫人称已到宫门。一时之间，晏倾云也不知是要摆出笑脸来好生告别，还是依着脾气暴怒而去，脸上的表情很是精彩。

晏倾君心里乐着，还是摆出大家闺秀的模样，劝着晏倾云道："公主莫要着急，奕公子重情重义，哪会轻易抛弃青梅竹马的公主？"

这话一出，晏倾云心中更是恼怒，草草地应了声便转身走了，连最初允诺留下人来送晏倾君回去的话都忘记，带着下人走得干干净净。

晏倾君看着她气急而去的背影，不由得嘴角高扬。

"不知何事让太子妃如此舒心？"耳边突然响起冷幽幽的声音。

晏倾君顺了顺心气，回头笑道："当然是奕公子能守约相见，还特地为了静疏麻烦倾云公主带我出太子府。"

奕子轩撇过脸，不看她。

"天色已沉，奕公子瞧着，现下是行动的时候了吗？"晏倾君看了看已经没入地平线的夕阳，微微一笑。

第十五章
毁容

　　"奕子轩……我……"我才是晏倾君!
　　后面几个字,我却无论如何都说不出口,嗓子
像是被烈火焚烧,疼痛得连发出呜咽声都是奢侈,
身子更是一动都不能,只能看着奕子轩冰冷的长剑
贴近自己的脸颊。

——晏倾君

　　早在挽月夫人过世那一年，皇宫内的禁卫军就由奕家来管，因此宫内守卫的分布、当值时间，奕子轩是最清楚不过，也正因如此，从前他才能经常偷偷入宫来见晏倾君。

　　晏倾君以"绍风公主"的身份回到皇宫时，殿内殿外都驻满了人，加之担心晏玺对她疑心不散，她未敢轻举妄动，今日有了奕子轩便不一样了。

　　"御医院。"

　　晏倾君简单明了地说了目的地，奕子轩怀疑地扫了她一眼，未多犹豫便带着她向那边走去。

　　"奕公子可否快些？"晏倾君略有不满，好不容易进宫，她可不是来散步的："回去晚了静疏可不好跟太子殿下交代。"

　　奕子轩的脚步却越发慢了起来，还有停滞之势。晏倾君瞥眼一看，二人正经过的地方，是白淑殿。

　　夜幕下的白淑殿一成不变，甚至连站在殿前的两个人都不曾改变，只除了已然枯萎的蔷薇花丛。

　　晏倾君一声冷笑控制不住地出了声，奕子轩浑身的气息蓦地一冷，回头冷睨着她。

　　"静疏可是从倾君公主那里得知不少她的往事？这白淑殿……"晏倾君收住话头，笑容莫测，一手抚上面颊，一面别有用心地看着奕子轩道："要不，静疏撕下这人皮面具来，让奕公子好好怀旧一番？"

　　晏倾君说着，身子已经向奕子轩靠近，两只手欲要攀上他的双肩。奕子轩脸上的怒气显而易见，猛地推开她，冷声道："还请太子妃自重！"

"那是否请奕公子先自重？"晏倾君反问："若是奕公子想借拖延时间来让静疏放弃此行的目的，还请奕公子想想倾君公主的病情！"

奕子轩凝视一脸傲然的晏倾君，隐隐浮现的怒气渐渐沉溺，融在深不见底的黑眸中，平声道："那请太子妃先说出此行目的，是想见人？还是找物？"

晏倾君顿了顿，答道："找物。"

"在下带着太子妃的确行动不便，还请太子妃说出所寻何物，在下必定取来。"奕子轩沉声道。

若是能让他知道，便无须她亲自入宫了！

晏倾君状似无意地扫了一眼奕子轩，见他脸上神情坚定，再想到他一直认为自己是晏卿的人，恐怕担心她会在皇宫内闹出什么乱子来，今夜的如意算盘，怕是打不响了……

好在她还留了一手……

晏倾君微微一笑，轻声道："奕公子若是不放心，由你亲自去拿也不错。其实静疏在祁国皇宫内无所事事时便喜欢研究些医书，望着哪日也能救死扶伤，为民造福，因此知道东昭皇宫内御医院的典藏甚为珍贵，若是有缘一饱眼福，当受益匪浅。"

"你想要医书？"

"不不，医书乃御医院御医一生心血，或许……还有些不能让外人得知的秘密……"晏倾君"呵呵"地笑了两声，比如什么毒药什么解药的，医书不是可以随便给人看的。

"静疏只是想看看医册。"

所谓医册，乃御医院御医出诊开方的记录。

奕子轩眼底又蒙上一层疑色，晏倾君笑道："既无缘窥得东昭医术的精髓，静疏只是想通过那些方子……望梅止渴罢了……"

奕子轩自是不信，她以阿倾为利诱，让自己带他入宫，会是那么简单地只要几本医册？那医册要来又有何用？

"奕公子无须怀疑，那几本已经成为历史的医册，奕公子认为，我还能有何用处？"

无用。

就是无用才更让人怀疑。

奕子轩似在沉思，没有回答晏倾君的话。

"奕公子莫要忘了，此前已经答应过静疏！"晏倾君正色道。

几本医册，的确不可能有什么用处……

奕子轩不再犹豫，低声道："那请太子妃在此处稍等片刻，在下去去就回。"

晏倾君看着他离开的背影，面上的笑容也随之消散。

白淑殿显然已经成了一座废弃的宫殿，虽然殿前的灯笼依旧亮红，殿门纤尘不染，殿前枯萎的蔷薇花丛也会在明年春日重新发出新芽，但是少了挽月夫人、少了倾君公主的白淑殿，再不复往日光景。

故人重逢，故地重游，晏倾君摸了摸平静无澜的心口，不得不承认，倾君公主，当真不在了。

太子妃带着"倾云公主所赠的十几本书册"回到太子府时，夜色已沉，晏珣在厅内等得几乎要暴怒。

"最好给本太子注意一下你的身份！还有……你那张见不得人的脸！"

晏倾君形式上地解释了自己晚归的原因和晏珣形式上地表示谅解之后，晏珣在她耳边撂下这么一句话便甩袖离开。

晏倾君自嘲地笑了笑，转身回房，身后的下人将那十几本"书"也搬了过去。她前脚将下人们打发掉，后脚祁燕便沾了一身露水地推门而入。

"落霞……"晏倾君有些不解："这么晚你去哪里了？"

祁燕未语，眼神在桌上的十几本"书册"上停留一瞬，低声道："你回来了。我去打水替你梳洗。"

晏倾君一手拉住她："你……去找我了？"

祁燕敛目，点了点头便出门。

晏倾君愣了愣，入夜寒凉的心口不知为何泛起阵阵暖流，连带着整个房间都突然温暖起来。

"落霞，帮我做件事。"

祁燕端着热气腾腾的水盆进来时，透过氤氲的水汽，正好看到晏倾君巧然微笑的脸。

东昭都城的冬日，向来不少风雪，可这个冬日，却是格外多，而雪后尽管是阳光灿烂，也依旧阴冷。

晏珣才刚出太子府，便看到一片晶莹的雪白里，淡蓝色衣衫的男子小心翼翼地牵着一名女子，缓步向着自己走来。待他看清那两人的身形相貌，不知是惊是喜，瞠目结舌地愣在了原地。

缓步而来的，正是奕子轩，而被他小心牵着的女子，却是蒙面的"晏倾君"。

自从"晏倾君"重伤归来，晏珣建府以来，奕子轩从未主动来过哪怕是一次。而"晏倾君"，更是将自己关在房内，从不主动踏出一步，也不发一言。

今日，这两人竟然同时上了他的太子府！

"太子哥哥，许久不见，甚是想念。"率先开口的是"晏倾君"，她嘶哑的嗓音不堪入耳，飘在冰冷的雪地里显得尤为残破。

晏珣整个人愣住，突然有点尴尬，面对因为自己的算计而毁容失声的妹妹，不知该如何自处。

奕子轩上前一步，替她拢了拢披风，晏珣这才恍然大悟，忙道："天冷，快进屋来。"

一行人穿过大院，到了厅内，坐下喝了几口茶后又是一阵沉默。奕子轩面色不佳，且若有所思："晏倾君"低眉顺眼，似不打算说话，而晏珣有些茫然，不知这二人突然到来所为何事，又想到当初三人同聚时打打闹闹的场景，一时也不知如何开口。

"太子殿下，子轩有些事情想与太子殿下商量，可否移步书房？"奕子轩站起身，打破了僵局。

他们二人离开，那倾君呢？晏珣不由得看向"晏倾君"。

"阿倾曾经与太子妃有一面之缘，且二人见面后颇为投机，因此特地随我前来，再见太子妃一面。"奕子轩继续道。

倾君居然见过封静疏？

晏珣的面色白了白，随即笑着命人将"晏倾君"带到太子妃所在的清轩阁，自己则与奕子轩去了书房。

"太子妃是否秀色可餐？"一入门奕子轩便讯诮道。

晏珣也打算把话跟他挑明了说，直接问道："你早便知道她长那个模样可对？她与倾君如何认识？倾君为何要见她？她又为何会与倾君长得……长得……"

"长得一模一样。"奕子轩接住了下面的话，抬眸淡淡地看着晏珣："太子殿下，现在不是追究原因的时候。"

"那该如何？"晏珣习惯性地问奕子轩。

在他二人闹翻之前，许多事情虽然经他的手来管，可拿出好主意的，始终是奕子轩。他曾经

以为奕家必然会是自己的死忠，哪知……棋错一着，竟会闹到这个地步！

"无论如何，她现在已经是太子妃，而且……若我所猜不错，还是遵着你的命令易容的太子妃吧？"奕子轩的问话里带了淡淡的嘲讽。

晏珣听得出来，虽有恼怒，却忍而不发，点了点头。

"太子殿下认为，她的脸可以遮一辈子？"奕子轩轻笑道："还是认为，哪日东窗事发，太子妃会将您亲自下令让她隐瞒容貌的事情端住？"

晏珣气闷，郁郁道："我知道她那张脸对我的影响，让她易容也是情急之中的下下之策，现在她风光正盛，不好下手……你既然来找我说起此事，便是有了应对之法，何不说来听听？"

"事到如今，我为何还要帮你？"奕子轩嗤笑，看着晏珣的眼里带着冷意。

晏珣噎住，顿了顿，沉声道："你想要什么，直说便是。"

清轩阁内，晏倾君微微皱眉："我既然许诺会让你与商阙见一面，便绝不会食言。姑娘可知这样来找我一次，可能会坏我大计？"

封静疏已经摘下面纱，残破的面容甚是可怕，沉默了半晌才道："公主心思巧妙，静疏带来的麻烦，想必公主能找到方法化解。也是相信公主的能力，静疏才会答应公主的提议，随奕公子下山。可现在……"

封静疏顿住，晏倾君笑道："莫非是姑娘被奕子轩的真情打动，决定不见商阙了？"

"不是！"封静疏断然回答，又轻声道："这几日，奕公子一直说要医好我，然后送我去世外桃源之地安度余生……"

医好？晏倾君不由得又扫了一眼封静疏满是疤痕的脸，这样的脸想要医好，天方夜谭！

"我只是担心，公主若动作慢了……奕公子若看清我的脸……即便他不会杀我，届时我若已经离开……"封静疏说得有些犹豫，带着浓郁的不舍。

那不舍当然是对商阙的。晏倾君叹气，虽然无法明白她为何还惦念着杀她生父又弃她于东昭不顾的男子，却也明白人、事不同，想法也会不同，没有必要强求别人认同自己的观点。

"姑娘放心，奕子轩总不能在三日内医好你的脸吧？"晏倾君轻笑道："不出三日，我便让你出奕家。"

封静疏抬头，带着希冀地等着她的后话。

"但是见商阙一事，不是我能确定的。我只能确定，会在你离开……或者你死之前，让你见他一面，这也是当初我对你的承诺。"晏倾君凝望封静疏，目光坦荡。

封静疏微微一笑，点头道："公主如此说来静疏便放心了。我也只要在死之前见他一面便可。"

封静疏走后，祁燕从屏风后出来，淡淡地扫了一眼她的背影便关上门，不解地问晏倾君："我不太明白你的意图。"

"其实我也没什么太明确的目的。"晏倾君给自己倒了杯茶，浅饮了两口，笑看向祁燕，轻飘飘道："只是啊，三日后，这东昭皇宫就要乱了！"

三日时间很快便过了两日，祁燕不喜多问的性子，也因为晏倾君奇怪的举动在晚膳后忍不住问了一句："你懂医吗？"

"不懂。"晏倾君只是稍稍抬了下眼皮，便继续看她手中的医册。

祁燕面上的不解更加浓重。那十几本"书"刚刚被拿回来时，她真以为是普通的书册而已，那时晏倾君便孜孜不倦地看了好几日，后来无意中发现竟是宫中医册……

两日前晏倾君说三日后皇宫会乱，可这两日风平浪静，她更是一直待在房内大门不出二门不迈，她既不懂医，看这医册有何用？

"公主，该歇息了。"

祁燕唤了一声，晏倾君马上反应过来，无外人在时，祁燕是不会唤自己"公主"的。她收好医册，理了理衣物，晏珣正好推开房门。

随着晏珣入门的，除了屋外的寒气，还有他一身刺鼻的酒味。晏倾君恭敬地俯身行个礼，悄然抬眼扫过晏珣，见他面色通红，眼神迷离，对上她的双眼便跟跄着走了过来。

"呵呵……太子妃……"晏珣一手扣住晏倾君的手腕，直直地盯着她，一双眼在她脸上来回打转，笑道："我的太子妃……真是美艳动人啊……"

说着，另一只手扯住晏倾君胸前的衣襟，用力一拉，锦服"嘶啦"一声裂开。

"太子妃入府许久，为夫还未尽过责，真是冷落美人了……"晏珣仍是笑着，扣住晏倾君手腕的力量只增不减，将她往榻边拉扯。

祁燕一见形势不对，欲上前拦住晏珣，被晏倾君一个眼神阻住。

"殿下莫急，待静疏来好好服侍殿下。"晏倾君顺势俯在晏珣怀中，柔声道："殿下先喝杯茶水解解酒气。"

祁燕递上一杯茶水，晏倾君接过，送到晏珣嘴边，晏珣却怔了怔，并未喝下。

"大胆奴婢！本太子何时准你在这里碍事？给我退下！"晏珣仍是没有喝茶，却是对着祁燕大喝起来。

晏倾君微微一笑，又给祁燕丢了个眼色，祁燕便服顺地退下。

"我的太子妃……为夫可没醉，无须解酒……"晏珣笑眯眯地接下晏倾君手里的茶杯，直接砸在地上，倾身便吻了下来。

"殿下稍等。"晏倾君羞红着脸避开，恬然开口道："殿下，这人皮面具戴得时间久了，极为不适，睡前……必须取下来。"

晏珣眯着眼又将她的脸瞧了几遍，放开手，自己坐在榻边，含笑应允。

晏倾君徐步走到梳妆台边，慢条斯理地洁面，取下人皮面具，回首，对着晏珣拉开一个灿烂的笑容，柔声道："殿下来帮静疏理发可好？"

晏珣蹒跚着过去，一个个地取下她发间的簪子，眼神却不受控制地在铜镜内晏倾君的面容上停留。

"殿下，前日到府上来看我的那名奇怪女子，与我说了几句话，静疏不知该不该对太子讲。"晏倾君低下眉眼，不安地说道。

晏珣手上动作一滞，面上微醉的神情却未变，笑道："讲就是，为夫不怪你。"

晏倾君为难道："那女子……那女子好像知道我是易容，而且，说我与……与倾君公主的模样极为相似……"

晏珣拿起木梳，开始替晏倾君梳发。

"殿下，静疏终于明白为何新婚当夜殿下会是那般反应……"晏倾君惋惜地叹了口气，在铜镜中看入晏珣的眼，哀声道："殿下与倾君公主自小亲近，静疏自有耳闻，如今……唉，还请殿下节哀。静疏自是比不上倾君公主，但是必定会与倾君公主一样，追随殿下左右，好好地服侍殿下……"

晏倾君说着，转身握住晏珣的手，含情脉脉地看着他。晏珣倒像是被她那双手烫到了一样，猛地抽开。晏倾君一愣，惊愕道："殿下……莫非是静疏哪里说错了……"

晏珣挤出几分笑来："没有。是我乏了，我们早些休息可好？"

"殿下可否讲讲您与倾君公主的往事？"晏倾君坐回梳妆台前，好奇道："静疏在祁国时便听得不少关于这位公主的事迹，不知她与传闻中的可有出入……"

晏珣拿着木梳的手慢慢变紧，眼神游移到远方，好似陷入他与倾君公主的回忆中。

"呀！"晏倾君突然一声惊呼，回头，皱眉看着晏珣："不小心打翻了胭脂膏。"

晏珣的身子突然一颤，愣在了原地。

晏倾君忙回头一边收拾一边道："都是静疏大意，莫要扫了殿下兴致才是。"

说着便转身，羞红着脸开始替晏珣宽衣解带，动作轻柔，整个身子慢慢地靠了过去。晏珣却是一把推开她，死死地盯着她的脸。晏倾君惊恐地摸上面颊，左手在眼角处擦下一片殷红，懊恼道："应该是刚刚的胭脂膏不小心沾到眼角上了，殿下……"

未等晏倾君的话说完，晏珣猛地推开晏倾君，砸下手里的木梳，夺门而去。

晏倾君面上的惊慌懊恼在晏珣离去后化作冷然的笑意，装作醉酒用圆房来试探她？比演戏，他晏珣还嫩着呢。

第二日，晏珣像什么事情都未发生过似的，一大早便到清轩阁，称皇上身体好转，带着晏倾君入宫请安。晏玺龙颜大悦，当即留了新婚二人在昭华宫，并传了还未及笄的两名小公主及倾云公主共用晚膳。

晏倾君从入了昭华宫便谨言慎行，本以为最多半个时辰便可离开，哪知晏玺突然说要一起用膳。晏珣自是高兴，晏倾君却是暗暗叫苦，唯恐自己一个不慎露出破绽来。

晏玺今日的确是高兴，面上是未曾露出过的和颜悦色，声音也比往日洪亮许多，笑着命宫人搬来圆桌，带着两名小公主围坐在圆桌边。

晏倾君看了看满桌的宫廷佳肴，团团圆圆的木桌，桌边和乐欢笑的人，突然想起，母亲过世之前，晏玺也是时常抱着她与母亲在一张圆桌上吃饭。

"疏儿的身体可有好些？"晏玺笑看向封静疏，幽黑的眸子里带着若有似无的暗芒。

晏倾君压低了声音，微笑颔首："回父皇，好多了。"

"是朕疏忽了。珣儿，稍后让钱御医随你回府，替疏儿把把脉。"晏玺面露慈色，笑吟吟地道。

钱御医是御医院的首席御医，从来只给帝后看脉。

晏珣忙道："疏儿刚到东昭，身子略有不适也属正常，父皇莫要忧心。"

晏玺略带深意地瞥了一眼晏珣，再看向晏倾君，缓缓道："疏儿此前还说自己患过失忆之症，刚好让钱御医一并看看。"

"嫂嫂还有过失忆之症？"晏倾云惊诧道："难怪平日里少言少语，看来倾云与嫂嫂多讲些

话是对的。"

"静疏的身子已然大好，让父皇忧心，妹妹忧心了。"晏倾君浅笑着，贤淑的太子妃模样。

晏珣狐疑地瞥了她一眼，晏玺突然道："失忆之症……也好了？"

晏倾君暗道果然如此，软声道："回父皇，那部分记忆并未影响静疏如今的生活，因此静疏并未刻意去记起，想来……静疏之所以会忘，那些前尘往事，定然是有不愿记起的，那便……就此忘了吧。"

晏玺扬了扬花白的眉毛，眸光依旧深邃，微微颔首，随即转眸看向晏珣："珣儿，朕身子大好，邀了商洛的睿王前来品酒，三日后便会抵达都城，你亲自去城外迎他如何？"

"儿臣求之不得。"晏珣连忙答道。

晏倾君心中一动，这是第一次……她精准地算到了晏玺的动作。

她以"封静疏"的身份第一次入宫时，晏玺召见她，逼问她何处得到逆天刀，她以失忆搪塞，随即又称对商阙稍有印象。

晏玺想知道她到底从何处得来逆天刀，当然会想办法让她恢复记忆，她既然对商阙有点印象，便要将商阙送到她眼前，好唤起她的记忆。

便是算到这一点，晏倾君才敢在封静疏面前许诺能让她见商阙一面。

"嫂嫂，倾云见嫂嫂生病以来消瘦了许多，特地嘱人做了几套衣裳，待会随倾云去栖云殿看看可好？"

晏倾君正在思酌间，晏倾云突然抓住晏倾君的手笑道。

倾云公主嘛，晏倾君向来是避之唯恐不及，可她现在是"封静疏"，而且是贤良淑德的"太子妃"，又当着晏玺的面，怎么会拒绝妹妹的一番好意？

她笑着点头，晏珣接话道："那我待会策马回去，留下马车给你。"

晏倾君没有拒绝的理由，仍是笑着点头。

晚膳过后，晏倾君百般不愿地随着晏倾云到了栖云殿，敷衍地拿了几套衣裳，再出来时天已擦黑。

冬日的寒风，一阵接着一阵地袭来，又是夜间，晏倾君更是觉得冷了。入宫前晏珣让祁燕留在马车内，此刻她身后跟了两名栖云殿的宫女送她出宫。

今夜的东昭皇宫格外阴凉，星月无光，寒风阵阵，连人的气息都淡了许多。晏倾君紧了紧披风，心头突然蹿起不安来。

昨夜晏珣还在醉酒试探她，今早就带她来皇宫，还有意无意地将祁燕留在马车内？晏倾云偏偏今日说送她衣物，晏珣匆匆离去，使她落单……

这么一想，晏倾君越发觉得不对劲，她身无武功，只身一人不是任何人的对手……唯有加快步子，早些出宫为妙。

"娘娘，出了这个宫门便是了，奴婢们只能送到此处。"

晏倾君身后的宫女屈膝行礼。晏倾君忙回头笑着，柔声道："你们回去吧。"

"奴婢们目送娘娘出宫。"两名宫女齐声回答。

晏倾君不多说什么，尽快出了东直门。

东直门两边皆有侍卫看守。皇宫内的守卫向来是奕家负责，晏倾君对他们亦不放心，好不容易提心吊胆地走了出来，见到前方太子府的马车，匆匆走过去，松了口气，一声"落霞"还未唤出口，颈间酸痛，眼前一黑，人事不知。

迷迷糊糊中，晏倾君闻到刺鼻的药味，夹杂着诡异的兰花香……

她第一时间意识到，这是在奕家！冬日还能嗅到兰花香，东昭内只有奕家能使得兰花在冬日盛开。她眨了眨眼，才在昏黄的烛光下找到一个人的身影，苍白的胡须，半面伤疤的脸，鹰般阴鸷的眸子，冷冰冰地盯着她。

"你取下东西之后，放在这药盆里，然后迅速带着她出去，三日后再过来。"那人开口说话，声音尖锐，虽说他盯着晏倾君，却显然不是在与她说话。

晏倾君全身虚软，极为费力地转动脑袋，才在左面看到另一个人的身影。

穿着兰花暗纹的淡蓝长袍的奕子轩。

"出剑要快，火速剥下，皮不滴血，才不会影响我的药效。"那人的声音继续，听起来格外阴凉。

晏倾君再眨了眨眼，看清房内的布局。简单的一桌两椅，桌上放了木盆，应该是那药味的来源，那白发苍苍的怪人就坐在木盆边，一边说话，一边往里面倒着什么。奕子轩站在她的左侧，面无表情地看着她。房间的最左侧有一张榻，榻上躺了一个人，晏倾君眯眼，衣着光鲜，容貌可怖，是封静疏。

"奕子轩……"晏倾君艰难地开口："你……背信弃义！"

当初她与封静疏的条件，她让封静疏见商阙一面，封静疏开口说话，假意顺从奕子轩。她再拿着这个条件与奕子轩做交易，她让"倾君公主"打开心结恢复正常，他则要带着她到皇宫走一趟，拿到她想要的物什。

当初为免奕子轩起疑，她想要的东西，只是拿了十几本医册而已，到如今这些医册都还没研究透彻，奕子轩居然认为她再无用处，要杀她……

不对！

不是杀她！

出剑要快，火速剥下，皮不滴血……

"这几日，奕公子一直说要医好我，然后送我去世外桃源之地安度余生……"

医好封静疏的脸……到东昭途中奕子轩派出的杀手……原来，是想用她的脸来换封静疏的脸吗？

"太子妃来历不明心思狡猾，又长着一张祸害东昭的脸……"奕子轩抽出腰侧的长剑，步步逼近晏倾君，微微笑道："子轩此举，免太子后顾之忧，免东昭后顾之忧，更可救太子妃一条性命……你只需闭眼，忍忍就是。"

"奕子轩……"晏倾君睁大了眼："我……"

我才是晏倾君！

后面几个字，晏倾君无论如何都说不出口，嗓子像是被烈火焚烧，疼痛得连发出呜咽声都是奢侈，身子更是一动都不能，只能看着奕子轩冰冷的长剑贴近自己的脸颊。

祁燕不可能想到她会在奕家，即便找来了，奕家守卫森严，她也不可能突围……晏珣巴不得她这张脸毁掉，与奕子轩联手将她推到如斯境地，不可能来救她……晏玺知道她这个女儿还活着，只会在乎她的存在会使得他之前声称"倾君公主"死在战场上的谎言被戳破……

她在东昭，孤立无援。

晏倾君突然笑起来，冷艳如怒放在夜色中的蔷薇花。

奕子轩注视着眼前的"封静疏"，看着那张取下人皮面具后与晏倾君相似的容颜相似的笑脸，有那么一瞬，突然觉得眼前的女子是如此熟悉，连眸子里的光，都与晏倾君曾经看着他时的一模一样。

但是，他的阿倾被他亲手推入地狱，毁了。

现在，他要把她拉回来。眼前这女子让她肯开口说话，让她愿意回到奕家，也必然可以让她的脸恢复到原来的模样。

只要他剥去她的面皮。

只要他剥去她与阿倾一模一样的面皮，鬼斧神医便能恢复阿倾的容貌，这是唯一的机会。

奕子轩举剑，逼近。

晏倾君睁大了眼，眼底的泪执拗地不肯流下来，因为惧怕而哭？她晏倾君不该如此胆小。因为眼前的男子而哭？从头到尾，不值得！

银白的长剑在昏黄的烛光下挽出漂亮的剑花，在晏倾君眼前闪过，随即，由额头到下颚，冰冷入侵。

第十六章
太子哥哥

太子哥哥，你害了妹妹几次？该拿什么来
还呢？

——晏倾君

　　晏倾君几乎是本能地闭眼，沿着发际线的半边脸是冰冷的刺疼，但接下来，预料中剥皮撕骨的疼痛并未到来，而是听到"叮"的一声，冰凉锐利的剑尖离开脸颊。

　　"老徒弟，到了东昭来，居然不通知为师一声。不通知为师便罢了……"静谧的屋内响起略略扬起的圆润声音，带着揶揄的笑意，随即音调一转，带着冷意地低笑："居然敢动为师的人？"

　　晏倾君如同沉溺在深水里的心猛地透了一口气，冰冷的心尖蓦然被那熟悉的语调温软地触到。她睁眼，不敢相信地看着眼前的人。

　　晏卿。

　　仍是一身墨绿色的长袍，如同水草一般在夜色中游弋，俊朗的脸轮廓分明，眸子里依旧是温煦的笑。尽管隔着一层破碎的纸窗，只是在他刚刚打破的缝隙里见到他的身形，晏倾君仍是清楚地看着他仿佛从天而降，随风而来，踏月而至。

　　本来坐在桌边满面阴沉的"鬼斧神医"面上大惊，张大了嘴巴，忙站起身，拍了拍两手，咕哝道："我……我先走了！跟你师兄说……说他看错人了！我可没到东昭来！"

　　那人说着，匆忙收拾好药箱，连蹦带跳地从正门跑了。而晏卿刚好破窗而入，奕子轩冷睨着他，扔下手里的断剑。

　　"师弟你若看中这张脸，师兄下次多送几张来。"屋内药味太重，晏卿嫌弃地拿手扇了扇，迅速地抱起瘫坐在地上的晏倾君："我的人师弟还是少动为妙，否则……小心悔不当初。"

　　晏卿动作虽快，语调里仍是慵懒的笑意，抱起晏倾君便离开小屋，消失在夜色中。

晏倾君窝在晏卿怀里，又嗅到熟悉的淡淡墨香，紧绷的神经猝然放松，双手却是紧紧地反抱住温暖的身子，双眼蹭过晏卿的胸口，擦去刚刚强忍着不曾流出的眼泪。

抱着她的人，尽管身份成谜，目的不明，尽管从一开始与她就是互相利用，或许哪一日便分道扬镳反目为敌，尽管狡猾成性、卑鄙无耻下流还无赖，可比起那些口口声声爱她却无时无刻不在伤害她、虚情假意道貌岸然的"君子"要安全得多。

"真没用。"晏卿讥诮。

晏倾君一手抓住晏卿的手臂，用尽全身剩下的力气掐了下去，这次他未再变作透明飘然远去。

"无良！"晏卿吃痛，低骂了一句，不客气地将晏倾君扔在一棵树下。晏倾君靠在树干上突然笑了起来，一面擦掉眼泪一面笑着看晏卿，笑容是甚为少见的干净，双眼更是从未有过的透亮："你会疼？看来不是做梦。"

晏卿的嘴角抽了抽，斜睨着她，扬眉道："这次哥哥我可是特地从祁国赶过来救你，你说，你该拿什么回报我？"

"咦？我可以说话了！"晏倾君猛然回神，发现自己可以出声了。

晏卿鄙夷地扫了一眼她的兴奋模样，叹了口气，无奈地摇头道："回了东昭，染了东昭的傻气。"

"你给我用过解药了？"晏倾君虽是可以说话，却发现身上仍是无力。晏卿继续无奈道："那药并非毒，过了时辰药效自然便散了。身上的软骨散，还需半个时辰方才好。"

晏卿说着，到晏倾君身边坐下，捡了根树枝无趣地挑拨地上的积雪。

冬日雪后，入眼处尽是一片雪白，刚刚晏卿走过的雪地里，留下一串整齐的足迹。晏倾君坐在雪地上，觉得有些冷，晏卿身上倒是暖和，便往他那边靠了靠。

晏卿无视晏倾君的友好举动，往旁边挪了挪，晏倾君不甘心地再靠过去，晏卿又挪了挪。

"哥哥……"晏倾君突然一声叫唤，柔肠百转，她扯了扯晏卿的袖角，可怜兮兮地道："妹妹知道错了，这次定然吸取教训。"

晏卿转眸看她，微肿的双眼通红的鼻子，眼角还有残余的泪渍。他轻笑："哦？哪里错了？"

"不该自以为是，不该急功近利，不该自大轻敌。"晏倾君诚恳而严肃地答道。明知奕子轩对她有杀意，却仗着自己真实的"晏倾君"身份不放在眼里，却不知也有"有口难言"的时候。明知太过刺激晏珣，会让他怀疑自己的身份，却仗着计划顺利，任由他疑心陡生，到了要除她以免

后患的地步，却不知计划一日未真正开始，便有无数的横生枝节。自以为是地认为晏珣与奕子轩二人同样骄傲的性子，不会再与对方合作。急功近利地达到自己目的的同时，使自己失去了对奕子轩的利用价值。自大轻敌地认为晏倾云不会是她的对手。

于是，今夜她险些被奕子轩剥了脸皮送了半条命，倘若晏卿未及时赶到，她即便是送命也怪不得别人。

这些错误她必须承认。但，错不可怕，失败亦不可怕，即便是今日当真被人毁了容貌，也不可怕。只要她认识到自己的错，明白失败的原因，吸取今日的教训，那便是成长。

挽月夫人不止一次地对她说，最可怕的不是一次又一次地跌倒，而是跌倒之后再也爬不起来。

"好妹妹，你还太小……"晏卿一手抚上晏倾君发际线上凝固的伤口，指尖带了温润的春水一般，使得晏倾君脸上凝固的鲜血渐渐融开，连疼痛也淡去许多。

晏倾君讨好地笑着，蹭了过去，道："莫非……哥哥你是千年老妖？那阴阳怪气的老大夫为何会是你的徒弟？"

"他？"晏卿摸了摸鼻子，笑得狡猾："他与我打赌，输了，就是我徒弟了。"

"什么赌？"晏倾君好奇道。要知道，能有"换脸"的医术，这五国间恐怕只有那位行踪不定性子诡异的"鬼斧神医"，而他居然甘愿拜晏卿为师，着实让她好奇。

"想知道？"晏卿又挂起招牌笑容。

晏倾君正想点头，想到数次都被他戏弄，睨了他一眼，淡淡地道："说不说随你，反正我也得不到什么好处。"

"不如我们也来打个赌？"晏卿突然贴近晏倾君，双眼闪亮地注视晏倾君。晏倾君看着他的笑，只觉得无论从哪个角度看，都写着两个字——奸诈！

"我若输了，今后任你差遣。"晏卿笑得眯了眼。晏倾君反问："那若我输了呢？"

"你输了，很简单。"晏卿暧昧地拉过晏倾君抱在怀里，低笑道："以身相许。"

"不干。"与他这种无赖打赌，那她就真是染了傻气了。

"为何？"晏卿不解地看着她，那眼神好似在说无论输赢都是他吃亏，为何不干？

晏倾君剜了他一眼："人与兽类怎可苟合？你都承认自己是禽兽了，我看你该去找只母狐狸对你以身相许。"

晏卿笑容愈甚，很是肯定地点头称是，随即从怀里拿出一只小瓷瓶，悠悠道："这是来自鬼斧神医的灵药,止血除疤去印,更能让肌肤如雪,宛如新生,乃世间女子苦苦相寻的无价之宝。"

晏倾君摸了摸自己发际线上虽浅却长的伤口,双眼亮晶晶地看着那药。晏卿继续道:"只给母狐狸。"

晏倾君瞪了那药一眼,不要便是,反正这伤不明显,而且,东昭皇宫能除疤去印的药也不少,那什么"肌肤如雪宛如新生",她可不会上当!

"我那老徒弟,邪医无人能及,百年一遇的鬼才,死人医活活人医死,只有想不到没有他医不到。嗯……可以借人一用。"晏卿漫不经心地道。

晏倾君心下一喜,若是有了鬼斧神医,所有事情便容易得多!此次恐怕是因祸得福了!

晏卿拿着药瓶,双手作枕,仰着脑袋看向无星的夜空,重重叹了口气,可惜道:"如此奇才……只能给母狐狸用。"

晏倾君微微倾身,靠在晏卿胸口,甜腻地唤了一声:"哥哥……我知道母狐狸是谁了……"

"哦?母狐狸是谁?"晏卿惊讶地垂首看着晏倾君。

晏倾君默默地咬了咬牙,小女子能屈能伸!

"晏倾君。"晏倾君笑得温柔。

"谁是母狐狸?"晏卿又问了一句。

晏倾君笑得甜蜜,再次从牙缝里挤出三个字:"晏倾君!"

晏倾君是谁?人名,代号而已,她可不认识。

晏卿满意地点头,将药瓶塞在她手里:"要找老徒弟,让祁燕去城北破庙送一坛酒。"

提到祁燕,晏倾君马上想到离开祁国时扔给晏卿的烂摊子,心虚地笑得更欢,忙换了话题:"哥哥这次怎么会这么巧到东昭来?"

"巧?"晏卿不悦地皱眉:"听说我那老徒弟到了这里,我可是装病日夜兼程地赶过来。"

"东昭有何要事吗?"晏倾君好奇问道,此时他显然还不能用"晏卿"的身份光明正大地回来。

"嗯,非常紧要的事。"晏卿沉声郑重道。

晏倾君仰脸等着他的后话,晏卿突然埋首,对着晏倾君的嘴亲了一口,笑道:"救一只垂死挣扎的母狐狸。"

晏倾君干笑两声,心中却是翻了个白眼,专程来救她?得不到任何好处的事,她可不信他会做!

晏卿将晏倾君送回太子府时，天已蒙蒙亮。晏倾君未见到祁燕的身影，隐隐有些担心，不知他们使出什么法子使得祁燕未在宫外等她？

"祁燕的身手，不是普通人能对付的。"晏卿一入房便无赖地滚到晏倾君的榻上，优哉道。

晏倾君想想也是，许是见她整夜未归，出去寻了。

晏卿在榻上，翻了个身，动了动鼻子，最后满意道："嗯，没有野男人的味道。"

晏倾君剜了他一眼，随意道："你接着打算去哪儿？"

"回祁国。"晏卿闭着眼，偏着脑袋使得声音有些沉闷："再不回去，该被小皇帝发现了。"

"何时回去？"

"半个时辰后。"

"这么快？"

"母狐狸活过来了，我当然得速速回去。"

晏倾君给了他一个白眼："你何时到的都城？"

晏卿合着双目，自是看不到她的表情，老实答道："两个时辰前。"

晏倾君怀疑地瞥眼看过去，见他鞋上泥土厚重，还未来得及清理，他向来喜净，莫非，当真是两个时辰前刚好赶到奕家？而救了她之后，这么急着赶回去，千里迢迢到东昭一趟，当真是没有其他目的？

晏倾君本想着再问几句，却发现榻上男子的呼吸已经沉重而平稳，居然……睡着了。

祁燕回来时晏卿已经离开，她发色微白，满身是雪，见到晏倾君安然地待在房内，双眼里的凛冽显然软了几分，却只是淡淡地道了句："原来你没事。"

一句话刚刚落地，她的眉头便拧了起来，走到晏倾君身边，盯着她左半边脸上额头到下颚的发际线，冷声道："你受伤了。"

晏倾君点头，问道："晏珣可有为难你？"

"没有。"祁燕仍是盯着晏倾君发际线上的伤口："他与我说你去了倾云公主那里，会从较近的西宣门出来，让我去那里等你。我想着他所说有理，便过去了。可等了大半个时辰未见你的人，偷偷进宫发现你已不在，只好在都城里找了一遍。"

祁燕的一番话说得淡然轻巧，好似一个晚上的冒雪寻找，就如喝口凉水那般简单。

晏倾君帮忙拍着祁燕身上的雪，只缓缓道："日后我们多加小心。"

她并未打算解释自己身上发生了什么，解释不清，祁燕也未必想知道。

祁燕果然未问，再看了一眼晏倾君的伤口，点点头便回了自己房间。

晏卿走了，祁燕回来了，晏倾君又给自己上了一次药，再戴上人皮面具。最初的那张在奕家被奕子轩揭走，晏卿离开时又留下了两张，说是免得她又被人"扒皮"，多一张备用。

收拾好一切，晏倾君躺在晏卿刚刚躺过的榻上，了无困意，干脆翻了个身，从被褥下取出在医册上抄下来的八张药方，还未仔细看，便听到推门声，立刻将药方塞到枕下，转首见到晏珣正缓步过来。

"听说你被人救了，谁救的？"晏珣这么问，便是大大方方地承认了自己与奕子轩合谋陷害晏倾君，可他面上半点愧色都无，一句话问出口，那表情，好似晏倾君回答他是理所当然。

晏倾君一声冷笑，不语。

"倾君从战场上被救回来后，一字不语，每日将自己关在房内，不见任何人。父皇见状，便干脆对外称倾君已死，以免她破相嫁到贡月，遭人欺负。"晏珣漫不经心地玩转自己拇指上的玉指环，缓缓地道："既然对外称她死了，皇宫里自是不能再留，因此在迎阳寺附近给她安排了住处。她的病反倒因此好转，半月前随着奕家公子回府。奕子轩对倾君一往情深，而我又与倾君从小一起长大，自然是想见到她恢复相貌的。或许恢复相貌后，她便不会再排斥见到外人……"

晏倾君淡笑地听着，不得不承认，有些人睁眼说瞎话的本事，令她自叹弗如。

"疏儿深明大义，应该能理解我与奕公子的做法吧？反正你也得戴着人皮面具过活。"晏珣抬头，看入晏倾君的眼里，眸子里带了三分戏谑七分笃定。

晏倾君面色不变，柔笑道："当然理解，奕公子与太子殿下，真是情深意重之人啊！"

晏珣别有深意地扫了她一眼，慢慢踱步到她身侧，居高临下地睨着她，突然一手擒住她的下巴，眸子里冷芒尽显："你的演戏功夫，越来越厉害了，晏倾君！"

晏倾君眼含笑意地看入晏珣眸中，并不打算掩饰情绪。她先前之所以在晏珣面前肆无忌惮地刺激他，便是仗着不怕被他看破身份。

即便晏珣知晓她是晏倾君，也决计不敢将她的身份透露出去。他二人已行过夫妻之礼，在东昭百姓眼中，不管是否圆房，礼成便是夫妻。若"绍风郡主"实际上是倾君公主的消息传了出去，未来天子居然有一位亲妹妹为太子妃，伦理不容，不知会有怎样的蜚短流长。而她名扬五国，又身为祈国公主，晏珣也不敢轻易动她，少了一个奕家为盟再多一个祁国为敌，他同样承受不起。

因此她自信满满地以为晏珣只能暗地叫苦，却无法有所作为，却想不到他还有毁她容貌这一招……

现在他对付她的唯一机会都被破坏，她还怕他什吗？

盲目自信不可取，畏首畏尾同样要不得。

晏倾君一手推开晏珣，面色坚定，眸光冷冽，轻笑道："太子哥哥，你害了妹妹几次？该拿什么来还呢？"

晏珣怔在原地，未料到晏倾君会无惧无怕地承认自己的身份，更未料到，事隔五年，锋芒再露的倾君公主，同样能刺疼他的双眼！

"太子殿下！属下有要事禀报！"

房外突然而至的声音让晏珣从怔忪中猛然回过神来，他平定心绪，开门道："何事？"

"孙公公在前厅等候，说皇上传太子殿下及太子妃速速入宫！"

门口之人是晏珣的贴身侍卫李舜，晏珣皱起眉头，转身拉着晏倾君的手臂，带着她往前走。

"可有说是为何事？"

"皇后娘娘与倾云公主，身中剧毒！"

晏珣猛地止住脚步，回头，冷眼盯着晏倾君。

晏倾君立在原地，笑得悠然。

皇后与倾云公主突然中毒，浑身青紫，全身无力，且脉搏愈渐微弱。御医诊断为慢性毒，约莫半月前中毒，在体内隐而不发，可究竟是什么毒，以何为解，众御医却是束手无策。直至钱御医研究了整晚才查出，此症状在三十多年前的白子洲医书上曾有记载，毒为浮欢，取白子洲特有的木浮草与虚欢花制成，中毒半月后发作，全身呈木浮草的青紫色，随即脉息微弱，直至无声无息地死去。

半月前，皇后与倾云公主正在迎阳寺，而刚好，随行之人，有一个与白子洲有着千丝万缕联系的"封静疏"。因此，一大早，太子晏珣与太子妃便被传入宫中。

晏倾君一听事情始末，马上从晏玺赐座的木椅上起身，跪在昭阳殿正中，正色道："父皇，静疏没有给母后及倾云公主下毒。"

短短一句话，声音不高不低，语调不卑不亢，清清浅浅地响在殿内，将所有人的注意力都吸引了过来。

"父皇，既然母后及倾云公主中毒的时间正好是在迎阳寺，而所中之毒又是出自白子洲，当时能接近母后与倾云公主、又与白子洲有关系的人里，只有静疏一人。静疏知晓，在场恐怕不少人都认为是静疏所为，但是……"晏倾君深吸一口气，抬首，一一扫过奕、耿、段，三家当家人的脸，接着正视晏玺，声音轻缓而有力："即便静疏当真流着白子洲的血，如今白子洲已灭，只余一片荒芜，且皇上也知晓，静疏自从祁洛山一战，便患了失忆之症……所谓的静疏为白子洲人，皆为市井谣传，静疏自己都无法确定……但天下皆知，静疏为了祁国可以拼上性命！此刻静疏跪在这里，是东昭太子妃，是祁国绍风公主，一举一动都牵涉到两国邦交，关系着千万百姓的性命，冒着抛弃身份背弃国家的危险给母后和倾云公主下毒，动机何在？"

东昭三大家，奕家，耿家，段家，数百年来在东昭屹立不倒，以稳定的三足鼎立之态维持着皇权。奕家如今的当家人是奕子轩，耿家为一名六旬老者耿御山，段家是年过四十的段衔，此时三人面上皆是波澜不惊，垂首不语。

晏倾君磕头道："请皇上明察！"

晏玺皱起了眉头，看向晏珣。

晏珣怔在原地，脑中的思绪犹未理顺。跪在地上的女子，倘若是封静疏，当然可能没有任何动机下毒，可她是晏倾君！她刚刚亲口承认自己是晏倾君！给他的母后下毒，让他的太子地位更加危险，给晏倾云下毒，因为她是奕子轩的未婚妻？

无论如何，她是晏倾君，便有了无数下毒的动机。

可这些动机，他知道却无法说出口。此刻，他是出来推晏倾君一把还是拉她一把？作为晏倾君，他不想放过她，想趁此机会推她至死！可作为他的太子妃，她若获罪，自己也少不了吃个大亏，当然得帮内不帮外。

"父皇，静疏性子温顺善良，自从来了东昭几乎一直卧病在榻少问世事，儿臣相信她不会不顾身份做出出格之事。"晏珣作出决定，拱手和声道。此时落井下石，只怕会把自己这个落石之人也连累了进去……

晏玺花白的眉毛微微拧住，眸间却未见难色，只是略作沉吟便沙哑着声音道："疏儿起来吧，没有人怀疑是你下毒。"

晏倾君感激一笑，磕头谢恩，随即起身。

啪——

纸包落地，一声脆响，带着地表冰冷的温度敲在众人心头。

晏倾君面色一白，从她袖间掉落的纸包已然被人捡了去。

钱御医将那纸包打开，面带讶异地仔细看了看，连忙拿开，跪在地上道："皇上，这……这正是浮欢，白色带紫，粉末粒大如砂，香味甜中带涩，入水却是无色无味，成毒！"

"父皇，这毒是静疏自带防身之用，绝非投毒以害母后及倾云公主，否则哪会带在身上？"晏倾君急急解释。

殿内众人面上仍是一片平静，眼底却先后泛起狐疑之色，防身之用的毒，怎会用慢性毒？

晏玺半眯着眼，眼神在殿内飘忽，一时游移到三家家主身上，一时游移到"封静疏"与晏珣身上，甚至不时地看看木桩般立在一边的宫人，却未言语。

"皇上，倾云公主求见！"

一名宫人入殿禀报，晏玺咳嗽了两声，招了招手，示意让晏倾云进来。

晏倾云以纱掩面，仍是未能遮住面上深重的紫气。她被两名宫女搀扶着入宫，极为勉强地要跪下行礼，晏玺扬手："免了。今日云儿过来，想说些什么吗？"

"父……父皇……"晏倾云声息微弱，艰难地吐出两个字便开始大口喘气，眼神飘向奕子轩，却见他面无表情地直视前方，看都未看自己一眼。晏倾云眸中一冷，深吸一口气，回视晏玺，吃力道："云儿觉得……觉得下毒者……未必是……是太子妃，也有……有可能是另……另一人……"

奕子轩猛然转首，盯着晏倾云，眸子里像是藏了扣在弦上的冷箭，眸光尖锐而冰冷。

晏玺半眯的眼终于慢慢睁开，暗芒闪烁，轻轻招手，沙哑的声音里是难掩的苍老："送太子妃去怡园。子轩和珣儿留下，其他人可以先退下了。"

晏倾君被人扶着起身，暗暗地看了一眼殿中剩下的人。晏玺、晏珣、晏倾云、奕子轩。

晏倾云嘴里所说的"另一人"，当然就是指被当做"晏倾君"安置在迎阳寺的封静疏。她是第二个有可能接近皇后与晏倾云而且与白子洲有关的人。

如此看来："晏倾君"未死、安置在迎阳寺一事，此刻在殿内留下的人、已经中毒的皇后，都是知情者。

封静疏是头戴斗笠被奕子轩扶着入殿的。一见到几乎是依偎在一起的两人，晏倾云的眼神便狠毒起来，她无法明白，为何奕子轩放着她这个娇美的未婚妻不要，却对那个毁了容的丑女人念念不忘！

上次她好不容易寻着机会去了迎阳寺，本是想偷偷地跑过去赶她走，哪知竟看到奕子轩正温柔地喂她喝药……自从半年前回到东昭："晏倾君"几乎一语不发，不管他人说什么做什么，只如痴傻般待在一边，留着这么个木头人，她忍忍也就算了！可她突然就好了，还跟着奕子轩回了奕家，父皇居然对此不闻不问！如此下去，奕子轩守孝一年期满之时，她还能顺利嫁去奕家？

"父皇，上次……上次去迎阳寺，云儿和母后……去看过她……"晏倾云喘着气，唯一露出的双眼渗着血丝："而且……而且云儿听说过，挽月夫人便是白子洲的人，那毒……那毒又是出自白子洲，说不定……说不定就是她配的！"

"君儿，云儿怀疑你给她下毒，对此你可有何说法？"晏玺的目光又开始游移，始终未落在封静疏脸上。

封静疏身穿暗紫色长裙，斗笠周围的黑纱掩住脸上的表情，遮住大半个身形。她跪在地上，不语。

"不……不说话就……就是默认！"晏倾云此时已经被赐了座，见到"晏倾君"，中了毒的身子也有了力气。

"君儿，你娘……教过你配毒？"晏玺轻问，目光落在封静疏的双手上。

封静疏仍是不语。

"阿倾，你回答皇上的问话，只要说你未曾下毒便好。"奕子轩在封静疏身侧轻语。

封静疏沉默。

"除了……除了她，谁……谁还会想……想要我的性命？"晏倾云笃定是"晏倾君"心怀怨恨，才下毒报仇！

"君儿，你是想默认罪名？"晏玺拧眉。

奕子轩在一旁不停地柔声道："阿倾乖，回答皇上的话，阿倾乖……"

然而，无论旁人说什么："晏倾君"好似听不懂听不见，始终跪在地上一动不动，沉默不语。

怡园是皇宫西院内靠北的一处大花园，园中模仿民间宅院的模样造了几间厢房，间间相连，却甚少人住。

晏倾君带着祁燕到了怡园，马上有宫人忙前忙后地收拾出一间空房来，衣物、被褥、各类用具一应俱全。好不容易收拾妥当，晏倾君打算休息休息，安静了不到半个时辰的园子又热闹起来。

晏倾君低笑，果然，留住在宫里的"闲杂"人等，便被打发到怡园来了。

待到宫人散尽，天色已晚。

祁燕入屋，放下手里端着的水盆，淡淡地道："隔壁的人全部走了，只留下一名戴着斗笠的女子。"

晏倾君听着，微微敛目，轻笑道："那便当她不存在。"

"这……便是你说的宫中大乱？"祁燕抬头，压低了声音问道。

晏倾君好像没听到她的问话，同样低声道："落霞，今夜你得带我去几个地方。

她在宫里的时日不多，必须抓紧所有的机会！

祈燕微微皱眉，点头。

夜色愈浓，星月无光。祁燕仍旧保持着她不闻不问的优良作风，只管听晏倾君的话，向左或向右，前进或后退，带着她躲开宫内巡逻的禁卫军。

"停！"晏倾君在一处矮小陈旧的宫殿前喊了停，从祁燕的背上滑下来，塞给她一支药管。

下三滥的迷烟，不得不说，有些时候很管用。

祁燕对着殿内吹了一口，半晌，侧耳听不见内屋的杂音，便对着晏倾君点了点头。

"帮我看着！"晏倾君说着，未来得及看祁燕一眼便入了殿。

祁燕抬头看殿门上的匾额："书宫处"，若与祁国区别不大，这里应该是收藏记录每年入宫宫女档案的地方。

这头晏倾君已经入殿，踢了踢地上晕倒的宫人，拿起油灯，拨亮灯心。

陈旧的屋内，暗红色的木架排排竖立，在微弱的灯光下透出斜长淡墨的剪影。木架上整齐地摆放着册册宗卷，按照年份有序排列。

晏倾君从左到右地扫了一眼暗红的木架上无数的宗卷，心跳开始没有规律地加速跳动。

终于，近了。

终于，接近真相了。

她唯一爱着的那个人，她在喝下迷心散后在沣水湖面上看到的那个人，她千方百计地回到东昭要找的那个人，宫女白梦烟，宠妃挽月夫人，将她弃之不顾的母亲——她想，或许，可能，还活着？

第十七章

威胁

我死，皇后死。我活，皇后活。　——晏倾君为何挽月夫人过世后晏倾君一夜失宠，再不被晏玺多看一眼？幼时的晏倾君是不太明白的，只当是自己对晏玺没了利用价值，所以她这"父亲"也便弃她于不顾。这与母亲教她的道理相符，所以她从未多想。

然而，和亲贡月时，晏玺那似是而非的话，让她起了疑心。

让晏倾君去和亲的种种好处，晏珣想得到，晏玺怎会想不到？既然想得到，为何与贡月选定的人还是晏倾云？又为何突然改变了主意，在中途换上她，还一意置她于死地？既然想让她死，为何在"晏倾君"被救回东昭后留着她一条性命，对外宣称她的死讯，实则让她被奕子轩照顾着活下来？

这一切，都不符合晏玺的行事作风。

她在祁国时只是淡淡地怀疑，觉得母亲的死另有玄机。正如当初晏玺问她，她会那么容易病死？

教她如何在宫中生存的母亲，教她模仿他人字迹、动作、表情的母亲，熟悉白子洲各类奇药的母亲，怎么会那么容易"病"死？

若说在祁国时，她只是执著地想要回来，让背叛过她的人看看，她晏倾君不是一摧即残的娇花，不是任人摆弄的棋子；想要回来，凭着一己之力让晏玺看看，她晏倾君身为女子，可为女子不可为之事，亦可为男子不可为之事；想要回来，查出母亲的死因，解开她心头最大的一个结。

那么，当她看到"晏倾君"还安然地活着，并未如她想象中的，即便活着也会被晏玺杀人灭口，她的脑中突然闪现一种想法。

或许，她的母亲挽月夫人并未死？

如果母亲未死，晏玺的一切做法都有了合理的解释。

从母亲死去那日便开始冷落她，因为晏玺知道，挽月夫人最疼的便是自己的女儿，所以他想通过冷落她，让挽月夫人于心不忍而回宫。送她去和亲，让她生死一线，同样是想逼母亲出现，甚至在劫后留下被认作"晏倾君"的封静疏，同样是因为还残留着母亲因为"她"而出现的奢望。

这么说来，母亲未死，是极有可能的。

至于晏玺怎会失策使得母亲轻易混出宫，为何非要用她来逼母亲出现，而母亲为何要出宫，为何将她丢在这深宫里不闻不问，又为何明明活着却眼睁睁地见她挣扎在生死一线，晏倾君不愿多想。

她只需知道，或许，母亲还活着，只需相信母亲还活着，面对着东昭皇宫里的明争暗斗，她便有了无穷的力量与信心。

只要找到母亲，她母女二人联手，这世界还有什么是可以惧怕的？

此时晏倾君举着油灯，站在一排排暗红色的木架前，突然觉得全身的血液都沸腾了起来。

她的母亲是白子洲后裔，然后呢？

想要探寻事态的发展，必先抓到其根本。

挽月夫人的根本在哪里？只有从她入宫时的宗卷开始查起。上次她让奕子轩带她入宫便想查，怕他疑心才将心头蹿起的小火苗硬生生压了回去。

晏倾君踏着轻缓的步子，慢慢地在木架之间挪动，双眼迅速地在木格上写着年份的纸笺上移动。

宫中宫女分为两种，一种是五岁便被选入宫的年幼宫女，便于在各类司房学习技艺。一种是从宫外选进的普通宫女，都是年满十五，却不过十八。

昭明三年，白梦烟因为一支挽月舞而得到晏玺的青睐，从此长宠不衰。而昭明十三年，晏倾君十岁时，母亲曾与她说过，她第一次见到晏玺是在二十年前。先帝在位三十六年，从昭明十三年向前推二十年，就是昭园二十九年，那么，母亲入宫便是在昭园二十九年。

晏倾君拿着油灯，迅速移步到贴着"昭园二十九年"纸笺的木架前，开始搜寻"白梦烟"的名字。

然而，晏倾君上上下下看了不下五次，仍旧没能找到熟悉的名字。她透过窗间的缝隙看了看天色。

能在御前献舞，必然是宫中歌舞司的舞姬。舞姬都是五岁便进宫，从小培养。因此，母亲应该是出生于昭园二十四年。她果断地走到最前排，集中精神从"昭园二十四年"的宗卷开始找。

烛光昏暗，光影闪烁，晏倾君睁大了双眼，暗沉的光线下一个个名字看过去，只觉得双眼疼得就要渗出血来，却不敢松懈半分。

她趁着上次在迎阳寺时，给皇后与晏倾云下毒。那毒，其实并非浮欢，而是祁国蓝花楹所制的花粉，再让祁燕潜入宫中在二人的饮食里给点刺激性的药物，使得她二人呈现浑身发紫，酸软无力的中毒症状，实际上只需三日那症状便会减轻。

昨日花粉毒发作，今日她被宣进宫，故意掉下浮欢让人生疑，再借晏倾云的嫉妒之心，预料到她不会放过封静疏，审问压后，她必然会被留在皇宫，身为太子妃，还未定罪，当然不可能被押入大牢，最多是找几个宫人看着。

她就趁着这一夜的时间，让祁燕带她寻找线索。

也正是因为算好了花粉毒的发作时间，心心念念地想着今日的计划，昨夜她才会一时得意，大意之下让晏珣和奕子轩钻了空子，差点死在奕子轩的剑下。

好在晏卿及时出现。

想到晏卿，晏倾君的眼神没来由地颤了颤，恰好眼前一亮，熟悉的名字一闪而过。

晏倾君连忙摒弃杂念，定睛看回刚刚扫过的地方。

白梦烟。

晏倾君欣喜地拿下陈旧的纸卷，小心翼翼地展开。

白梦烟，祖籍白子洲。出生于昭园二十四年，徐城。昭明三年入宫，为宫女。同年，替歌舞司舞姬献舞于贡月来使接风宴。

短短的一句话，让晏倾君的脑中突然地白了一块。

与自己估算的不同。

如果母亲是在昭明三年入宫，而不是昭园二十九年……昭明十三年，她最多认识晏玺十年，为何当时与她说第一次见晏玺是在二十年前？

若当真是在二十年前便见过晏玺，她一个五岁的宫外的孩子，如何见到晏玺？且晏玺那时候十七岁，连太子都不是……如何与母亲遇见并且让母亲印象深刻？

晏倾君正百思不得其解，不知是母亲骗了她还是这宗卷作了假，门外响起了轻细的敲门声。晏倾君明白是祁燕在提醒她时间不多，放好宗卷转身就走。

无论如何，她要的东西已经找到了。

220　艳杀天下·上

白子洲，徐城。

若想找母亲，这是线索之一。

"燕儿，去另一处。"晏倾君跟在祁燕身后，压低了声音严肃道。

祁燕微微凝眉，看了看天色，点头道："要快些。"

语毕，干脆将晏倾君背了起来，随着晏倾君的指示在宫中穿梭。晏倾君庆幸宫中禁卫军的巡视时间并未发生多大改变，加之祁燕的轻功不错，两人如暗夜里无声掠过皇宫的轻燕，飞快地落于自己的目的地。

晏倾君用了同样的方法入殿，而这次进的，是御医院。

上次她拿到的那些医册，便是从昭明三年到昭明十四年期间，后宫嫔妃的用医用药记录。在她的印象里，母亲的身体向来极好，只是在最后的两三年间才突然生病，并且病情不得好转。既然母亲的死因、或者说是死是活都有问题，当然要从当初的"用医用药"上来查。

但是那十几本医册，记载有挽月夫人的也就两三册，药方六张，而记载有"倾君公主"的，只有两张，她不懂医，有那八张药方也看不出个所以然来。所以晏卿说可以借"鬼斧神医"一用时她才会那般兴奋。

但是，那药方还不齐。

母亲生病两三年，期间除了她自己的药，晏倾君的药，还有一个人的药，是她亲自经手——晏玺。

晏玺的医册她当然是不敢找奕子轩要的，要了他也未必会冒险给她偷出来，因此只能她亲自来拿了。

晏倾君再次举着油灯，在木架中穿梭。晏玺的医册用的是明黄色的表皮，放在木架的中间，最显眼的地方，因此，晏倾君很容易便找到了。

昭明十一年母亲开始生病，昭明十四年过世。晏倾君着重找这三年的记录，很快便翻到了几张药方，但时间不多，看一眼她也记不住，干脆双手用力，将那几页药方撕了下来。

"封姑娘。"祁燕在门外唤她。只听一声木门响，她也进来了？

晏倾君刚将晏玺的医册放回原位，便身子一轻，被人搂着跳到屋顶的木梁上。

"大人，今儿个这么早，可是有何急事？"门外传来年轻男子的声音。

"倾云公主的病情好转，身上的青紫褪了大半，精神也好多了，刚刚钱御医再仔细看了看，原来是花粉过敏，不知是不是迎阳寺后的冬梅开得太盛。"回话的声音相对苍老。

"这是好事呀！"

"好事……好事……好事？"相对苍老的声音几乎带了哭音："倾云公主的确是好了！可皇后娘娘……皇后娘娘病情加重！今日凌晨便昏迷不醒！我与你说，莫看皇后娘娘并不得宠，可若是出事，也休要以为咱御医院可以全身而退！"

晏倾君与祁燕对视一眼，这件事，显然是在她意料之外的。

本来那花粉毒是她下的，今日病情好转，两三日后症状全消，不管是她还是封静疏，都没了下毒的嫌疑，自然会被放出宫，所以昨夜她才匆匆地让祈燕带自己找想要的东西，而这几日内商阙又会入宫，她可以兑现对封静疏的承诺。

那么，皇后那毒……

"落霞，别躲了，放我下去吧。"晏倾君冷声道。

祁燕不解地看着她，并未动。她若下去，势必会被二人发现。

"你拿着这个。"晏倾君将刚刚从医册上撕下的几张药方塞到祁燕手里，沉着低声道："我先下去，引开他们，你带着这个偷偷出宫，回太子府，我枕下还有几张药方，你拿着去城北破庙找一名绰号'鬼斧神医'的老头子，记得带上一坛酒，将这几张药方同时交给他，让他找找，这些药方里有何玄机。"

祁燕皱眉，晏倾君继续道："怡园必然已经被包围了，我们一夜未归成为他人把柄，必定有人会诬陷我，说皇后的毒是我下的，你随我回去只会与我一起被囚。"

祁燕面露惊诧，这些结论，晏倾君从何而知？

"落霞，我没时间与你解释太多。如今我的命便在你手里，去城北破庙，拿到答案，我便是活，否则……不过，我若死了，你就完全自由了。"晏倾君握紧了祁燕的手，微微一笑。

当初她让祁燕留在自己身侧，其实是有着几分威胁的意思，什么保住她不被祁天佑发现，都是些门面话，实际上是在说，她若不肯留，自己便会通知祁天佑她的假死。祁燕这么冰雪聪明的女子，怎会听不出那话中话。如今她身在险境，祁燕完全可以一走了之，她死了，祁燕还活着的事实，祁天佑未见得会到何时才发现。

祁燕的眼睫颤了颤，没有回答晏倾君的话，只是捏紧了手中的药方，未多犹豫便一把将晏倾君推了下去。

"谁？"门外二人正欲进门，便听到一声巨响，连忙推开门，见到太子妃狼狈地摔在地上，面色惊惶。

晏玺倚靠在怡园正厅的主座上，身侧是太子晏珣、奕子轩，以及刚刚恢复一些的倾云公主，晏倾君跪在地上，低首不语。

"这一夜，你去了哪里？"晏玺拿着茶杯，茶盖与杯身敲出清脆的声响，如同某些人凌乱的心跳。

晏倾君并未抬头，沉默。

"既然此前皇后与云儿中的并非浮欢，现下，云儿的花粉过敏好了许多，为何皇后却是病情恶化？钱御医，你与太子妃说说皇后的病情。"晏玺对沉默战术似乎有些烦躁，不耐烦地搁下茶杯。

"臣领命！皇后娘娘本就身体虚弱，即便此前是花粉过敏，臣可以肯定，这次中的，真真是浮欢之毒！此前臣用银针试毒，皇后娘娘和倾云公主身上并未发现毒素，臣以为是浮欢毒性不显，可今日皇后娘娘突然昏厥后，血液中是含毒的。"

"所以母后是在昨夜才中毒！"晏珣接过话，狠声道："你昨夜刚好不在，若说不出去了哪里，众人会如何猜想你也该知道。还不快快回答父皇的话？"

晏珣的脸已经黑了大半，若说此前他还怀疑是晏倾君下毒报复，此时他可以肯定，晏倾君是被人陷害。

昨夜母后毒发，他连夜赶进宫，刚巧奕子轩昨夜当值，刚巧路过怡园，刚巧发现太子妃不在房内，而他的"晏倾君"乖乖地待着，洗清了下毒的嫌疑。

刚好在昭华殿里晏倾君身上掉下一包浮欢。带毒，身在宫内，夜不归宿，矛头齐齐指向晏倾君，实则是指向自己！

自从他与奕子轩闹翻，奕家便转而支持大皇子。他身为太子，依靠的便是东昭立嫡不立长的规矩，而与奕家翻脸后，他身后最大的势力便来自母后。若皇后死了，毒还是自己的太子妃所下，太子妃又是自己苦心拉拢的祁国势力……

晏倾君不着痕迹地扫了一眼晏珣苍白的脸，再瞟过奕子轩的面无表情，不得不说，奕子轩这突如其来的一招，着实厉害。

皇后死，凶手是太子妃，晏珣苦心经营的两股势力便因此被生生扯断。

"疏儿，莫要怕，你乖乖与父皇说说，你到底去了哪里？为何会在御医院被人发现？"晏珣蹲下身子，倚在晏倾君身侧，紧紧地扣住她的手臂，低声在她耳边骂了一句："你想死吗？"

晏倾君微微笑了笑。

她当然不想死，她的命可珍贵着呢。但是，为了保命，她此时既不能撒谎，又不能实话实

说……毕竟对方虚实，她无法得知。

"父皇。"晏倾君深吸一口气，抬头正视晏玺，沉着道："静疏只想说两件事。第一，浮欢既然是慢性毒，而御医也不是刚好在昨天白日里验过血液无毒，是以，母后未必是在昨夜被人下的毒。第二，昨夜静疏一时无眠，无意中走到御医院，便想要进去看看，岂料被人发现……静疏对东昭医术向来仰慕，这点……奕公子应该略有了解。"

众人的眼神齐刷刷看向奕子轩。奕子轩面无表情地点了点头，却并未解释。

晏倾君说完一席话，身子一软，趁势倒在晏珣怀中："含情脉脉"地看住他，翕动双唇，无声地说了一句："我死，皇后死。我活，皇后活。"

暂时，她这条命，还得靠晏珣来保住了！

晏珣心中一动，晏倾君这样说，意思是她有办法解毒？

想到她身上本就有浮欢之毒，有解药也不足为奇，晏珣忙起身，对晏玺行礼道："父皇，疏儿说她昨夜受凉，现下脑袋昏沉，需得休息片刻。父皇被惊扰了大半夜，不若先行回宫歇息，儿臣必会让疏儿交代出事情始未来。"

"父皇，云儿也会留在此处，好好开导嫂嫂的。"晏倾云插话道："云儿与嫂嫂相处甚近，相信嫂嫂不是心狠手辣之人，这会儿这么审她，恐怕是吓着她了。"

晏玺拿起茶杯，浅浅地饮了一口，眸子里泛着透亮的光，将在场众人前后扫了一遍。

晏倾君感受到那眼神，只觉得自己心头如同湿润春日里的木头一般，长了许许多多的小毛，难受，不适，像是被他一眼洞穿了所有把戏，赤裸裸地站在他眼前，莫名地心慌。

"朕累了，最迟明日，若还没有个结果，朕不会再当家事处理。"晏玺阴沉着脸，背手离开。

晏倾云马上去扶晏倾君，晏倾君扫了她一眼，虽然仍是掩着面纱，但她面上的青紫几乎已经散尽。

"奕公子，晏珣有一事相商，可否挪步一叙？"晏珣冷眼看向奕子轩。

奕子轩沉默转身，去了偏厅。

晏倾君看着二人的背影，很是无奈地叹了口气，到了关键时刻，她的太子哥哥，还是和小时候一样好骗。其实吧，浮欢的解药，她是没有的，她也没指望他真能救她性命，只要他能给她拖延些时间便够了。

那两人刚入偏厅，未等奕子轩坐下，晏珣便回头，看入奕子轩的眼，神色肃穆，一字一句道："我的太子妃，才是你的阿倾！"

晏珣低沉的一句话后，冷眼盯着奕子轩，等着他的反应。奕子轩却是看都不看他一眼，绕过他的身子，在雕花木椅上坐下，摘下了身上的五彩琉璃珠。

"奕子轩你听清楚了！她才是倾君，货真价实的晏倾君！"晏珣见他那反应，咬牙强调了一遍。

"想要我救她？"奕子轩黑色的眸子映出琉璃珠五色的光芒，流光溢彩，低笑道。

"你不是想要倾君好好地活着？想要她容貌未毁，如往日那般快乐地活着？现在我告诉你，隔壁毁容的那个是封静疏！而嫁到我太子府里的'封静疏'，才是真真正正的晏倾君！"奕子轩的反应在晏珣意料之中，却仍是让他有些焦躁。

他明知此时说出晏倾君的身份来，是最让奕子轩怀疑的时刻，可唯有如此，才能拖延他行动的时间！

"你觉得我会信？"奕子轩抬眼，睨着他，眸色里夹杂着细微的嘲讽。

晏珣皱眉道："我知道这个时候我这样说，你必然会怀疑。但是，奕子轩，你与倾君相处四年，你若真心爱她，难道连眼前二人谁真谁假都分不清？"

奕子轩冷笑："若她是晏倾君，她不仅好好地活着，而且容貌未毁，所以当初你所做的事就可以当做未曾发生过？若她是晏倾君，几日前你还与我达成协议，说愿意送掉太子妃的一张脸以弥补我与阿倾的损失，现在变成了什吗？"

晏珣一时语塞，当日他与奕子轩合作，将晏倾君送到奕家，是想毁掉她那张脸，无人再会认出她的身份来，还能送奕子轩一个人情。哪想得到今日自己竟是要亲自将她的身份告知奕子轩，前几日的举动，无疑是搬起石头砸自己的脚。到如今，无论谁是晏倾君，在奕子轩眼里，他都罪无可恕。

"我也不怕承认，我便是认出了她的身份，才想要毁去她的脸，否则，若是让外人知道我娶了亲妹妹，让我颜面何存？"晏珣深吸一口气，尽量用平静的语气道。

奕子轩讥笑："哦？当日在书房内，太子殿下可还说与阿倾兄妹情深，当初不该设计我和她，使得阿倾容颜尽毁消极厌世，更使得我与她嫌隙陡生，再不复当初！"

晏珣急得手心都沁出冷汗来，只觉得百口莫辩。事到如今，除非晏倾君亲自站在奕子轩面前说出她的身份，否则，恐怕他是永远都不会信！

"好！你不信便罢了！"晏珣咬牙，嗤笑道："奕子轩！你爱的人当真是阿倾？你以为你当真了解阿倾？你如此笃定太子妃并非倾君，无非是因为她与你四年以来熟悉的倾君相去甚远。但是，奕子轩，你昭明十四年才正式回宫，在此之前，你见过倾君几次？你见过挽月夫人在世时倾君

的模样吗？你与她相处四年，我却是与她一起长大。你所了解的晏倾君，不过是酣战之后偃旗息鼓的假象！"

奕子轩墨色的眸子里微光闪烁，随着晏珣的话语，渐渐泛出冷意来。他闭眼，再睁开，眸中又是一片平静，只淡淡地说了一句："她不会荒唐到嫁给自己的亲哥哥。"

"哈……"晏珣听到这句话，突然笑了起来："荒唐？这只能代表你当真是从未了解过她！你以为当初我为何执意置她于死地？便是不想留下这么个祸害！若如最初的计划救走她，她的个性，绝不会感念你的救命之恩，一旦让她活下来，翻身之际，报复之时，绝对的不择手段！别说是嫁给我，就算当初是父皇去求亲，说不定她也肯嫁！"

"你确定？"奕子轩嘲笑道："那隔壁的'假'阿倾，刚刚回来时心灰意冷毫无生存意志，若如你所说的了解阿倾，为何刚开始你未怀疑她是假的？"

"那是因为挽月夫人过世后倾君便变了个人似的，我也未料到她会重伤毁容，当然无法笃定她的反应。况且当时我派去的杀手无一人存活，贡月的老王爷病得一句话都讲不出来，商洛和祁国都对战况三缄其口，我哪知还会有一个封静疏？她又穿着倾君的衣服，戴着你的五彩琉璃珠，旁边是茹鸳的尸体，身形还与倾君极为相似……"

"那你现在有何证据证明她不是阿倾？"奕子轩问。

晏珣抚了抚额头，无奈道："隔壁那阿倾，自从回来后一句话都不曾讲过，她没有哪里不像倾君，却也没有哪里像倾君！可我那太子妃，长得与倾君一模一样，在我面前放肆的模样与当年的倾君一模一样，甚至亲口承认她就是晏倾君！"

"她亲口承认？"奕子轩轻笑："亲口承认你便信？太子殿下未免太好骗了。那她现在是不是对你说，你若救了她，她便会替皇后解浮欢之毒？所以你才急匆匆地来替她说出她的身份？"

晏珣怔住。

"殿下可曾想过，这或许只是她的缓兵之计？呵……这女子还当真聪明……我便暂且不动她，且看她如何来解浮欢之毒！"奕子轩收起五彩琉璃珠，起身便走。

晏珣看着他的背影，渐渐蹙起眉头。

皇后中毒一事，并未如有些人所想的闹得满朝皆知，而是随着倾云公主的痊愈，许多人对皇后的病情猜测重重，即便是知道实情的，也三缄其口。

自入宫以来，皇后从未争宠，与晏玺相敬如宾。而晏玺，即便是在独宠挽月夫人的时候，每月也会去皇后的宫里几次。两人之间是否有情，旁人无处揣测，可以肯定的是，晏玺不会轻易让皇后出事。

东昭三大家，之所以相安无事，几百年来前所未有地和谐共拥皇权，很重要的原因之一便是三大家在东昭虽举足轻重，其下门生无数，却鲜有从武者。晏玺将最为重要的兵权一点点聚拢，牢牢握住，到如今，便只剩下皇后兄长马青手上的一股兵力较为庞大。

因此，此次皇后中毒，没有晏玺旨意，谁都不敢外传。而晏玺一直对此事闭口不提，三大家之首的奕家同样是避讳的态度，朝中更无人敢出头多问。

但是，随着时间一点点流逝，皇后的"浮欢"毒症状越发明显，命悬一线，而御医院众人对白子洲的毒，可说束手无策。晏玺终于放出话来，先且不问谁是凶手，谁能给皇后解毒，便算大功一件。

晏倾君与封静疏二人同时被留在怡园，两人都称略略懂得一些白子洲的医术，会尽力解毒以表自己清白。

"你真会解毒？"封静疏沙哑着声音，问向躺在软榻上的晏倾君。

晏倾君扬了扬眉头："不会。"

"那三日后……"

"你怕死？"晏倾君笑问。

封静疏沉默，半晌才道："我只是替你担心。三日后，见到商阙，我心愿便了，死亦足矣。而你，若未能解毒，晏玺必然会将罪责都推在你身上给皇后的家人、给朝廷一个交代，而祁国也未必会管你。"

"啊……封姑娘也知道我此次极为冒险，若不是为了让你我都能在这个时候进宫，我也不必给那二人下花粉毒，不会让人钻了空子真下了浮欢，使我身陷险境。"晏倾君把玩着垂在胸口的碎发，抬头看着封静疏，两眼亮闪闪的："我为你牺牲这么多，不若你重新许我一个条件？上次因为你回府，奕子轩可是差点要了我的命。"

"你要进宫，目的也不止是帮我吧？"封静疏冷声道。

晏倾君笑笑："封姑娘看起来也不笨。那便自行去找商阙吧。"

说罢，懒懒地躺下。

封静疏半晌都没有动静，晏倾君听见房门打开的声音，不得不起身道："罢了罢了，我与你开玩笑呢。"

说着，从身上拿出一张人皮面具，扔给封静疏。

"但是，封姑娘必须答应我，今夜你去见商阙，不论发生何事，与我无关。"晏倾君正色道。

封静疏看了看人皮面具，点头。

晏倾君起身，招呼封静疏过去，替她戴上人皮面具，整理一番后，竟与镜中的自己一模一样。封静疏狐疑地看着她，她瘪了瘪嘴："这本来就是给我准备的，总不能换张面具换张脸吧，当然长得一样了……"

封静疏略作迟疑，点头，问道："他住的凝紫宫在哪里？"

"出了怡园，向左，直走，左拐，第二个长廊，右走，第三间宫殿，这个时辰必然点了宫灯，很好找。"晏倾君随手拿了纸笔，一边说着一边在纸上画出一张简略的地图来，交到封静疏手里。

封静疏略略瞟了一眼，捏紧了地图，转身便走。刚到房门口，她突然停了下来，轻声道："其实，奕子轩……对你很好。"

说罢，不等晏倾君反应，便开门离去。

夜晚的怡园很是安静，封静疏说自己为免露出破绽，从来不要身边有人照顾，因此怡园只有她一人留下。现在封静疏不在，祁燕又被她打发走了，现下便只剩她一人了。

想到祁燕，晏倾君翻个身。

她已经出去两日一夜，一点消息都无，虽说这是她离开的最好机会，可是以她对祁燕的了解，她不会走……那么，是鬼斧神医那里出了什么问题？

三日后，祁燕若还不能回来，她便要另谋出路了。

还有奕子轩，他与大皇子合谋，既然胆大到了直接给皇后下毒的地步，整个计划必定不会只有目前她看到的一部分。下毒，不过是第一步，即便是皇后真死了，她这个太子妃也因此获罪，对晏珣的势力极大地折损，也不至于让他从太子的位置上下台！

可是，奕子轩的下一步会是什么吗？她若能想到，便不会如此被动了……

还有挽月夫人一事，晏倾君将那几年母亲的异动想了个遍，除了生病时会自己熬药，着实想不出有何异常来……至于那入宫时间，到底是母亲骗她，还是那记载有误，同样是无迹可寻……

不对！

晏倾君突然想到什么，猛地惊醒过来，却是对上一双深若寒潭的眸子。

那人就站在那里，月光如水，洒在他淡蓝色的长袍上，隐约还可见到袖角精致的兰花暗纹。他双手背后，微微垂目，眼神不偏不倚地落在晏倾君的左眼角。

晏倾君歇息时会将人皮面具揭去，她知道，自己此时正是他"心爱"女子的模样，只比"她"

少了颗泪痣

"奕公子，深夜来访，不知所为何事？"晏倾君笑得娇俏，扬声问道。

奕子轩转身，自行点亮了房内的油灯。灯火一亮，晏倾君便看到那张熟悉的脸，她找了件衣服随意披上，下榻，在他所坐的桌边坐下，给他倒了杯茶："静疏真是受宠若惊啊，奕公子莫不是走错了房门？"

奕子轩嘴角带笑，微微勾起，眼睑垂下，掩住眸中神色，从袖口拿出几张纸来，放在桌上。

晏倾君眉心一跳，桌上的，有几张是她从医册上抄下放在太子府中的药方，还有几张是前几日她刚刚撕下的……

"身为邻国公主，潜入御医院，撕毁皇上的医册，你可知……这是犯的什么罪？"奕子轩声音低沉，藏着一抹不易察觉的威胁。

晏倾君干笑了两声，奕子轩继续道："你的那名丫鬟，想要她死……还是活？"

看到药方时晏倾君便料到祁燕在他手中，但她不露声色地保持着微笑，看着那几张药方不语。

"你刚刚问我找你何事……你可想知道，明知你是他的人，为何我仍会让你到东昭来？"奕子轩笑看着晏倾君，眸中微光闪烁，未等晏倾君回答，声如弦乐："听闻当初祁国皇帝除去扶汝太后，你功不可没。"

晏倾君已然明白奕子轩要做什么，却还是娇笑着问道："你想如何？"

奕子轩从袖间再拿出一张纸，推到晏倾君眼前。

晏倾君看了他一眼，将纸张摊开来，一眼扫下去，眼里的疑色渐渐凝重，随后转为浓重的讥诮。

"奕公子……真是够狠啊！"晏倾君折起那纸张："他是我夫君，我为何要帮你？"

"我以为，他既然让你到东昭来，必然教过你，夫君与性命，孰轻孰重。"奕子轩将桌上的药方一一收起，叠好，放回袖中。

晏倾君故作沉吟，半晌，才点头道："如今静疏四面楚歌，能得奕公子青睐，自是求之不得。只愿奕公子不是出尔反尔之人，事毕，让静疏全身而退。"

"奕家人从来说话算话。"奕子轩面无表情地答了一句，起身便要走。

"哦？"晏倾君讥笑，当初是谁说"定不负卿"？

一句话硬生生咽了下去，变成一句"听闻奕公子与太子殿下情同手足，如今却是没有半点儿手下留情，这话，静疏真是不太敢信……"

奕子轩刚好打开门，寒风袭来，吹入他冷然的一句话："他伤了阿倾。"

晏倾君的眼被那寒风刺得眨了眨，怔忪了片刻便连忙跟上奕子轩。封静疏不会这么快回来，万一他此时不是离开而是去隔壁……

奕子轩毕竟是习武之人，晏倾君略一怔忪便耽误了时间，未能跟上，正欲喊他一声，封静疏的房门已然被他推开。

第十八章

活命的筹码

朕倒想知道，你打算如何保住自己的性命？

——晏玺

晏倾君只觉得一阵寒风没有任何阻碍地吹得自己的心头抖了抖，而之后，突然觉得自己的紧张很是莫名。

那屋子里的，是他的"阿倾"，即便是不见了，也是他的"阿倾"不见了，他自会去找她，听她的解释，选择信或不信。她为何要跟上？她为何要怕他发现她不在？即便他的"阿倾"被发现是假的，与她何干？

晏倾君笑了笑，却也未打算回去，只是放缓了脚步，跟着奕子轩入了房。

然而，出乎意料的是，封静疏已经回来了。

晏倾君站在奕子轩略后一点的位置，视线越过他的肩膀，看向他看着的方向，正好看到封静疏躺在榻上，如初见她时那般，背对着来人。

"阿倾。"奕子轩站在原地，极为小心地轻步上前，一声低唤好似梦呓。

榻上的封静疏不语，只是将被子拢了拢，整个脑袋缩了进去，露出些许黑色发丝。奕子轩缓步到她身边坐下，轻抚她的长发，柔声道："阿倾乖，好好休息，过几日我便接你出宫。"

封静疏未露出脸，奕子轩也未掀开被子，只是略有失神地一遍又一遍地抚着她的长发，好似连站在门口的晏倾君都未发现。

晏倾君微微皱眉，只觉得三人之间这场景，很是诡异……正要转身离开，奕子轩却是起身，面无表情地路过晏倾君身侧，出了房。

晏倾君有些莫名，他不该把她当做危险人物赶出这房间吗？既然他不赶，她便留下好了。

她转身，反手关上门，睨着封静疏，好奇道："你居然这么早便回来了？"

封静疏躲在被子里仍是不言不语，晏倾君走到榻边，漫不经心地道："那人皮面具还没摘下来吧？戴着它睡觉……封姑娘还想更难看点？"

封静疏这才动了动，起身，晏倾君便看到她满面的泪痕。

"如何取下来？"封静疏的声音有些冷，让晏倾君想到祁燕。

"用温水敷面，不用多久便能取下了。"晏倾君很是好奇她与商阙发生了什么，无赖地坐在榻边，不打算离开了，看着她打水，洗面，慢慢取下人皮面具，露出狰狞可怕的脸。

"看到奕公子是如何待你的了？"封静疏的声音柔了许多，带着几丝嘶哑："自从我被救回东昭，一直是他在照顾我。当时我重伤，每次醒来便见他在身侧，端食喂药，都是亲力亲为。那时我精神受创，整日只知哭泣，他每每陪着我日夜不眠，哄我莫怕，找来乐师给我抚琴。到后来我住到迎阳寺，那么远的路程，他每月必会过来一次……"

"他那么好，你嫁他好了。"晏倾君轻笑道："反正他都是对你好。"

封静疏并未生气，只是叹了口气："公主，是奕公子让我明白了一个道理。"

晏倾君不语，静待她的后话。

"我到了东昭，虽不说话，甚少与人接触，有些事情还是能听到一些。我回来时，正是奕公子之父办丧事的时候，那之后，他便是一家之主，不停地在我与公事之间忙碌，却从未轻易怠慢、放弃哪一方。旁观者清，亲眼所见才明白，对许多人而言，身上的担子太重，想要两面兼顾，的确不易。日子久了，我便想，或许……商阙每日也是在这样的悔恨中度过，却连一个弥补的对象都没有。"

"所以是奕子轩让你原谅了商阙？"晏倾君嗤笑："你原谅他便罢了，莫要把你的思想强加在我身上。"

"我只是在说许久以来心中所想的罢了。"封静疏慢慢爬上榻，慢慢地躺下，双眼直直地看着榻顶的纱幔，眼泪便顺着眼角滑落："我看着奕公子，便学着在心中画了一杆秤。一边是你，一边是奕家，他要选秤杆偏向哪一边呢？一边是我，一边是商洛，商阙要选秤杆偏向哪一边呢？接着我便在自己心中放了杆秤，一边是爹爹，一边是商阙，从小娘对我格外严格，唯一的期望便是得到爹爹的认可，爹爹，是我半生努力的对象。我与商阙同样是自小相识，相知相恋相随，他是我这一生的挚爱。我用力地掂了掂，突然发现，两者同样重要，若一定要选，我会选谁呢？"

封静疏转首看看晏倾君，轻笑道："我以为，在奕公子心中，你与家族，于他而言，同样重要。所以他才会不知疲倦地在两边来回奔波。"

晏倾君对她的话不置可否，想是这么久来无人倾诉，封静疏在心头憋了许多话想要说出来

发泄一番，那她便不打断，听着就是。

"可是商阙……"封静疏动了动脑袋，偏头看向窗外月色，嘴角含笑，眼泪却是一颗颗掉下："商洛月凉，每每驻足望南，祁国路遥，暗无天日，但我从未想过放弃。我的这双眼，我的骨血，不止是我的，还融着我娘半生的期望。我想，终有一日，我会长大，如娘所愿，变成爹满意的模样，亲自走到他面前，让他因我而骄傲。这样的念想我背负了十几年，可是被他毁了。他说他爱我，远甚于他的性命。然而，他也爱他的商洛，远甚于我……"

封静疏突然沉默下来，垂着眼睑，看着月色的眼底情韵流淌。那张狰狞到看不出任何情绪的脸，如同被暴雨摧残过的雍容牡丹，花叶凋零，雨水四溢，狼狈沾泥，却仍然不失那一抹与生俱来的骄傲。

半晌，她继续道："所以我才羡慕你，倾君公主，至少在奕公子眼里，你与奕家同样重要，而我在商阙眼里，永远比不得他的商洛。"

晏倾君不知今夜封静疏去找商阙发生了何事，对她这番结论，她只有一句话想问。

"封姑娘，我问你，戴着人皮面具，商阙认出你来，用了多长时间？"晏倾君的笑容柔和，坦荡地看入封静疏眼里。

封静疏看着晏倾君，有一瞬间的迷茫，随即眸光一亮，却是沉默。

晏倾君嗤笑："只是一眼？一个动作？还是一句话？"

封静疏似乎已经明白晏倾君的意思，垂下眼帘。

"我再问一句，我站在奕子轩面前，封姑娘觉得，若我不说，他究竟要到何时才肯信我是晏倾君？"

"人有不同，事有不同，情形亦有不同……"

"既然如此，我与奕家对奕子轩而言，你与商洛对商阙而言，又何来可比性？"晏倾君反问。

封静疏闭上眼，无言语。

晏倾君起身打算出门，打开房门后，突然回头道："之前对姑娘的诺言已经兑现，我不管今夜姑娘身上发生何事，姑娘要生也好要死也罢，再与我无关。姑娘若有什么其他想法，还请看清形势，莫要连累到无辜人！"

看她今日说的这番话，若是有了轻生的念头，死在这怡园内，她可是有口难辩……

"公主放心，静疏软弱过一次……今后，再也不会了。"封静疏的声音恢复到坚硬而沙哑，随着语音落下，晏倾君关上房门的"嘎吱"声也消散。

回到房中，晏倾君躺在榻上，辗转难眠。

回东昭前，晏卿曾经提醒他，东昭皇宫的局势比祁国复杂得多，那时她还暗想，自己在宫中十九年，不会有比刚在祁国皇宫醒来时更差的状况了……

可如今看来，当年身处后宫的自己，是无论如何也看不到前朝的波涛汹涌的。她处心积虑地设计他人，使得他人成为自己的棋子，却未料到，不知不觉中自己也沦为棋子。

首先，当初她推断晏玺会让商阙入宫的理由是：晏玺想让自己接触商阙而恢复记忆，想起逆天刀的来源。可是商阙已经入宫两三日，晏玺却没有任何动作。可能是宫中太乱，晏玺才搁浅了安排她与商阙相处，也可能是晏玺……发现了什么。

譬如她是晏倾君。

其次，她下的花粉毒，到了皇后身上，就成了真正的浮欢。她身上的浮欢是晏卿给的，奕子轩与晏卿同门，会有这毒也正常。因此顺势下毒，嫁祸给她。她本以为自己会被当做晏珣的"羽翼"而除去，可今夜他入宫，请她相助……

由此可推，要么奕子轩最初便没打算杀她，将她逼到死角方好利用；要么他本想借此除掉自己，却因为怀疑自己是"晏倾君"而改变了策略，那么，他便还有一股不明势力，即便不用她也可以将晏珣戴了二十多年的太子光环摘下来！

以晏倾君对奕子轩的了解，他不是将成败寄托在他人身上的人，这么大的事，没有完全的把握必定不会轻易走第一步。所以，目前的局势，应该是后面一种！奕子轩背后还有一股势力，在支持他对付晏珣！

至于那股势力来自何方……

晏倾君心中一震，瞬间亮得透彻。她稳了稳心神，连忙起身，掏出刚刚奕子轩给她的纸张，再仔仔细细地看了一遍，提笔。

两日后，皇后薨，其兄马青以"皇上病重，太子临危，除内奸，抵外患，护皇权"为由，举兵直逼都城，东昭陷入几十年来的首次内乱，太子府被重兵包围，太子妃涉嫌给皇后下毒，投入天牢。

天牢内空气浑浊，暗沉无光，冬日更是格外的潮湿阴寒。晏倾君蜷缩在角落里，脑袋昏沉，

迷迷糊糊地梦到自己身处春日，窝在挽月夫人怀里吵嚷着要摘花捉蝶，挽月夫人抱着她在她脸颊上重重地亲了一口，笑道："好，娘去给你捉，阿倾乖，在这里等我。"

等她，等她，等她……

晏倾君心头一阵酸涩，眼前的画面蓦然转到昭明十四年三月初三，母亲过世的那个夜晚。

暴雨倾盆，雷鸣电闪，整个白淑殿阴暗潮湿，一如晏倾君心中轰然坍塌的某个角落。

她不明白，教她一切、无所不能的母亲，怎么会突然病到了奄奄一息的地步，明明她会毒、会医，却握着她的手，说她病了……病得无药可医……

她长到十一岁，从未哭得那般歇斯底里。

无论母亲说什么，她都听，她都学，她都做，那是一种与生俱来的依赖，即使母亲不断地告诉她，谁都不可信，她还是会一如既往地依赖她。

"你若就此死了，就再也不是我晏倾君的母亲！"

她嘶声大吼，绝望地威胁，她不愿看着她当真死去，高昂着头颅倨傲地不肯流下眼泪，走出了白淑殿。

那时晏玺去了，并未留她，反倒是关上了殿门。

殿外雨势未弱，晏倾君看见十一岁的自己哭倒在空地上，细小的身子蜷缩在一起，却是咬着牙不肯出声。

"公主……公主您随茹鸳起来可好？"茹鸳哭着过去拉她，也随着她跌倒在尽是雨水的地上："公主，我们去看看夫人，夫人……夫人这个时候，定是想见公主的，公主您起来……"

"不去！她骗我！她死了便不是我娘，我为何要去看她？争权夺势，有什么用？死了便什么都没有了！不去！不去！"

晏倾君看着幼年的自己在雨中哭着说出影响了自己整整四年的话来，只想冲过去摇醒自己，让自己快些入殿，看看晏玺与母亲说了些什么；告诉自己不争不抢便会被当做没有价值的废物扔在战场上任人宰割！无权无势便无法拥有自己想要的生活，被人踩在脚底肆意踩踏！

但她说不出话来，只能看着瘦小的茹鸳蹲下身子，将她抱住，而她远远地看着，心急地跑过去，却永远也到不了自己身前……

直至耳边突然响起嘈杂的脚步声，开门声，晏倾君心下一惊，猛地醒过来，睁眼见到穿着深蓝色禁卫军服的四名男子。

“皇上召见，请太子妃随我等出去。”其中一人拱手恭敬道。

晏倾君犹未从梦里清醒过来，眨了眨眼，深吸几口气，平定了情绪才起身，随着他们出去。

又是夜晚的东昭皇宫，一如既往的静谧安宁，掩盖了一切明争暗斗腥风血雨。晏倾君到了昭华宫，刚入门，便瞧见晏珣跪在地上。

“父皇！那信不是我写的！太子玉印也是捏造的！儿臣是冤枉的，请父皇明察！”晏珣急切地给晏玺磕了个头。

晏玺手里拿着一张淡黄色的纸笺，隐隐可见墨色透出来。他低咳了两声，轻笑道：“奕家反目，母后遭人毒害，太子妃为敌国细作，吾身处危难，父皇重病命悬一线，遭人胁迫，不若举兵返都，保父皇，护太子……”

“父皇！父皇！儿臣怎会做出这等蠢事？明知马青此时举兵必败无疑，会将自己逼入绝境，哪会写这么愚蠢的信给他？父皇明察！那封静疏会模仿他人的字迹，信上的太子玉印必定也是她模仿的！是她与奕子轩勾结，诬陷儿臣！”晏珣再磕一头。

晏玺只是半睁着眼，居高临下地看着他，并未多语，直至瞥见晏倾君在地上无声息地跪下，才微微抬眼，苍老的嗓音道了一句：“珣儿，你说，是她与奕子轩合谋诬陷你？”

“是！”晏珣怒瞪晏倾君：“是她……”

晏珣话未说完，晏玺摇了摇头，看向晏倾君，沉声道：“绍风公主，你来告诉他，是谁‘诬陷’他。”

说到“诬陷”二字，晏玺语调微扬，带了淡淡的笑意。

晏倾君并未抬头，低声道：“是太子殿下自己。”

“你……”晏珣面色惨白，咬牙吐出一个字，便被晏玺打断：“告诉他原因。”

“太子殿下输了，出局了，这太子，便没资格做下去了。”晏倾君平静道。

“输在哪里？”晏玺继续问。

晏倾君低笑：“譬如此刻，太子殿下还没明白过来。马青只有这么一封信，怎可能轻易举兵？奕子轩即便与太子殿下反目，转而支持大皇子，怎敢捏造祸国之信？而我……身为他的太子妃，为何不帮他，而是帮一个外人？”

晏珣失神地看着晏倾君，眼中如火的烈焰渐渐消散，转而看向晏玺，喃喃道：“父皇，儿臣自问循规蹈矩，从未犯过大错，即便您要废，也无须如此设计……”

“瞧，太子殿下又不明白了。皇上这是一石二鸟之计，既能顺理成章地废太子，又能借机收回

马青手上的兵力，还能最后考验太子殿下一番，无须自己动手，只用坐享渔翁之利。可惜啊……太子殿下仍是那么的……"

愚蠢！

最后两个字晏倾君没有说出口，反是对着晏珣笑了笑。

那夜她推想到奕子轩背后有一股不明势力，第一个想到的便是晏玺！奕子轩不笨，放眼东昭，谁的权势大得过晏玺？忠心于他才是奕家最好的选择！他会与晏珣闹翻，与其说是因为她晏倾君，她更愿意相信是奕子轩察觉到了晏玺对晏珣的不满，及早抽身。

晏珣也未让他失望。整个计划，直至马青起兵，他才有所察觉，毫无反击之力！

"父皇……"晏珣喃喃地唤了一声，眸中泛起绝望之色，低笑道："父皇，我以为我尽力做到了最好。幼时您眼里只有挽月夫人与晏倾君，长大您任由我兄弟几人明争暗斗，我每次都不会让父皇失望……"

"因为你有一个奕子轩。"晏倾君冷笑。

"父皇，当初杀倾君，是您的授意，否则我怎会和奕家闹翻？"晏珣显然见不得晏倾君的得意模样，有意地说了这么一句，瞪了她一眼。

"东昭需要一个依靠他人的太子吗？"晏倾君反诘。

"咳咳……"晏玺终是咳嗽了一声，意味深长地看了一眼晏珣，缓声道："珣儿，你可知，自从绍风公主嫁到太子府，你都做了些什吗？"

晏珣面色一白，急道："父皇！您……您知道，她……她是……"

"她是君儿又如何？"晏玺低笑，苍老的双眼透亮如雄鹰之目，尖锐而具霸气："娶了亲妹妹又如何？她敢嫁你，你还怕了她不成？珣儿，连一名女子的胆魄都及不上，仅此一点，你便坐不得朕这皇位！"

晏珣面上的表情急速变幻，有悲有怒有悔有恨。

他做了什吗？

自从新婚那夜发现"封静疏"与晏倾君长得一模一样，他便乱了阵脚。先是千方百计地重新查了一次"封静疏"的消息。怀疑她就是晏倾君，便与奕子轩商议要毁她容貌。接着为了母后的毒，上当去找奕子轩摆明太子妃的身份，白白受了一番嘲笑，再接着，眼睁睁地看着母后中毒而亡，茫然无措……

终于，晏珣自嘲地低笑，磕头："珣儿明白了！珣儿自知不及父皇万分之一，仅求父皇留我一命，待我看看，日后取代父皇之位的，会是何等人才！"

晏玺又是几声咳嗽，疲惫地摆了摆手："去利州吧，皇宫……不适合你。"

晏珣磕头谢恩，再不看任何人，面无表情地出了殿。

晏倾君侧首见到他紧握的双拳，有那么一瞬，觉得晏玺应该斩草除根。人总是在逆境中成长，而她，不想在日后多一个成长起来的敌人。

"君儿……"晏玺招手，示意晏倾君过去。

晏倾君垂首，起身，缓慢地向晏玺靠近。

刚刚他既然让自己向晏珣说出那番话，便是知晓自己的身份了。她不知晏玺是何时认出来的，不知自己是在哪里露了破绽，也不知自己在宫里的动作，有多少落在他眼里，唯一可以确定的，是自己斗不过这只老狐狸！

"君儿，是朕小瞧你了。"晏倾君刚好在晏玺身边跪下，晏玺笑着伸出手来，揪住晏倾君的人皮面具："刺啦"一声撕了下来。

晏倾君觉得满面疼痛，整张脸都开始发烫。

"居然让你在朕眼皮底下闹了这么久……"晏玺低笑："闹够了吗？"

当然……没有。

晏倾君疼得咬牙，心中这么想着，却并未回答。

晏玺一手抚上她发烫的面颊，柔声道："君儿，当初设计你去贡月和亲，的确是因为朕的暗示。朕老了啊……"

晏倾君垂首轻笑，他想说他老了，所以急着选出适合的继承者，所以不断地布局考验各位皇子的同时，竭尽所能地聚拢皇权？

"君儿，朕倒是真未想过，你会以这种方式回来。"晏玺低笑道："你回来，可是怨父皇的抛弃，晏珣的伤害，奕子轩的背叛，想要报复？"

晏倾君沉默半晌，抬首轻笑道："倾君以为，只有弱者会在被抛弃、被伤害、被背叛的时候想着为什么要抛弃我、为什么要伤害我、为什么要背叛我。倾君该想的，是如何不被抛弃、如何不被背叛、如何不被伤害！报复？比那些人过得更好，便是最好的报复。"

晏玺本就清亮又耀眼的眸光又耀眼了几分，看着晏倾君，眸中隐隐地透出几分欣赏，点头道："其实当初珣儿与奕子轩商议的，是在中途劫走你，找个替身代你死。是朕暗中借了珣儿胆子，让他杀你。如此，你也不怨朕？"

"父皇是心系母亲，倾君可以理解。"晏倾君低眉敛目柔声道。

好吧，她不得不承认，这句话说得很是违心，但人在屋檐下，必要的时候还是得低低头。

晏玺的双眼危险地眯起："你……居然知道。"

晏倾君不语，看来晏玺并不知道自己在宫中查过母亲的卷宗和撕走了他的医册。

"君儿，你娘在哪里？"晏玺突然激动地扣住她的肩膀。

晏倾君心中微颤，她本来是试探试探，晏玺这么说，便是母亲当真未死？

想到这里，晏倾君的身子不由得开始颤抖，嗤笑道："父皇，倾君若是知晓母亲在哪里，此刻便不会在这里了。"

晏玺面上透出失望之色，微微叹息道："咳咳……朕也是老糊涂了。"

"倾君也想问父皇一句话。"晏倾君沉声道。

晏玺笑了笑："问吧。"

"现在倾君再次站在父皇面前，父皇，您可会再杀倾君一次？"晏倾君抬头，目光闪亮。

晏玺一怔，低低地笑了两声："君儿，你既然敢站在这里，问朕这句话，便是有了让朕不杀你的条件。朕倒想知道，你打算如何保住自己的性命？"

晏倾君略略一笑，悠悠道："父皇，您一直在找母亲，倾君说得可对？凭着父皇的实力，找了四年还未找到，倾君想，再花上十年，也未必能找到。"

"所以？"晏玺很是期待地看着晏倾君，满是病容的面上有了一丝明媚。

"让倾君来找。"晏倾君沉声道："父皇留着倾君一条性命，三个月内，倾君势必找到母亲。"

晏玺看着晏倾君笃定的模样，突然笑了起来，眸子里忽明忽暗的光一闪一烁，他凝视晏倾君，却不言语。半晌，他撇开脸，看着殿内的烛台。

"君儿，猜度人心，你比许多人都擅长。"晏玺轻笑道："朕的心思，你也猜对了。"

晏倾君心头一松，暗暗地吐了口气，晏玺继续道："你先回答朕，这逆天刀，是哪里来的？"

晏玺从袖间抽出匕首，眯眼细细地打量着它尖锐的刀锋，眸子里沉淀了许多晏倾君看不懂的情愫。

"这刀……"晏倾君凝视着烛光下发出微微银光的刀锋，笑了起来："逆天刀，其实是哥哥给我的。"

不过一个瞬间，晏倾君突然发现，在东昭的日子，光亮起来。

"哥哥？"晏玺显然已经忘记自己还有一个身在祁国的儿子。

"五皇子——晏卿。"

她斗不过这只老狐狸，那……再加一只小狐狸呢？

三日后，马青举兵被困徐城，太子被废，发配利州。经此一变，东昭国主晏玺身心俱创，卧病榻上，对分别多年的五皇子尤为牵挂，赠祁国黄金万两，云锦八千，良驹六千，召五皇子晏卿回国。

第十九章
三月毒发

　　"君儿，朕以为，你是朕诸多儿女中最了解朕的一个。既然你说了三个月便能找到梦烟，我便给你三个月的时间！但三个月后，你若找不到，你该明白，你要回到你该走的路上去。"
　　我忍不住的冷笑，我该走的路，就是死?

——晏倾君

　　太子被废，随之五皇子晏卿马上被召回国，一时之间朝廷内议论纷纷，莫非皇上心目中的储君人选实则是自小便被冷落的五皇子？

　　东昭的冬日总是比较短，春光不知不觉中覆盖整个皇宫。

　　从昭华宫内大开的窗户间看去，苍穹一碧如洗，柳芽青翠，花蕊初绽。

　　晏玺半躺在侧殿的软榻上，微微眯着眼，明明看向那春色，却好似透过春色里的薄雾，看着别处的浮光掠影。晏倾君安静地立在他下侧。

　　"君儿，你过来。"他缓缓招手，声音略显虚弱。

　　晏倾君瞥了一眼他手边的酒壶，见他不经意地拿起，倒酒，心尖颤了颤，却不得不听他的话，到他身边。

　　"君儿，喝了。"晏玺举杯，将酒递到晏倾君眼前。

　　晏倾君嗅着充斥鼻尖的酒香，看着溢满酒杯的剔透水酒，眨了眨眼，低笑道："父皇对倾君，就这般不放心？"

　　晏玺听她这么问，笑了起来："君儿，朕的几个儿女，你认为……谁最不可信？"

　　晏玺不就是在说她最不可信吗？晏倾君腹诽，面上却是笑了笑："那倾君又凭什么相信，找到母亲之后，父皇会给倾君解药？而不是用倾君的命来威胁母亲？"

　　依着晏玺的性子，这酒必然是毒酒，担心她出宫或是找到母亲之后逃之夭夭。

　　晏玺闻言，微微蹙眉，半晌才道："君儿，朕以为，你是朕诸多儿女中最了解朕的一个。既然你说了三个月便能找到梦烟，我便给你三个月的时间！但三个月后，你若找不到，你该明白，你要回到你该走的路上去。”

晏倾君冷笑，她该走的路，就是死？

“父皇，您的意思，这毒三个月后发作？”

“三个月，无论你是没有找到梦烟，还是找到她却不肯回宫，毒发无解。”晏玺脸上仍是一副慈祥的表情，好似眼前的不是自己的亲生女儿，而他所说的，又是极为普通的一件事：“若找到梦烟，带她回宫，朕自会给你解药，以东昭晏氏的皇族之名担保。”

晏倾君凝视着晏玺手里的那杯酒，话已至此，由不得她不喝！

晏倾君接过酒杯，未多犹豫便仰面喝下。无论如何，先留住性命再说……

“君儿，父皇老了……”晏玺突然一声叹息，意味深长地看着晏倾君：“父皇只有两个心愿，其中一个便是再见你母亲一面，可是即便你找到她，她也未必会随你回宫，莫要怪父皇狠心。”

“倾君明白。”晏倾君放下酒杯，轻笑道。

晏玺满意地看着晏倾君喝下酒，微微颔首，咳嗽了两声，问她：“既然你要找梦烟，你可知，现在你该做些什么吗？”

晏倾君隐去眸中的情绪，直面晏玺，淡淡地道：“有三件事。”

晏玺颔首，等着她的后话。

晏倾君继续道：“第一，如今倾君身为太子妃，太子被废，迁居利州，太子妃理当同行。所以倾君必须想法子留在皇宫；第二，皇后中毒一事，矛头直指太子——我，父皇要给朝廷和百姓一个交代，必须找出凶手。所以倾君得想法子找到‘合适’的下毒者；第三，倾君该尽快收集母后的资料，以便从中找到更多线索。”

“与父皇说说你的对策。”晏玺饶有兴致地凝视着面带淡笑的晏倾君。

晏倾君仍是微笑着，有条不紊地道：“第一件，倾君本就不是‘封静疏’，那随行的太子妃，倾君以为，如旧法炮制；第二件，皇后中毒，也非倾君所为，奕家既然下毒，便要为自己的行为付出代价，即便这是父皇授意；第三件，母亲的资料，倾君已经查过了，还需父皇给出更明确的指点。”

晏玺微笑，花白的眉头愈渐舒展，缓声道：“代替你的人选好了？”

“此事无须父皇操心。”晏倾君沉声道。

“那奕家……”晏玺低笑：“你可知，将下毒一事推到奕家身上，有何后果？你想让奕子轩上当……不容易啊……”

　　"父皇此言差矣!"晏倾君义正词严道:"毒本就是奕家下的,何来'推'这一说法?况且,如此做来,也是帮了父皇一把。"

　　"何出此言?"晏玺虽是反问,面上却是满意的笑,好似早便料到了晏倾君的答案。

　　晏倾君顿了顿,道:"倾君记得,马青娶的是耿家女儿。其实……父皇打算削弱三大家在东昭的势力了吧?"

　　尽管年近迟暮,尽管重病在身,这个天生的舞权弄势者也不会放缓自己的动作,放弃自己的追求。三大家在东昭数百年历史,很大程度上保证了东昭的繁荣。然而,历代都有三家之争,也在极大程度上束缚了东昭的国势。直至晏玺上台,三大家之间才出现从未有过的和谐,但他若死了呢?晏玺之所以千方百计地考验历练几个儿子,便是希望挑出一名最出色的储君。

　　然而……他那几个儿子还真没几个及得上他哪怕五分!因此他才忧虑,担心一旦他驾崩,三大家反噬,皇权旁落。所以在他有生之年,抓紧兵权不够,还要最大限度地削弱三大家的势力方才放心。

　　而马青"叛变",表面看来只是聚拢兵权,耿家却或多或少地受了影响。削三家势力,这只是个开始。若奕家当真承给皇后下毒,第一个倒的,便是这三大家之首!

　　晏玺又开始咳嗽,对晏倾君的问话不置可否,只是喃喃地道了一句:"奕子轩不是珣儿。你看得出朕的打算,他同样看得出,不会轻易上当。"

　　晏倾君低眉敛目,笑道:"此事无须父皇操心。"

　　"哈哈……好一个无须朕操心的倾君公主!"晏玺笑得双眉发颤,语气里毫不掩饰对晏倾君的赞赏之色,看着她的眼神却是淡淡的苍凉:"可惜……终究是个女儿。"

　　晏倾君垂首,沉默半响后才道:"至于第三件,父皇,倾君想知道父皇与母后的过往。"

　　晏玺面上的笑渐渐凝固,盯着晏倾君的眼神愈见尖锐,透出寒气来。

　　"母亲是在十五岁那年入宫,否则她身上白氏擅长的东西何处学来?"晏倾君平静地道。这便是上次她突然想到的问题,可是……

　　"可是倾君十岁时母亲无意中与倾君说,与父皇相识二十年了。"晏倾君正视晏玺,问道:"二十五岁的母亲与父皇相识二十年,可见母后在五岁时便结识父皇。倾君想知道母亲的身世。"

　　普通女子,如何在五岁时结识皇族,且就此结下不解缘?

　　晏玺眸子里的暗光突然快速地闪烁起来,如同深海里的暗潮,汹涌澎湃,表面却仍是一片平静。他笑了笑，笑容苍老，显得有些憔悴，低喃道："你十岁时，她便与你说过，与我相识二十年了？"

晏倾君不解地拧眉，晏玺居然不知道？

"你去找吧，最好……她还活着。"晏玺倏然起身，咳嗽了两声，背着手，走了。

晏倾君敛目，晏玺不肯说，这条线也断了，那便只有等祁燕了。

皇后中毒一事，皇上并未交给案审司，而是亲自调查。尽管每日都会召"太子妃"问审："太子妃"却是拒不认罪。因"太子妃"身份特殊，关系到东昭与祁国的友好和睦，皇上下令，重新彻查此案。

晏倾君从昭华宫里出来，在天牢门口见到了奕子轩。

他站在石门边，轻薄的阳光倾洒而下，淡蓝色的兰花印纹仿佛散发着幽幽花香，腰间的五彩琉璃珠熠熠生辉。

天牢内暗不见天日，天牢外春色盎然。光明与黑暗，一线之隔。奕子轩就站在那一线之间，微眯着眼，淡淡地看着慢慢走近的晏倾君。

晏倾君微微笑了笑，紧贴在面上的人皮面具有些干燥，使得脸上生出些许细纹。她同样淡淡地看着奕子轩，一点点近，到了他身侧，低声问了一句："落霞呢？"

信她写了，太子玉印她刻了，晏珣也倒了，再过几日便去利州，祁燕居然还未回来！

奕子轩垂下眼帘，未语。

晏倾君心中一阵不安，瞪了他一眼，抬脚便走。奕子轩却是突然伸手，将她拉住。晏倾君觉得手心一凉，耳边是奕子轩轻风般刮来的声音："可保你一命。"

五彩琉璃珠。

晏倾君触到手心的东西，马上便明白过来。她抬眼，冷睨着奕子轩，讥诮道："施舍？现在还不是时候！"

说罢，拽紧了手上的琉璃珠，抬手，嫌弃地扔在了地上。

五彩的琉璃珠，四碎之后在阳光下发出七色的光来。

晏倾君身后跟了四名宫人，两名禁卫军。天牢门口也是站了一列禁卫军，此时的眼光都落在那迤逦的七色光芒上。奕子轩同样看着那四散的碎片，面无表情，随即笑了笑。

"静疏手粗，不小心弄碎了奕公子这么好看的珠子……还请公子，莫要见怪，日后必定偿公子一串。"

晏倾君声带歉疚，眼里的嘲讽藏在了下垂的眼皮底下。在旁人看来，不过是"太子妃"与奕子轩擦肩而过，而在擦肩而过的瞬间，意外挂掉了奕子轩的那串琉璃珠，于是"太子妃"正在赔礼。

奕子轩仍是凝视着那一地的碎片，动了动身子，众目睽睽之下弯身在碎片前，掏出帕子，慢慢地将碎片捡了起来，裹在帕子中，塞到胸口，淡淡地说了一句"送她进去"，头也不回地离开。

奕子轩走开，晏倾君才看到他身后的人，眼前一亮。

"落霞，长话短说！"

一入天牢，各种呻吟怒骂声传来，晏倾君低声与祁燕说话，也不怕引得旁人注意。

"鬼斧神医看过药方，说从每个药方里抽出一味药来，便成了一种举世无双的'毒药'。"祁燕的声音仍旧是冷冰冰的，没带多少感情，说话干脆而利落："有可能是'毒'，也有可能是'药'。因为那方子还缺了一味药，若加入'暗霜'，则是剧毒无解，服下后虚弱致死。若加入'明昧'，则是'九死一生'，断气九日后获新生！"

"就是诈死？"晏倾君的声音有点颤抖。

一定是诈死！让晏玺以为她死了方可出宫，九日后便重新醒过来！

"嗯。"祁燕淡淡地回答："但是'暗霜'易寻，'明昧'难得，是白子洲的奇草，宫中不可能养活。"

晏倾君沉默，迅速地分析。若母亲诈死，还缺一味"明昧"，无法从宫中得来……若母亲诈死，不可能在钉死的棺材里过了九日再自行撬开棺盖，必然是有人帮她。若这个人给她"明昧"，再将她从棺材里救出来，便说得通了！

那么这个人是……

白玄景！

晏玺在找母亲，同时也在找白玄景。母亲出自白子洲白氏，白玄景是白子洲族长的儿子，若说两人相识，也不足为奇！

那白玄景到底在哪里，恐怕得等晏卿回来了！

晏倾君深吸一口气，摒去杂念，晏卿回来之前，还有些事情得处理掉。

"你这几日……"

"我很好。"祁燕打断晏倾君的话,低声回答:"被奕子轩围了好几日,药方也落在他手里。本来已经出逃,入宫找你,你却入了天牢。我只好折回,再去找奕子轩。"

晏倾君微微颔首,难怪这么久祁燕才回来……

"倾君。"祁燕突然唤了一声。

晏倾君诧异地回头,看着一身禁卫军装扮的祁燕。

"奕子轩说这些药方是挽月夫人与倾君公主的。"祁燕淡淡地道:"所以,其实你才是晏倾君吧?所以你回到东昭,反倒用起了人皮面具。"

晏倾君低低一笑,连祁燕都想得到,原来奕子轩早便知道了……

"我带你杀出去!"祁燕突然拉着晏倾君的手,指尖冰凉,手心却是温软。

晏倾君扑哧一笑,祁燕好歹也是名公主,外表看来柔柔弱弱的,开口闭口就是"杀",真是有点儿违和。

"落霞,上次我给你的东西还在吗?"漆黑的天牢里,晏倾君反手握住祁燕的手掌。

祁燕低应了一声。

"给我浮欢。"

本来那些毒药、伤药都是晏卿给的,祁燕临走前,她都给了她一半。现在她身上的浮欢被人收走,祁燕身上却是还有一些的。

祁燕难得地多问了一句:"你要……"

"证明我不是下毒者!"

"我们没有解药。"

"奕子轩有。"

"那如果他不肯……"

"晏卿马上就回了。"

祁燕沉默,半响才道:"若他也不肯救你呢。"

"不会。"晏倾君肯定道。若说第一次在祁国的孤岛上,他替自己挡了一剑,是为了他们的行踪不被泄露,第二次他将中毒受伤的自己从沣水湖边捡回去,是为了他们的计划不败露,第三次从奕子轩的剑下将她救起呢?

他可不是"顺便"做好事的人。不管是"专程"来救她,还是"顺便"救她,都代表她活着对他是有好处的。此次回国,救她只是举手之劳。至于回国之后他要如何顶着"晏卿"的身份逃过

老狐狸的眼睛，若没想好法子，他也不会是"晏卿"了。

翌日，太子妃为证明自己并未给皇后下毒，亲自服下"浮欢"剧毒。皇上下令将其放出天牢，留在怡园以观后续。同日，东昭军快马加鞭传来消息，五皇子晏卿回国途中遭人暗袭，命丧当场！

晏倾君自服下"浮欢"后，一直昏昏沉沉，浑身渐渐地染上诡异的紫色，几乎大半日里意识都在虚无的梦境中，偶尔清醒的时候还暗暗地嘲笑这宫里的御医，上次会笃定花粉毒就是"浮欢"。若真是"浮欢"，晏倾云哪里来的力气跑去说下毒者是"晏倾君"。

待到第二日，整个怡园静到令她觉得窒息。她勉强睁眼，迷迷糊糊地见到祁燕坐在自己身侧，略有担心地拧眉。

祁燕的模样本是极为清秀，如同夏日里洁白的莲花，一颦一笑间自有一番风韵。此时皱着眉头，有些难看……

晏倾君笑了笑，本想嘲笑几句，哪知说不出话来。

祁燕见她睁眼，又恢复到面无表情的模样，淡淡地说了一句："刚刚传来消息，晏公子……死在回东昭的路上。"

晏倾君努力眨了眨眼，确定不是自己幻听，随即摇了摇头，示意不可能。

不说他那么厉害的武功，单单就他那脑子，也不可能被人算计，死在回国的路上！

"尸体已经运了回来，停在西直门外。"祁燕微不可闻地叹了口气。

晏倾君不知哪里来的一股力气，突然坐了起来，扯住祁燕，示意她带她出去。祁燕连忙上前拥住她软如稀泥的身子，轻声道："夜深人少再去。"

晏倾君觉得自己定是被那"浮欢"毒得糊涂了，此时那里的人不会少，自己身中剧毒，也没有立场没有身份去看晏卿的尸体。只是，没亲眼看到……打死她都不信晏卿会死！

"隔壁那女子……"祁燕缓慢地开口，声音不高不低，刚好能让晏倾君听见："被奕子轩接走了。"

晏倾君嗤笑。

他早便知道自己才是晏倾君，而隔壁那人是封静疏，却仍旧与她谈条件，当着她的面唤封静疏为"阿倾"，让她因为下毒而入天牢，现在又将封静疏接出宫，或许，打算一直这么自欺欺人下去？

封静疏与她说，在奕子轩眼里，她与奕家是同样重要的，她不想反驳，也不屑反驳，但此时，她是在利用这一点，逼奕子轩面对现实，在两者中做出选择。

其实也是她在赌，赌奕子轩会来给她解药。一旦他来给自己解药，便意味着浮欢之毒他也有，而他手握解药，却不给皇后解毒，已是大罪！他身为奕家家主，此举会给奕家带来怎样的重创，可想而知。

晏卿曾说她自负而急于求成，那么这次她给自己留了两条后路，其中之一就是晏卿。可是……他死了？

思及此，晏倾君心中一惊，睁眼，发现不知不觉中，已经是夜幕降临，银月如钩，挂在半空中，夜幕上星光闪耀，煞是美丽。她正要找祁燕带她去看"晏卿"的尸体，霍然发现自己身处殿外，靠在一根廊柱边，身上披了件厚重而暖和的披风，带着淡淡的兰花香。

晏倾君因为"浮欢"而迷糊的意识瞬时清醒许多，微微侧首，便见到奕子轩坐在她身侧的台阶上，不知看着何处出神。她顺着他的视线看过去，见到一簇荫绿的蔷薇花丛。

那花丛太过熟悉，日日夜夜，它曾伴了她十五年。

原来她现在在白淑殿前。

晏倾君再扫了一眼坐在台阶上的奕子轩，记起他正式回都城那年，她十一岁，他十三岁。

挽月夫人在世时曾经教她，身为公主要举止端庄，不可席地而坐。所以挽月夫人过世之后，晏倾君如同跟她赌气一般，每日都不顾形象地坐在地上，玩书本，玩树叶，玩小虫……

那时奕子轩是晏珣的伴读，时常随着他一并过来，见到她邋遢地坐在地上，面无表情的脸上就会露出些许笑容来。

"公主，坐在地上，不合规矩。"终于有一次，奕子轩先晏　一步，将她扶起来。

"什么规什么矩要那些做什么吗？我喜欢干什么就干什么！喜欢坐地上就坐地上，喜欢躺床上就躺床上！现在我就喜欢坐地上！"晏倾君笑着推开奕子轩的手，执拗地坐回地上。

"反正白淑殿也不会有人过来，没人发现，子轩，我们也坐地上试试看吧？"晏　的小脑袋凑过来，未等奕子轩回答，便坐在晏倾君身边，笑嘻嘻地拍了拍冷硬的地面："好凉快！"

奕子轩狐疑地扫了两人一眼，也笑着在台阶上坐下。

从那以后，他每次来白淑殿，总会时不时地坐在殿前的台阶上，譬如此时。

晏倾君说不出话来，微微喘着气，冷眼睨着奕子轩。奕子轩察觉到她的眼神，转首看她，喜色从眸中一闪而逝。

他没有说话，只是伸手撩去晏倾君眼前的碎发，接着从袖间取出一只瓷瓶，倒出一粒药丸，塞到晏倾君嘴里。

晏倾君吞下，心口像是被注入一股暖流，渐渐流遍全身，无力感瞬时消散许多。

"阿倾，这是你想要的'浮欢'解药。"奕子轩的声音清清浅浅，如同月光一般清凉："待会我送你出宫。"

"太子妃畏罪潜逃？"晏倾君嗤笑，发现自己已经有了说话的力气。

"嗯。"奕子轩颔首。

"我不走呢？"

"阿倾，'封静疏'的身份，于你无用。"奕子轩缓缓站起身，垂首看着她，缓声道："宫中凶险，即便你洗脱了下毒之罪，随晏珣去了利州，晏珣也不会放过你。我已经替你安排好一切，五国内，除了东昭，你想去哪里都可以……"

"多谢好意。"晏倾君低笑。

"那尸体，是晏卿的。"奕子轩没有征兆地转了话题，晏倾君心中一颤，他继续道："不是'他'的。"

晏倾君这才想到，奕子轩从来不会唤晏卿为"晏卿"，而是"他"，所以他所说的"晏卿"的尸体，应该是真正的晏卿。

"你和他一伙的？"晏倾君直觉他与晏卿是不和的，否则在祁国三人碰面时，晏卿不会是那种态度。

"不是。"奕子轩肯定地回答："我是想说，倘若他回来，我不会给你解药。"

所以晏卿不会回东昭，也在奕子轩意料之外？

"阿倾，奕家……至今为止，三百五十八年。"奕子轩背过身去，好似正看着不远处明明暗暗的宫灯，背影寂寥，继续道："去年的三月初三，我是奕家的嫡长子。现在，我是奕家第十六代家主。"

晏倾君似乎已经料到奕子轩想说些什么，转首，闭眼。

"奕家三族内的血亲，五百三十二人，算上记录在册的家丁三千六百七十一人，门客两千九百六十四人。"奕子轩的声音清淡，不掺杂任何情愫，如沾染在叶间的露水，轻薄剔透："奕家倒下，阿倾，聪颖如你，能明白那代表的是什么。三百年的家业，不可毁在我的手上。"

"所以就要我死？"

"我只是送你走。"奕子轩转过身来，凝视着晏倾君，微微拧眉："倘若要你死，今夜我不会给你送解药。"

晏倾君不语。奕子轩继续道："待在皇宫内，有何好处？"

"我既然回来，自然有我的打算，无须奕公子挂心！"晏倾君冷笑："奕家家主是奕公子你，不是我晏倾君！我无须为你的责任作出任何牺牲！落霞！"

晏倾君突然一声高唤，空中蹿出黑色的人影，迅速将晏倾君抱在怀里，行起轻功。

这突如其来的变故显然在奕子轩的意料之外，他面色一凛，看准眼前之人，追了过去。

"刺客！抓刺客！"

祁燕的动作并不轻，有意地引起禁卫军的注意，皇宫内瞬时点起火把，大批禁卫军拥了过来。晏倾君回头，见到奕子轩迅速地折转方向，匿在夜色中。

晏倾君与祁燕二人最终在昭华宫不远处被截了下来，禁卫军高举着火把，将二人围在中间。晏倾君拉着祁燕，跪地高声道："求见皇上！"

晏玺亲自出了昭华宫，身边还有耿家与段家两名家主，宫人很快在宫外设了座，晏玺在上位，两位家主在右，四周围了一圈禁卫军，晏倾君与祁燕跪在正中。

"你的毒……解了？"晏玺皱着花白的眉头，沉声问道。

"回皇上，解了。"晏倾君轻声道。

春夜的东昭皇宫，突然静得没有半点儿声响。数十道视线聚集在晏倾君身上，有疑惑，有惊讶，有不解。这位亲自服毒的"太子妃"，毒突然就解了，且行踪诡秘……

"是奕家公子送来的解药。"晏倾君沉吟片刻，低声道。

简单的一句话，引得在场数十人纷纷倒吸一口凉气。晏玺面色不变，问道："你为何夜半在此，形同刺客？你说是子轩替你解毒，他人呢？"

"我不知何故会被他带走，喂我吃下解药后，身边的婢女来找我，他便走了。"晏倾君仍是轻声道。

"有何证据？"晏玺继续问道。

"没有。"

两个字落音，当场的气氛顿时松下来许多。没有证据，凭口说白话，有谁会信？

"浮欢之毒，不仅我一人有，且，皇后的毒，不是我下的！"晏倾君抬首看向众人，面色坚定，目光灼灼，咬牙启齿道："封静疏愿以死明志！"

"以死明志"四个字音刚落，便听一声长剑出鞘声，银白色的剑光在夜色中一闪而过，众人纷纷闭眼，却听见"叮"的一声脆响，睁眼只见到"封静疏"脖间殷红的血和落在地上的长剑，还有夜色中缓步而来的奕子轩。

春风很柔，如轻缓的低吟拂过心头，风中的男子面色如玉，步子略浮，慢慢地走到晏玺身前，跪下行礼。空气中突然腾起莫名的无奈与萧瑟的失望，不知从哪个角落里迸发出来的。

晏玺微微皱眉，问道："子轩，你为何深夜入宫？"

奕子轩垂首，半晌不语。

"疏儿说，她的浮欢解药，是你给的？"晏玺继续问道。

奕子轩扫了一眼晏倾君，眼神如春日新发的绿芽，清新，却也带着易折的清脆，他垂下眼眸，低声道："是。"

"你有浮欢的毒……和解药？"

"是。"奕子轩闭眼。

晏玺的眉头渐渐舒展开来，耿家与段家两名家主面面相觑。

"皇后的毒，是你下的？"晏玺的声音蓦地沉下来。

夜色寥寥，静寂无声。

星辰满布的夜空突然飘来几片云掩住了星光，银月都躲在云后，闪烁的宫灯霎时显得明亮了一些。

没有人注意到这细微的变化，所有人，包括晏玺、晏倾君在内，都全神贯注地盯着奕子轩，生怕漏过他嘴里的哪怕一个字。

可奕子轩仍是沉默，仿佛入定一般，不动，也不语。

突然，一声大唤打破沉默。

"着火了着火了！"

远处陆续传来宫人惊慌的大唤，不一会儿便有禁卫军快速到了晏玺身前跪下，急道："参见皇上！栖云殿失火！"

僵冷的气氛犹如紧绷的弦被一挑而断，一泻千里。众人侧目看去，只见西面的天空火光冲天，浓烟弥漫，仿佛给暗红色的天幕掩上一层黑纱。

晏倾君冷眼睨着奕子轩，她知道奕子轩不会轻易认罪，却未料到他反应如此之快，片刻之间便找到了拖延局势的最好办法。只要拖过今夜，明日会有什么变故，谁还说得清？

晏玺意味深长地扫了二人一眼，起身，沉声道："救火！"

晏倾君被人送回怡园，奕子轩也出宫，明日再审。

"倾君，我们这算……成功还是失败？"回到房内，祁燕低声问了一句。

"当然是成功。"晏倾君给自己倒了杯茶水，急急地喝下："只要毒不是我下的，管他是奕家还是其他什么人，与我无关。"

"其实，刚刚他不出现，我也会救你。他知晓我的身手，未必猜不到。"祁燕面上冷漠，阻住晏倾君继续倒茶的手。

晏倾君眸光一闪，嗤笑道："这种时候，比的不过是谁对自己更狠一点！他既然悉心照料毁容的'阿倾'，必然是心有愧疚。既然肯出手给解药，就该算好了我和晏玺挖好了坑等着他跳。既然舍不得我死，跳了第一次，便会跳第二次。"

"所以你逼他现身。"祁燕垂眼，淡淡地道。

"毒本就是他下的，我凭什么替他顶罪？"晏倾君冷声道："伴君如伴虎，他该随时做好被老虎反扑的准备！一个不小心被老虎吃了，也只能怪他无能，怪不得我这微不足道的诱饵。"

"贱人！"一声尖锐的厉喝突然插入晏倾君与祁燕的对话中，房门被人踢开，晏倾云满面怒色地站在门口，抬脚便入了房，对着祁燕喝道："贱婢！滚出去！"

晏倾君闻言，怒由心生，执起手上的茶杯狠狠地砸了过去："我身边的人，轮不到你来教训！"

晏倾云躲不过那茶杯，一声惊叫，茶杯砸到额角，迅速地红肿起来。

祁燕拉了拉晏倾君的袖角，示意她收敛气焰，对着晏倾云微微行礼便退下。

晏倾君深吸一口气，平复了下气息。晏倾云私下里本就是刁蛮跋扈的性子，挽月夫人死后她也吃过不少暗亏，只是懒得与她计较，但她那么骂祁燕，让她没来由的压不住怒火。

"是我瞎了眼，居然这么晚才认出你的身份来！子轩待你那么好，你却一心置他于死地，晏倾君，你摸摸自己的良心，晚上可能安睡？"晏倾云怒气冲冲地到了晏倾君身前，大嚷着质问。

晏倾君笑了笑，觉得自己方才与她置气，真是给自己降格了。

"当初你去和亲，奕老爷病逝，他守了整夜灵堂，第二日听闻边疆战事，丢下那么一大家的人快马加鞭往祁洛山赶，大半个月的往返路程，他五日便回来！回来晕倒在地上还抱着面目全非的你死死地不放手！"晏倾云满面的心疼，瞪着晏倾君的眼底却是怒火燃烧："你倒好！好生生地活着，让他拖着大病的身子对着一个外人嘘寒问暖，你却风风光光地嫁给晏珣，拉得他太子之位不保，现在连一心待你的子轩也不放过！"

晏倾君坐在桌边，看都不看晏倾云一眼，始终沉默。

"你隐瞒身份嫁给太子哥哥，无非是想要刺激他对吗？你想方设法回东昭来，无非是想要报复他们对吗？可是你凭什么报复？"晏倾云秀美的脸上浮起狰狞的妒色，嘲讽道："不就是凭着子轩对你的那份情？他舍不得让你死，所以必须在你与奕家之间作出选择，在自己的原则面前作出让步！你这是无耻的利用！"

"利用又如何？"晏倾君站起身，轻笑，睨着晏倾云："当初他设计我去和亲，何尝不是利用我仅对他有的信任？何尝不是利用我对他四年来的依赖？何尝不是利用我对他的情？那如今我利用他对我的不舍，何错之有？"

晏倾云见她还能义正词严地反驳，气得满面通红，找不出措辞，高高地举起右手，一个耳光扇下来。晏倾君准确无误地将她的手腕擒住，甩开，讥笑道："姐姐心肠好，懂得疼惜他人，怜爱他人。妹妹可没他人这么好的命，当初在战场上生死一线，没有任何人来可怜我疼惜我！妹妹奉劝姐姐一句，泛滥的同情心也得用得恰到好处！愚蠢的人，在这皇宫里，是要为自己的愚蠢付出代价的！"

晏倾云无言辩驳，怒瞪着晏倾君双眼泪水便流下来。她不明白，这样一个可怕的女子，为何会从小赢得父皇的宠爱，亦不明白，她失去父皇的宠爱之后，为何还能赢得太子哥哥和奕子轩的青睐，甚至到了如今，她不知廉耻地嫁给自己的亲哥哥，不择手段地陷害奕子轩，奕子轩还是要为了她放弃自己的原则……

"姐姐可以走了，妹妹要休息了。"晏倾君懒懒地扫了一眼晏倾云，赶人。

晏倾云擦掉眼泪，转身离开。

晏倾君略有失神地坐在桌边，半晌，面无表情地躺上榻。

只要皇后的毒与她无关，她又依着晏玺的意思给奕家使了绊子，任务完成，结果如何轮不到她来忧心。她该想的，是如何在三个月内找到母亲。

本来唯一的线索只剩下晏卿那边的"白玄景"。她自信满满地以为晏卿会回国，毕竟身为皇子，还是一个没有太子的东昭国皇子，对他那种爱权爱势的人来说，这个身份再适合不过。否则他也无须苦心假扮质子，周旋在祁国两宫太后和幼年皇帝之间。

可是，眼看目的达到，只缺临门一脚，他却突然跑了！

这只无良心无节操的烂狐狸，又将她摆了一道！如果不是五皇子晏卿，他的目的到底是什么呢？

最重要的，他不回来，找母亲的最后一条线索都断了！

"倾君！"祁燕不知何时入房，一声轻唤里难得地带了点儿紧张的情绪。

晏倾君睁眼，问话还未出口，祁燕便将一张纸笺塞到她手里："刚刚园内有人，我追了过去，那人便用暗器给我扔了这个。"

晏倾君疑惑地拿着纸笺，展开来，一颗心突然蹿到了嗓子眼，双手都忍不住颤抖起来。

那纸笺上，只有两个字。

——阿倾

普通的两个字，很多人曾经这样唤过她。

但，那是挽月夫人的字迹，是母亲的字迹，是她永远不会认错无法被人模仿的字迹！

"落霞！"晏倾君觉得自己浑身都开始颤抖，连声音都止不住地带了颤音，紧紧地拽住祁燕的衣角，低声道："落霞……快！我们准备去南临！"

（上册·完）

花火工作室长篇出版征稿启事

花火工作室向所有文学爱好者诚征各类小说稿，待遇优厚，具体事宜如下：

一、《花火》青春文学类

1.青春微凉系列

要求：以一个人或一群人的成长经历为主，感情真实，情节曲折，有催泪功能，题材新颖。

关键字：催泪 曲折 青春校园

适合读者群：14～25岁

字数：10万～30万字

2.青春暖爱系列

要求：感情温暖，情节轻松，最好结局是圆满的，就算是错过的结局，也要是值得原谅和温暖感恩的。文字细腻优美。

关键字：暖爱 轻松 细腻 团圆

适合读者群：14～25岁

字数：10万～18万字

二、《飞·魔幻》文学类

1.古代言情系列

要求：架设在某个历史场景的故事，包括穿越，也包括民国题材。可以用比较新颖娱乐现代的手法来写人物的命运，情节有冲击力，有可读性，节奏快而语言通俗。

关键字：复古 言情 曲折 穿越

适合读者群：16～25岁

字数：12万～40万字

2.魔幻文学系列

要求：天马行空的想象，情节搞笑轻松，一波三折。给人意料之外的结局和尖叫连连的惊喜，背景现代古代均可。

关键字：魔幻 搞笑 出人意料

适合读者群：14～22岁

字数：8万～18万字

三、其他文学类

要求：题材新颖，字数不限。

注意事项：

1. 作品须为传统媒体原创首发，网络媒体可连载过部分；拒绝抄袭和剽窃。
2. 需提供作品简介和大纲（300～1000字）、作者简介、全文计划字数、目前字数、预计完稿时间等信息。
3. 标明所投栏目和字数。
4. 请附联系方式，如QQ、MSN、电话、地址、E-mail。
5. 请附全文前3万～5万字，如适合出版会进一步联系作者要求看全文。
6. 稿费标准：一经采用，与作者协商签订出版合同，稿酬从优。
7. 来稿在半个月之内回复初审结果。
8. 作品请发至以下官方邮箱：merrybook1@163.com
   或登录官方网站 www.s-merry.com 长篇投稿板块